Carola Clasen

Tote gehen nicht den Eifelsteig

Bisher von der Autorin bei KBV erschienen:

»Novembernebel«
»Das Fenster zum Zoo«
»Tot und begraben«
»Auszeit«
»Schwarze Schafe«
»Wildflug«
»Mord im Eifel-Express«
»Spiel mir das Lied vom Wind«
»Tote gehen nicht den Eifelsteig«
»Die Eifel sehen und sterben«
»Nirgendwo in der Eifel«

Seit 1998 schreibt **Carola Clasen** Kriminalromane, die in der Eifel spielen. »Tote gehen nicht den Eifelsteig« ist ihr siebter Roman mit der eigenwilligen Kommissarin Sonja Senger. Auch mit ihren Kurzgeschichten und Lesungen hat Carola Clasen sich einen Namen in der Region gemacht. Die »Queen of Eifel-Crime« ist Mitglied im Syndikat, lebt und arbeitet in Hürth.

Carola Clasen

Tote gehen nicht den Eifelsteig

KBV

1. Auflage Mai 2011
2. Auflage Juli 2011
3. Auflage November 2011
4. Auflage November 2012

www.kbv-verlag.de
E-Mail: info@kbv-verlag.de
Telefon: 0 65 93 - 998 96-0
Fax: 0 65 93 - 998 96-20
Umschlagillustration: Ralf Kramp
Redaktion: Volker Maria Neumann, Köln
Druck: Aalexx Buchproduktion GmbH, Großburgwedel
Printed in Germany
ISBN 978-3-942446-05-1

Nichts ist beglückender, als den Menschen zu finden,
den man für den Rest seines Lebens ärgern kann.

Agatha Christie

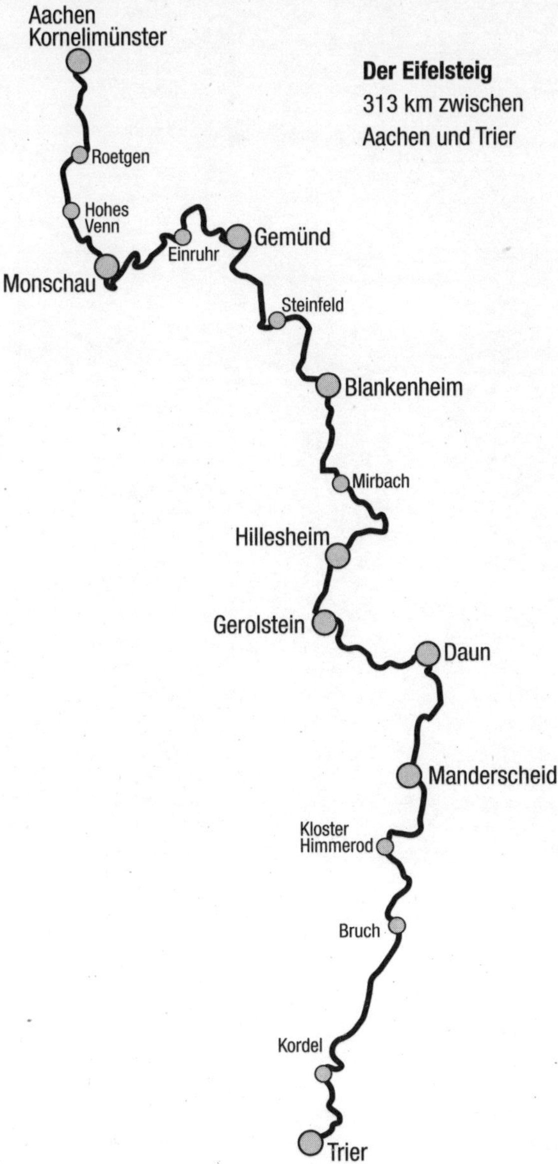

Der Eifelsteig

313 km zwischen

Aachen und Trier

Prolog

10. Januar, 9.15 Uhr
Klinik am Wald, Euskirchen

Meine Herren«, sagte Marius Hagen, Verwaltungs-Chef der *Klinik am Wald*, und zeigte auf die beiden Stühle vor seinem Schreibtisch, »setzen Sie sich doch.«

Dr. Lutz Winkelmann und Dr. Edgar Schramm tauschten einen Blick. Sie waren nervös. Sie wussten, warum Hagen sie mitten aus der Visite geholt und zu einem Gespräch gebeten hatte. Heute sollte die Entscheidung fallen.

Hagen saß im feinen Zwirn vor ihnen, sah von einem zum anderen und schwieg zunächst bedeutungsvoll. Seine Hände lagen ineinander verschränkt auf dem Schreibtisch. Seine Stirn war sorgenvoll zerklüftet.

Die Kollegen wechselten wieder einen Blick und nickten sich fast unmerklich zu. Wenn sie Hagens Miene richtig deuteten, war der *worst case* eingetreten: einer der vielen Bewerber von außerhalb war ihnen vorgezogen worden.

Das lasse ich mir nicht gefallen, dachte Lutz.

Da kann man nichts machen, dachte Edgar.

Sie wären am liebsten sofort aufgestanden und gegangen. Hagen konnte sich seine warmen Worte sparen.

Der Verwaltungschef räusperte sich, biss sich auf die Unterlippe und wackelte mit dem Kopf, als wäge er noch ab, wie er es den Herren denn nun erklären sollte, wozu es gut sei, dass sie einen fremden Schnösel als Chef vor die Nase gesetzt bekamen.

Das hätte er sich früher überlegen müssen, dachte Edgar und kontrollierte seine Armbanduhr.

Er wird sehen, was er davon hat, dachte Lutz und kontrollierte die Wanduhr, links neben Hagens Kopf.

Hagen löste seine Hände und trommelte leise auf den Schreibtisch. »Meine Herren«, hob er an, »wie wir alle wissen, geht unser sehr geschätzter Professor Dr. Heribert Röhl Ende dieses Jahres in den wohlverdienten Ruhestand und mit ihm der Chef der Inneren, nicht wahr?«

Beifallheischend sah er von Winkelmann zu Schramm, die beide nicht willens schienen, ihm bei seiner schweren Aufgabe entgegenzukommen. Sie fixierten ihn mit finsteren Blicken.

»Wir, das heißt die Verwaltung, haben die Stelle ordnungsgemäß ausgeschrieben, eine Vielzahl höchst vielversprechender Bewerbungen aus der ganzen Bundesrepublik erhalten und eine Reihe hochinteressanter Gespräche geführt.« Hagen hörte mit dem Fingertrommeln auf und ballte seine Hände zu Fäusten. »Andererseits ist es Professor Dr. Röhls ausdrücklicher Wunsch, dass die Stelle mit einem Arzt aus unserem Hause besetzt wird. Ich denke, er hat mit Ihnen darüber gesprochen, dass er sich am liebsten eine Doppelspitze mit Ihnen beiden wünscht. Ha. Ha.«

Lutz und Edgar grinsten selbstgefällig. So genau hatte Röhl ihnen gegenüber es nicht formuliert, er hatte nur betont, dass er sich dafür einsetzen werde, dass einer von ihnen seine Nachfolge antrat. Aber Doppelspitze – das wäre geradezu ideal! Würde Hagen es wagen, sich über Röhls Wunsch hinwegzusetzen?

Hagen holte die Daumen aus den Fäusten und reckte sie nach oben. »Gerne berücksichtigen wir Dr. Röhls Wunsch. Aber eine Doppelspitze geht schon aus rein finanziellen Gründen nicht. Wir haben ihn also gebeten, sich für einen von Ihnen«, Hagen sah von Lutz zu Edgar, »zu entscheiden.«

Lutz und Edgar verging das Grinsen.

»Prof. Dr. Röhl hat es sich wirklich nicht leicht gemacht. Wenn ich Ihnen hier einige Einzelheiten des Entscheidungsprozesses kurz darlegen dürfte. Sie, Herr Dr. Schramm, haben sozusagen ein gewisses Vorrecht auf den Posten. Sie haben – mit Verlaub – die besseren Examensnoten, sind zwei Jahre länger in unserem Hause und haben Ihrem Mitbewerber erst die Türen geöffnet. Ihnen Dr. Winkelmann sozusagen vor die Nase zu setzen, wäre also nicht besonders kollegial.«

Zwischen Edgar und Lutz breitete sich plötzlich Kälte aus. Sie vermieden es, sich anzusehen.

Hagens Blick schwenkte zu Winkelmann. »Andererseits scheinen Sie, Herr Dr. Winkelmann, ein wenig besser ins Team zu passen. Dr. Röhl hat nicht übersehen, dass die Patienten große Stücke auf Sie halten und zu strahlen beginnen, sobald Sie ein Zimmer betreten. Solche Leute brauchen wir.«

Die Temperatur im Büro sank auf minus 15 Grad. Edgar begann zu frösteln. Lutz schauderte.

»Und es gibt noch viele andere Gründe für oder gegen den einen oder den anderen. Dr. Röhl erklärte sich nach langer Bedenkzeit zu einer Entscheidung außerstande.« Hagen lehnte sich zurück und wartete die Wirkung seiner Worte ab. Edgar lehnte sich ebenfalls zurück, als wolle er das Problem aussitzen.

Lutz dagegen sprang auf und rief: »Dann nehmen Sie in Gottes Namen einen Ihrer vielversprechenden Kandidaten von außerhalb!«.

»Das werden wir auch tun«. Hagen zeigte pikiert auf den Stuhl, und Lutz setzte sich widerstrebend. Dann tauchte ein listiges Lächeln auf Hagens Lippen auf. »Es sei denn, einer von Ihnen ist bereit zu verzichten?«

»Ich nicht«, sagten Edgar und Lutz unisono.

»Das klingt ziemlich entschieden. Wollen Sie nicht wenigstens eine Nacht darüber schlafen?«

Unisono: »Auf keinen Fall!«

»Gut«, fasste Hagen zusammen. »Dann können wir also frei entscheiden, ohne Ihnen in ...«

»Moment!«, unterbrach Lutz ihn. Edgar trat ihm unter dem Schreibtisch gegen das Schienbein. Er ignorierte es. »Sie haben recht. Wir werden darüber nachdenken. Wie viel Zeit geben Sie uns?«

»Bis gestern, nein, Spaß beiseite. Spätestens Mitte des Jahres muss ich es wissen.«

»Gut.«

Hagen erhob sich und streckte Dr. Winkelmann die Hand entgegen: »Ich freue mich sehr über Ihre Bereitschaft zur Mitarbeit, Herr Dr. Winkelmann, und ich bin sicher, Sie werden zu einer guten und vor allem weisen Entscheidung kommen.«

Für Edgar blieben ein schlaffer Händedruck und das Gefühl, wieder einmal seine Unfähigkeit zur Teamarbeit unter Beweis gestellt zu haben. Kaum hatte Hagen die Tür ins Schloss gedrückt, fuhr er Lutz an: »Du willst also verzichten, sehe ich das richtig?«

»Ich denk nicht dran!«

»Ich auch nicht.« Edgar überholte ihn.

»Mensch, warte doch. Irgendetwas wird uns schon einfallen!«

»Was soll uns schon einfallen?«, rief Edgar ohne sich umzusehen.

Es war ein Freitagabend, zehn Tage nach der Besprechung mit Hagen, und Lutz und Edgar hockten wie so oft im Bistro ParaGraf auf der Kölner Straße, zogen wie üblich über Kollegen und Patienten her, als Lutz plötzlich unvermittelt sagte:

»Wenn ich verliere, ziehe ich meine Bewerbung zurück und du hast den Job.«

Edgar verschluckte sich fast, stellte sein Bierglas ab und wischte sich über den Mund. »Wenn du was verlierst?«

»Die Wette.«

»Was für eine Wette?«, stieß Edgar hervor. Er versuchte, seine Gedanken zu sammeln und ein gewisses Stadium der Nüchternheit zu erreichen.

»Unser Fachgebiet«, verriet Lutz.

»Sport?«

Lutz nickte.

Edgar war schon jetzt einverstanden. Er ging selbstredend davon aus, dass er jede Wette der Welt gegen Lutz gewinnen würde. So wie früher.

Sie hatten sich 1997 an der Uni in Köln kennen gelernt. Sie hatten beide zur gleichen Zeit mit dem Medizinstudium angefangen und zusammen gearbeitet und gefeiert und Sport getrieben. Lutz hatte nach dem fünften Semester die Uni gewechselt. Er war wegen einer Frau nach München gegangen, und die beiden hatten sich aus den Augen verloren. Edgar war nach dem Examen an die *Klinik am Wald* in Euskirchen gegangen. Er war ein Eifeler Junge, er wollte es bleiben. Sein Elternhaus stand in Schleiden.

Als die *Klinik am Wald* im letzten Jahr eine zweite Facharztstelle für die Innere ausgeschrieben hatte, da hatte sich Lutz bei Edgar gemeldet und gefragt, ob er sich nicht aus alter Freundschaft in Sachen Bewerbung für ihn einsetzen könne. Natürlich hatte Edgar das getan. Er legte für seinen früheren Kommilitonen die Hand ins Feuer. Die Klinik vertraute Dr. Edgar Schramms Urteil, und die Zeugnisse des Kandidaten waren exzellent. Und – wie praktisch – Dr. Lutz Winkelmann hatte in der Zwischenzeit seinen Facharzt für Innere Medizin gemacht.

Edgar war froh, Lutz wieder in seiner Nähe zu haben. Die alte Freundschaft blühte wieder auf, sie arbeiteten zusammen, und sie feierten zusammen. Nur mit dem gemeinsamen Sport war es vorbei. Lutz war bequem geworden. Er begann schon einen Bauch anzusetzen und hatte sich mit Haut und Haar seiner Karriere verschrieben. Während Edgar noch immer gut in Form war. Er trainierte täglich. Lutz ahnte davon nichts.

Was riskierte Edgar also mit dieser Wette? Nichts. Er würde Lutz in die Tasche stecken. Den Chefarztposten hatte er quasi schon in der anderen Tasche. Schnell streckte Edgar seine Hand aus, ehe Lutz es sich anders überlegen konnte. »Ein Mann, ein Wort?«

»Ein Mann, ein Wort«, sagte Lutz, schlug ein und rückte peu à peu mit einer Idee heraus, die so ganz anders war, als Edgar das erwartet hatte.

»Du kennst den Eifelsteig?«, fragte Lutz und seine Augen verengten sich zu verräterischen Schlitzen.

»Bleibt nicht aus, wenn man hier wohnt. Alle reden davon. Von Aachen nach Trier. Mehr als 300 Kilometer.« Ein Verdacht stieg in ihm auf. »Warum fragst du?«

»313 Kilometer, um genau zu sein. Der Tourismusverband Nordeifel hat ihn in 15 Tagesetappen aufgeteilt, das macht zwischen 14 und 29 Kilometer pro Tag«, rechnete Lutz vor. Er zog einen Zettel aus der Hosentasche und fügte hinzu: »Sieh dir das an. So sieht das offiziell aus.«

Etappen	Strecke	Entfernung
01	Kornelimünster-Roetgen	14 km
02	Roetgen-Monschau	17 km
03	Monschau-Einruhr	24,5 km
04	Einruhr-Gemünd	21 km

05	Gemünd-Kloster Steinfeld	17,5 km
06	Kloster Steinfeld-Blankenheim	22,5 km
07	Blankenheim-Mirbach	17,5 km
08	Mirbach-Hillesheim	17,5 km
09	Hillesheim-Gerolstein	20 km
10	Gerolstein-Daun	25 km
11	Daun-Manderscheid	23 km
12	Manderscheid-Kloster Himmerod	23 km
13	Kloster Himmerod-Bruch	20,5 km
14	Bruch-Kordel	29 km
15	Kordel-Trier	18 km

Edgar studierte den Plan und winkte ab: »Vergiss es. Ich wandere nicht. Wandern ist was für alte Leute.«

»Aber ich wette mit dir, dass du es nicht schaffst, die Etappen statt in 15 nur in zehn Tagen zu gehen«, sagte Lutz.

Edgar blinzelte in die Thekenlampe und schien sich im Kopfrechnen zu üben.

»Und dass du dabei auch noch schneller bist als ich?!«

Edgar betrachtet Lutz misstrauisch. »Du wanderst auch?«

»Logisch. Aber ich habe keine Lust hinter, neben oder vor dir herzulaufen. Ich werde in der Gegenrichtung laufen. Damit wir uns nicht beim Wandern in die Quere kommen. Du gehst von Aachen aus, ich von Trier. Mal sehen, wer zuerst an seinen Zielpunkt kommt.« Lutz drohte mit dem Finger. »Wenn du glaubst, du könntest pfuschen, vergiss es. Wir machen Fotos der Wegkreuzungen und Aussichten, beim Ein- und Auschecken im Hotel lassen wir uns die Zeit abstempeln. Außerdem haben wir die ganze Zeit Kontakt, Junge. Verlaufen kannst du dich nicht, wir gehen mit GPS. Das System kann jeden unserer Schritte archivieren. Und irgendwo treffen wir uns ja auch.«

Edgar runzelte die Stirn. So schlecht hörte sich die Wette gar nicht an, fand er. Wenn er nach einem guten Plan ging und ordentlich ausgestattet war, musste die Strecke zu schaffen zu sein. Eine echte Herausforderung. Etwas dergleichen hatte er noch nie gemacht. Und Neugier und Ehrgeiz meldeten sich in Edgar.

»Halbzeit ist bei Mirbach«, hörte er Lutz sagen. »Wir sehen uns davor oder dahinter, je nachdem, wer von uns schneller ist. Oder wenn wir Pech haben, exakt auf dem Punkt. Ich habe an alles gedacht. Gib zu, mein Plan ist ein logistisches Meisterwerk«.

»Wann gehen wir los?«

»Ja!«, triumphierte Lutz und reckte eine Faust in den Himmel. »Das wollte ich von dir hören.«

»Wann?«, wiederholte Edgar.

»Na ja, wir müssen sehen, wann wir zusammen Urlaub haben können. Hagen will es bis Juli wissen. Wir werden ihm erklären, dass wir unbedingt zehn bis vierzehn Tage gemeinsam frei haben müssen, um das Problem unter uns zu klären. Dr. Bittger kann uns in der Zwischenzeit vertreten, im Notfall kann er uns anrufen, wir machen natürlich telefonische Bereitschaft. Bittger ist ein guter Mann, der wird auch mit einer Ferndiagnose fertig. Aber bete mal lieber, dass es keinen Notfall gibt, sonst bricht das ganze System zusammen.«

»Aber wir sagen Hagen nichts von der Wette, klar?«, verlangte Edgar.

»Kein Wort zu niemandem, logisch«, versicherte Lutz. »Alle würden uns für verrückt halten.«

»Du bist es!« Edgar rutschte von seinem Barhocker und warf ein paar Euroscheine auf die Theke. »Ich geh nach Hause und mache mal einen Plan.«

»Setz dich, Junge.« Lutz zog ihn am Ärmel wieder auf den Hocker und nahm einen zweiten Zettel aus der Hosentasche. »Hier! Ich habe doch längst einen gemacht.«

1. Kapitel

25. Januar, 14.10 Uhr
Klinik am Wald, Euskirchen

Ihr Kinn fiel herunter, ihre Finger krampften sich um die Türklinke, ihre Knie begannen zu zittern. Die Stelle zwischen Fenster und Medikamentenschrank war leer. Rita Funke fühlte sich wie ein Museumsdirektor, dem ein wertvolles Bild gestohlen wurde. Nervös flogen ihre Blicke die übrigen Wände des Schwesternzimmers entlang und entdeckten schließlich auf dem Schreibtisch der Stationsschwester eine Papierrolle, die dem Format nach das vermisste Objekt sein konnte, nein, musste – sie wollte es so.

Statt einer Begrüßung brachte sie nur ein Krächzen zustande. Schwester Silvia blickte auf ihre Armbanduhr, schüttelte resigniert den Kopf und setzte die Übergabebesprechung mit den anderen Schwestern fort. Rita streifte hastig im Nebenraum die weiße Arbeitskleidung über, kam zurück, setzte sich zu der Runde und hypnotisierte mit finsterer Miene die Papierrolle.

Seit fast vier Wochen hatte nicht nur ihr erster, sondern auch ihr letzter Blick immer nur diesem verfluchten Plan gegolten. Öfter als nötig war sie im Laufe einer Schicht vor ihm stehen geblieben. Während sie vorgab, in einer Schublade zu kramen, fuhr sie mit dem Finger die eine Zeile entlang und vergewisserte sich: ER hatte sich noch immer nicht eingetragen. Zwölf Monate, zweiundfünfzig Wochen, 365 Tage, kein noch so kleiner Punkt, kein, Strich, keine Linie, kein Balken, nichts.

Ansonsten herrschte so eine gähnende Leere nur noch bei ihr selbst und beim Chef, bei Dr. Lutz Winkelmann. Chefarzt

Prof. Dr. Röhl trat Ende des Jahres in den Ruhestand und sammelte seine Urlaubstage an, um mit ihnen das Ende seines Schaffens und Wirkens vorziehen zu können. Das war jedermann bekannt. Winkelmanns Grund für sein Zögern interessierte Rita nicht. Wohl aber ihr eigener Urlaub. Als Aushilfe in Teilzeit gingen ihr langsam die Argumente aus. Nicht auszudenken, wenn Schwester Silvia von ihr verlangte, sich einzutragen, bevor Edgar es getan hatte.

Schlimmer war nur noch die Vorstellung, sie bekäme seinen Eintrag nicht mit, und der Plan hinge eines Tages nicht mehr an der Wand und läge auch nicht wie heute – vorausgesetzt, sie irrte nicht – gut sichtbar auf dem Schreibtisch, sondern sei bereits in der Verwaltung abgegeben, die Kopie unauffindbar in Silvias Schreibtisch eingeschlossen oder die Daten in ihrem Rechner gesichert.

So wie letztes Jahr, als Rita erst erfuhr, dass Edgar Urlaub hatte, als dieser ihn bereits angetreten hatte. Sie musste sich krankschreiben lassen, um ihn nicht aus den Augen zu verlieren.

»Jetzt fehlst nur noch du, Rita.« Schwester Silvia reichte ihr die Papierrolle.

Die Kolleginnen erhoben sich. Die Übergabebesprechung schien beendet zu sein, ohne dass Rita irgendetwas mitbekommen hatte. Sie entschuldigte sich. Als sie das Blatt aufrollte, leuchtete ihr der rote Edding entgegen, mit dem Edgar seinen Urlaub eingetragen hatte:

10. - 21. Mai.

Ihr Herz machte einen Sprung. Er hatte den Mai gewählt, den Wonnemonat, den Monat der Verliebten. Und sie glaubte, nein, sie wusste, auch das leuchtende Rot war kein Zufall, das hatte er nur gewählt, damit sie seinen Eintrag nicht übersah. Als könnte das je geschehen. Gleichgültig in welcher

Farbe er schrieb, sie hätte es gesehen! Er hätte auch mit unsichtbarer Tinte schreiben können.

Der Strich, den sie kurz darauf hinter ihrem Namen mit einem schwarzen, unauffälligen Kuli für den gleichen Zeitraum zog, ohne Rücksicht auf die Urlaubszeit der anderen Schwestern auf der Inneren zu nehmen, geriet Rita vor Aufregung etwas wacklig.

Schwester Silvia trat hinter sie und blickte ihr über die Schulter. »Zwei Wochen im Mai? Na gut, das geht in Ordnung. Aber du hättest fragen sollen.«

Rita entschuldigte sich. Aber sie hätte nicht fragen können. Ein Nein wäre für sie inakzeptabel gewesen. Schwester Silvia und niemand sonst hatte eine Vorstellung davon, wie mühsam es schon im Alltag für sie war, seine Wohnung, sein Auto, seinen Kittel und ihn selbst im Auge zu behalten. Und dabei zu vermeiden, dass es irgendjemandem auf Station oder auf der Straße auffiel, geschweige denn ihm selbst. Und stets darauf zu achten, dass sie den gewünschten Abstand zu Edgar einhielt.

Was sollte sie auf der Inneren, wenn er im Urlaub war? Wenn sie wochenlang nicht wusste, was er wo mit wem tat, während sie Betten abzog, Fieber maß und Bettpfannen reinigte, als sei die Welt in Ordnung? Kaum zu ertragen waren schon diese endlosen Stunden, in denen versetzte Schichten es ihr unmöglich machten, ihn auf dem Gang zu sehen, seinen Gesichtsausdruck und seine Körperhaltung zu deuten, bei seiner Visite unentbehrlich im Hintergrund zu stehen, seine Verordnungen mit konzentrierter Miene zu notieren und die elektrisierende Spannung, die zwischen ihr und ihm in der Luft hing, zu spüren und zu verinnerlichen, so nachhaltig, dass sie bis zum nächsten Tag davon zehren konnte. Sie tat das alles nicht aus freien Stücken.

»Und dein ständiges Zuspätkommen muss auch aufhören«, hörte Rita Schwester Silvia sagen.

Sie entschuldigte sich. Silvia hatte recht. Aber sie war morgens immer so müde.

»Am besten du bringst den Plan sofort runter«, fuhr sie fort.

Rita rollte den Plan vorsichtig zusammen, ohne auf den Eintrag von Dr. Lutz Winkelmann geachtet zu haben, sonst wäre sie vielleicht nachdenklich geworden. »10. bis 21. Mai«, murmelte sie vor sich hin, während sie durch die Flure und das Treppenhaus lief, als könne sie diesen Zeitraum vergessen, war er doch längst in ihr Gedächtnis eingebrannt wie der Tag, an dem sie ihn zum ersten Mal bemerkte. Da war sie noch Verkäuferin gewesen.

12. Januar 2005. Ein Montag. Kurz vor halb sechs. Euskirchen, Spiegelstraße, Kaufhof, Herrenabteilung. Ein großer, schlanker, dunkelhaariger Mann stand mit einem roten Hemd und einem grünen Pullover vor ihr und fragte, ob sie wohl zueinander passten. Hemd und Pullover passten nicht zusammen, nein, dafür er und sie um so mehr. Sie wusste es sofort. Er auch. Der Funke sprang sofort über. Aus der Beratung wurde ein Abendessen, aus dem Abendessen eine gemeinsame Nacht. Aus der ersten Nacht ganz viele, und ganz viele Farb-Beratungen. Und sie dachte, es sei für immer. Sie wechselte für ihn den Arbeitsplatz. Sie wurde Krankenschwesternhelferin in der *Klinik am Wald*, wo er auf der Inneren als Arzt tätig war. Sie musste in seiner Nähe sein. Sie konnte die Augen nicht von ihm lassen.

Aber dann war von einem Tag auf den anderen nichts mehr wie zuvor. In dieser Nacht stieg ein Gespenst aus der Finsternis zu ihm herauf, nistete sich in seinem Kopf ein, machte sich dort breit und redete ihm ein, dass sie nicht zueinander passten. Es sagte ihm, sie enge ihn ein. Und er hörte darauf. Er machte ihr Vorwürfe. Er zog sich zurück. Und dann kam der schreckliche Tag, und er schickte sie fort. Denn das Gespenst wollte ihn ganz für sich allein haben, den ganzen Edgar, nicht nur seinen Kopf, so sind sie, die Gespenster. Das war am 24. November 2007 gewesen.

Während Rita rechts in den Verwaltungstrakt einbog, faltete sie den Plan ein weiteres Mal auseinander. Sie konnte sich an dem Anblick nicht satt sehen: der rote und der schwarze Strich, sie verknüpften sich zu einer rot-schwarzen, unauflöslichen Endlosschleife, die vor ihren Augen verschwamm.

»Stopp! Immer langsam!«

Weißer Arztkittel, laute Stimme, zwei große Hände auf ihrer Schulter, die sie ausbremsten. Das konnte nur einer sein. Sie blickte hoch. Dr. Lutz Winkelmann. Sie war in seine Arme gelaufen. Als Edgar und sie ein Paar wurden, hatten sie sich auf einigen Partys zu dritt amüsiert und waren einige Male zusammen essen oder ins Kino gegangen.

Aber Edgar hatte immer schon weniger Freizeit gehabt als Lutz, nicht etwa wegen ihr, sondern wegen seines Sports. Edgar war ein Freak, er scharrte mit den Hufen, wenn das Wetter so schlecht war, dass er kaum vor die Tür konnte. Als Rita ihm vorschlug, sich ein Laufband anzuschaffen, auch in der Hoffnung, sie könne in seiner Nähe sein, wenn er um sein Leben rannte, blickte er sie an, als habe sie ihm geraten, einen Mord zu begehen.

»Weißt du, wo Edgar steckt?«, hörte sie Lutz fragen.

Edgar war unbeirrbar. Er war wie besessen. Rita fragte sich ohne Unterlass, warum er nicht auf sein Herz hörte – anstatt auf dieses Gespenst in seinem Kopf. War er vielleicht krank? Manchmal fürchtete Rita, das Gespenst in seinem Kopf wäre ein Tumor. Manchmal hoffte sie, dass es so wäre. Man könnte ihn herausschneiden und alles wäre wie früher.

Lutz rüttelte an ihren Schultern. »Hallo? Rita? Jemand zu Hause? Weißt du, wo Edgar ist?«

»Keine Ahnung!« Sie befreite sich aus seinen Armen und lief weiter. Er rief ihr irgendetwas hinterher. Aber sie konnte jetzt nicht stehen bleiben und mit ihm reden, ohne ihm zu sagen, wie glücklich sie darüber war, dass sie endlich wusste, wann Edgar in diesem Jahr Urlaub hatte.

Es schneite und regnete gleichzeitig, als Rita nach Schichtende die *Klinik am Wald* verließ. Erst 20 Uhr, aber es war schon dunkel, als wäre es mitten in der Nacht. Die Scheinwerfer der vorbeifahrenden Autos blendeten sie. Sie hielt den schwarzen Schirm nah über ihren Kopf und trat von einem Fuß auf den anderen, während sie auf den Bus wartete, der schon fünf Minuten Verspätung hatte. Andere Schirme stießen gegen ihren, garantierten aber immerhin einen Sicherheitsabstand. Sie hasste es, wenn sie Schulter an Schulter mit anderen stehen musste. Gesprächsfetzen drangen zu ihr. Ein älteres Paar, sie mit grauem Haar, er mit krummem Rücken, beide elegant gekleidet.

»So ein schreckliches Wetter.«

»Ja, es macht mich ganz krank. Lass uns wegfahren. Ich möchte irgendwohin, wo es warm ist.«

»Ja, das wäre schön, warm und hell und nicht allein.«

Wer wollte das nicht, fragte sich Rita. Sie wandte sich ab, entfernte sich ein paar Schritte, ließ den Schirm sinken, blickte in den dunklen Himmel und ließ sich für einen kurzen Moment den Schneeregen ins Gesicht tropfen, ehe sie ihre Haare schüttelte und den Schirm wieder über sich hielt. Natürlich! Warum war sie nicht eher darauf gekommen?

Der Bus trudelte heran. Die Scheiben waren beschlagen, die Passagiere drängten sich, neue stiegen hinzu, kein Sitzplatz war mehr frei, auch kein Stehplatz mehr. Nichts für Rita. Sie ließ den Bus davonfahren und machte sich zu Fuß auf den Weg nach Hause. Sie hatte es nicht so weit. Sie wohnte in der Nähe des Stadtparks.

Ihre Schritte wurden schneller und leichter. Sie knöpfte ihren Mantel auf. Ihr freier Arm schwang locker an ihrer Seite. Ihre Schultertasche flog auf den Rücken. Man hätte bei ihrem Anblick meinen können, sie liebe nichts mehr als Schneeregen und Temperaturen unter null Grad. Beides war nicht der Fall. Es war die Idee, die sie wärmte.

Zu Hause ließ sie Mantel, Schirm und Tasche in der Diele fallen. Die Schuhe streifte sie von den Füßen, als sie schon am Schreibtisch saß und ihren Rechner hochfahren ließ. Ungeduldig rieb sie ihre klammen Hände, während sie auf die Startseite wartete.

Sie würde eine Reise buchen. Eine Reise für zwei Personen. Eine Reise für Dr. Edgar Schramm und Rita Funke. Für ihn und sie. Nervös trommelte sie auf den Schreibtisch und schob sich den Pony aus der Stirn. Sie war eine Idiotin, das hätte sie schon vor zwei Jahren machen sollen.

Nur zu gut erinnerte sie sich an die beiden letzten Urlaube seit ihrer Trennung. Er hatte nichts gebucht, sondern nur spontane Tagesausflüge oder Wochenendfahrten mit dem Zug, dem Fahrrad oder dem Auto unternommen. Wenn er einkehrte, waren seine Hotels nicht die Ersten am Platze, die Restaurants nur Mittelklasse. Er schien zu sparen, aber wofür? Oder hatte er keine Freude mehr am Luxus, seitdem er ohne sie war?

Während dieser beiden Urlaube war Rita auf dem Sprung gewesen, gejagt, gehetzt, zwei Wochen lang in Angst, sie könnte ihn verpassen oder verlieren. Wenn sie danach völlig erschöpft an ihren Arbeitsplatz zurückkehrte, versuchte sie die spitzen Bemerkungen der Kolleginnen zu ignorieren. Es war nur noch eine Frage der Zeit, dass sie ihnen ausgeliefert war. Bald, als Edgars Ehefrau, würde sie das nicht mehr nötig haben.

Immerhin wusste sie am Ende der beiden Urlaube, dass er noch keine Neue hatte und auch nicht auf der Suche war. Was nichts anderes bedeuten konnte, als dass er noch an ihr hing, dass er sie noch liebte. Gut zu wissen – und dennoch, sie hatte nichts anderes erwartet.

Rita ging ins Netz und klickte Fernreisen an. Sie ließ sich von der Fülle der Angebote überwältigen und verlor sich in Träumereien. Feste Vorstellungen kristallisierten sich erst allmählich heraus, während sie durch die Seiten blätterte. Exotisch, luxuriös und einzigartig musste ihre gemeinsame Reise werden. Keine Massenveranstaltung. Ein Märchen aus Tausendundeiner Nacht. Eine Reise, zu der Edgar nicht Nein sagen konnte, ganz gleich, was das Gespenst in seinem Kopf ihm befahl. Eine Reise in ein Land, in dem er noch nicht gewesen war. Vier Sterne mindestens, lieber vier plus. Nicht zentral, nicht zu groß, mit romantischen Sonnenuntergängen, einer Bar mit Tanzmusik, Frühstück im Bett ...

Sie musste tief in die Tasche greifen. Es waren die unvermeidlichen Einzelzimmer, die das Unternehmen richtig teuer machten. Auch wenn sie sicher nur anfangs vonnöten sein würden, weil sie Edgar nicht bedrängen wollte. Nicht lange, und er würde es in seinem Bett ohne sie nicht mehr aushalten, aufstehen, herüberkommen und klopfen ...

Ritas Blicke glitten vom Monitor zum Fenster. Schwarz und kalt stand die Winternacht dahinter. Es hatte Zeiten gegeben, da konnten ihre Betten nicht nahe genug aneinander stehen, nicht schmal genug sein, da waren sie mit einem einzigen ausgekommen. Sie stand auf und zog die Vorhänge zu.

Nach langem Hin und Her entschied Rita sich letztendlich

für einen Inselurlaub. Zwei Einzelzimmer im Hotel *Selmun Palace*, einem Schloss aus dem 18. Jahrhundert, das abseits der Touristenhochburgen auf einem Hügel lag, einen grandiosen Blick über die Insel Malta und das angrenzende Mittelmeer bot und nur auf staubigen, mit wilder Macchia bewachsenen Pfaden zu verlassen war, wozu es keinen Grund gab, da es sich um All-inclusive-Angebot handelte. Edgar, der nicht schnell Kontakte schloss, wäre gänzlich auf sie angewiesen.

Rita war kurz davor zu buchen, als sie eher aus Versehen auf einen Link geriet, der ihr eine Art zu reisen eröffnete, an die sie im Traum nicht gedacht hatte. Im Prinzip auch ein Hotel, dessen isolierte Lage aber durch nichts auf der Welt zu überbieten war. Höchstens noch durch ein Gefängnis. Rita lächelte versonnen. Welche Vorstellung, Edgar und sie säßen irgendwo ein, auf Lebenszeit, wegen eines unsühnbaren Verbrechens, Zelle an Zelle. Mit Klopfzeichen würden sie in Verbindung bleiben, sich beim gemeinsamen Hofgang sehnsüchtige Blicke zuwerfen, so lange bis er endlich das Loch in die Mauer gegraben hatte, um zu ihr zu gelangen. Jede Nacht käme er zu ihr gekrochen, ein Leben lang.

Sie wählte weder die Insel noch das Gefängnis, sondern den Kompromiss und klickte sich auf dem Link zur Online-Buchung. Im Monat Mai konnte sie nur noch vom 8., dem Samstag vor Urlaubsbeginn, bis zum 16. buchen. Kein Problem, denn das Personal hatte in der *Klinik am Wald* keine Wochenendschicht vor Urlaubsbeginn. Im Gegenteil, auf diese Weise blieben Edgar und ihr fünf freie Tage *danach*. Fünf lange Tage und Nächte, in denen alles wie früher sein würde. Spätestens danach würde es in seinem Kopf keinen Platz mehr für ein Gespenst geben. Sie würde es wieder sein, um die alle seine Gedanken kreisten, Rita Funke. Sie war es schon einmal. Sie würde es wieder sein. Sie spürte es ganz deutlich.

Die Reiseunterlagen sollten erst vier Wochen vor Reisebeginn zugestellt werden, entnahm sie irritiert den Geschäftsbedingungen. Vier lange Monate sollte sie die Überraschung für sich behalten? Wie sollte das gehen? Sie konnte sich doch nicht nur allein freuen!

Ritas Blick fiel auf das Telefon neben ihr. Sie nahm es aus der Station und suchte Edgars Telefonnummer aus dem Speicher heraus. Sie erschien auf dem kleinen grünen Display. Sie war nur einen Tastendruck von seiner Stimme entfernt. Aber sie kannte Edgars Bedingungen. Sie drückte die Stopp-Taste und legte das Telefon zurück. Auch Mails und Briefe waren tabu.

Aber von einem Preisausschreiben war nie die Rede gewesen.

Mithilfe einer *PowerPoint*-Vorlage bastelte sie einen eindrucksvollen, offiziellen Gutschein eines fiktiven Unternehmens, ausgestellt auf Dr. Edgar Schramm, auf dem sich keine einzige handschriftliche Zeile befand. Nur unten rechts in der Ecke malte sie ein kleines Zeichen.

Sie steckte das Werk in einen gefütterten Umschlag und wollte gerade Edgars Anschrift darauf schreiben, als ihr einfiel, dass sie später durch seine Straße fahren würde und den Umschlag genauso gut mitnehmen und in seinen Briefkasten stecken konnte. Dann konnte sie sicher sein, dass die Post ihn nicht verschlampte. Nicht auszudenken, wenn die frohe Botschaft ihn nicht erreichen würde!

Ehe Rita ihren Rechner ausschaltete, hackte sie sich kurz in

Edgars Computer ein. Er war nicht online. Und er hatte seit gestern keine neuen Mails bekommen oder versendet. Alles war ruhig.

Er wohnte nur zehn Minuten von ihrer Wohnung entfernt. Rita musste nur an der Kreuzung Gerberstraße/Moselstraße links abbiegen. Das Licht hinter allen Fenstern seiner Wohnung im dritten Stock war schon gelöscht, sein Auto stand auf seinem Stammplatz. Ein paar Mal marschierte sie vor seiner Haustür auf und ab. Schritte, die ihr zur Routine geworden waren, ohne die sie später nicht schlafen konnte. Sie hatte es versucht.

Aber sie brauchte auch die Gewissheit, dass er wirklich in seiner Wohnung war und sich nicht irgendwo herumtrieb, Kontakte suchte und knüpfte. Sie hob einen der kleinen Kiesel auf, die zwischen Hauswand und Bürgersteig lagen, zielte damit gegen sein Schlafzimmerfenster. Der erste Versuch schlug fehl, nach dem zweiten ging sie hinter einem Auto in Deckung. Es dauerte nicht lange, der Vorhang wurde beiseite geschoben und sein Kopf erschien.

Mit Rührung erkannte sie im Schein der Straßenlaterne sein verschlafenes Gesicht, sein zerzaustes Haar, das weiße T-Shirt, in dem er immer schlief. »Schlaf gut, mein Lieber«, murmelte sie und hauchte ihm einen Kuss zu. »Mach dir keine Sorgen. Alles wird gut.«

Edgar sah ein paar Mal von links nach rechts die Straße entlang, zog sich dann zurück, der Vorhang fiel zu und Rita näherte sich der Haustür und dem Briefkasten. Sie schob mit der linken Hand die Klappe hoch, aber ein Gedanke ließ sie zögern.

Wenn der Gutschein einmal im Kasten war, war es zu spät. Wenn sie ihre Meinung änderte und ihn doch lieber auf eine andere Weise überbringen wollte, war das nicht mehr möglich. Sie ließ die Klappe herunterfallen und beobachtete, wie sie nach einem leisen Scheppern zur Ruhe kam. Liebevoll strich sie mit dem Finger über Edgars Namensschild.

Licht ging im Treppenhaus an. Sie trat in den Schatten. Ein Mann kam mit einem kleinen, schwarzen Hund heraus und spazierte mit gesenktem Kopf davon. Die Haustür fiel so langsam hinter ihm zu, dass es einen Moment gab, in dem Rita sie hätte aufhalten können.

Hand an den Griff, Fuß auf die Schwelle, zwei Stockwerke hinauflaufen, klingeln, Edgar den Umschlag in die Hand drücken. Ich habe hier etwas für dich, würde sie sagen.

Aber die Haustür fiel schon ins Schloss. Das Licht erlosch. Der Moment war vorbei. Sie holte den Umschlag aus ihrer Schultertasche und betrachtete ihn. Ein weiteres Mal hob sie die Klappe des Briefkastens hoch und blickte hinein. Das Fach war leer. Reichlich Platz für den Umschlag, der endlich vorsichtig durch den Schlitz geschoben wurde. Als Rita ihn losließ, fiel er dumpf auf den Grund. Ihre Fingerspitzen konnten ihn noch ertasten, aber nicht mehr herausholen. Sie zog ihre Hand zurück. Die Klappe fiel zu. Leises Scheppern. Es war vollbracht.

Die halbe Nacht schlug sie sich danach in ihrem Bett um die Ohren und quälte sich mit den Gedanken an den morgigen Tag. Sie wälzte sich von einer zur anderen Seite. Edgar und sie hatten morgen die gleiche Schicht. Vielleicht rief er sie schon in aller Frühe an, sobald er seine Zeitung aus dem Briefkasten geholt, den Gutschein entdeckt und das Erkennungszeichen auf ihm erkannt hatte.

Sie sprang auf, machte Licht und kontrollierte, ob ihre Telefone funktionierten. Sie wählte von ihrem Handy aus ihre Festnetznummer. Und umgekehrt. Sie stellte die Ruftöne lauter. Sie nahm beide Telefone mit ans Bett und legte sie neben ihr Kopfkissen. Sie löschte das Licht, und die Finsternis ergoss sich über sie wie Regen. Mit offenen Augen lag sie in der Dunkelheit und malte sich aus, wie er morgen nach dem Dienst hinter einer Straßenecke auf sie wartete und sie mit seinem Auto nach Hause fuhr. Sie hatten ihre Beziehung immer möglichst diskret gehalten. Er würde ohne Unterlass reden, ihr danken, erklären, versichern, bedauern, beteuern ... alles nur ein Missverständnis ... er brauchte eine Auszeit ... gleichgültig, was er sagen würde, sie würde ihm verzeihen. Sie musste bei der Vorstellung lächeln, wie erleichtert Edgar sein würde, wenn endlich alles gesagt, wenn alles wieder gut war. Wenn das Gespenst in seinem Kopf endlich vertrieben war. Ohne Operation. Sie musste morgen unbedingt etwas Besonderes für diesen besonderen Tag anziehen.

Als Rita am nächsten Morgen die gläsernen Eingangstüren zur Klinik aufschob, lief Edgar gerade die Treppe hinauf. Er war früher als gewöhnlich – und im Anzug, er nahm zwei Stufen auf einmal, nicht wie sonst den Aufzug. Seine linke Hand schwebte über den Lauf des Treppengeländers, unterm rechten Arm steckte eine Zeitung, in der Hand hing seine Aktentasche.

Rita setzte einen Fuß auf die unterste Stufe, blieb wie gebannt stehen und blickte an der Spirale des schmiedeeisernen Geländers die Stockwerke hinauf. In der Kurve zum dritten Stock wurde er auf sie aufmerksam, blieb stehen und legte den Finger auf den Mund. Er trug eine Krawatte. Eine Locke fiel ihm in die Stirn. Seine Nase kräuselte sich.

Sie konnte es kaum fassen. Er hatte sich schön gemacht. Für sie! So wie sie für ihn. Sie erstarrte fasziniert. Ihre linke Hand wollte das Geländer nicht loslassen, die rechte hing wie gelähmt an ihrer Seite. Ihr Mund stand leicht offen. Während ihre Augen ihn weiter verfolgten, nahmen ihre Füße wie von selbst die Treppe, Stufe um Stufe. Als Edgar abbog und aus ihrem Blickfeld entschwand, stolperte sie. Sie verlor das Gleichgewicht, fiel auf die Knie und faltete die Hände: *Er kommt zu mir zurück.*

»Amen!«, rief eine weibliche Stimme forsch hinter ihr.

Rita fuhr herum. Sie kannte die Frau nicht, die sich da über sie lustig machte, aber das hatte nichts zu bedeuten, sie kannte hier kaum jemanden. Schnell rappelte sie sich auf und wischte den Staub von den Knien. Ihre schwarze Strumpfhose hatte den Sturz nicht vertragen, mitten auf der Kniescheibe zeichnete sich eine Laufmasche ab.

»Schlimm?«, fragte die Frau und musterte Rita, die heute ein schwarzes Kleid und schwarze Schuhe mit hohem Absatz trug.

Rita schüttelte den Kopf. »Ich bin nur gestolpert.«

Resolut griff die Frau unter ihren Arm. »Wohin müssen Sie denn?«

»In den dritten.«

»Dann nehmen Sie doch den Aufzug.« Sie zog Rita die Treppenstufen hinunter, führte sie zum Aufzug und drückte für sie auf den Knopf. Sie wartete, bis die Kabine im Erdgeschoss ankam, und schob sie hinein. »Wir sind nämlich voll auf der Chirurgie.« Wieder dieses Lachen.

Die Frau bog in einen Gang ab, und Rita drückte nicht den Knopf zum dritten Stock, sondern ließ sich nur eine Etage höher fahren. Sie hasste Aufzüge.

Sie traf Edgar danach den ganzen Tag nicht mehr. Er wartete auch nicht nach Dienstschluss, so wie früher, auf der Elsa-Brandström-Straße auf sie. Enttäuscht nahm sie den Bus und ließ sich im Gedränge nach Hause fahren. Auf ihrem Anrufbeantworter war keine Nachricht von ihm und auf dem Rechner keine Mail. Unruhig wartete sie auf den späten Abend und auf die Schritte vor seinem Haus in der Dunkelheit. Sein Briefkasten war leer. In seinem Arbeitszimmer brannte Licht. Sie verstand es nicht.

Auch der nächste Tag war mysteriös. Auch die folgenden Tage blieben es. Sie konnte es sich nur so erklären: Er kämpfte gegen das Gespenst. Einen einsamen und unerbittlichen Kampf, mit dem er sie nicht belasten wollte. Bestätigung für ihre Theorie fand sie in seinem vagen Lächeln bei ihrem Anblick, seiner Aufmerksamkeit, wenn sie eine dienstliche Frage stellte, und in seiner Höflichkeit, wenn er ihr die Tür aufhielt. Unübersehbare, unmissverständliche Zeichen. Dazu bedurfte es keiner großen Phantasie. Besonders wenn sie an den Zeigefinger dachte, den er mehr als einmal auf den Mund legte. Sie hatten ein gemeinsames Geheimnis!

Dafür war Rita bereit, jeden Preis zu zahlen. Denn da war die Garantie, dieses Mal würde es mit Edgar und ihr gut gehen. Es musste. Sie wollte es so. Sie waren füreinander bestimmt. Sie hatte es schon damals im Kaufhof gewusst.

2. Kapitel

26. April, 10.15 Uhr
Forsthaus, Wolfgarten

Begleitet von chinesischem Kling-Klang-Klong, das aus dem Fenster der Wohnküche hinaus in den Nationalpark Eifel perlte, arbeitete Hauptkommissarin Sonja Senger am Webstuhl, hob die Nadel vom Meeresboden auf, breitete die Arme aus, drehte, blockierte, parierte und stieß zu, kreuzte die Hände, schloss das Chi und verbeugte sich gen Osten, wo die Sonne schon vor einer ganzen Weile aufgegangen war.

Außer Puste ließ sie sich danach dreimal gegen die Haustür ihres Forsthauses fallen, ehe diese quietschend nachgab. Sie schaltete die Musik ab, stapfte die Stiege ins Dachgeschoss hoch und stellte sich unter die Dusche.

Die Tai-Chi Übungen, die sie seit 14 Tagen jeden Morgen im Vorgarten vollführte, waren anstrengender, als sie aussahen. Sie hatte sich für die Peking-Form entschieden, die aus 24 Folgen bestand, und trainierte nach den Angaben eines Lehrbuchs des chinesischen Alt-Meisters Bai-Lui-Ze-Yong, welches aufgeschlagen neben ihr auf der Ofenbank lag, damit sie, ehe sie aus dem Takt kam, schnell nachsehen konnte, wie es weiterging.

Auf der Suche nach der passenden Begleitmusik wäre sie beinah den esoterischen Klängen eines Oliver Shanti erlegen, wenn sie nicht beim weiteren Googeln entdeckt hätte, dass der Mann mit der sanften Stimme Ende 2009 wegen Kindesmissbrauchs zu sechs Jahren und zehn Monaten Gefängnis verurteilt worden war. Entsetzt ließ sie ihn fallen und wandte sich einer chinesischen Combo zu, die noch nicht strafrechtlich auffällig geworden war.

Anfangs hatte sie beim Training einen Schlafanzug getragen und war sich vorgekommen wie ein germanisches Trampeltier. Aber seitdem sie sich den traditionellen schwarzen Anzug – bestehend aus einer weiten Dreiviertelhose und einer langen Jacke mit Stehkragen – angeschafft hatte, fiel es ihr leichter, sich harmonisch im Takt der China-Musik zu bewegen, während im Osten nach wie vor die Sonne aufging.

Als Sonja Senger nach der morgendlichen Prozedur die Wohnküche betrat, riss sie als Erstes ein Blatt vom Tischkalender ab, den ihr die Bundeszentrale für gesundheitliche Aufklärung zusammen mit einem gelben Frustball und einer grünen Broschüre geschickt hatte.

Schon 14 Tage! – So langsam attestiert Ihnen Ihr Umfeld Charakterstärke und Vorbildfunktion.

»Welches Umfeld?«, brummte Sonja im Selbstgespräch, und West, der dunkelgraue Kater, beäugte sie kritisch.

Sonja Sengers Umfeld bestand aus ihrem kleinen Forsthaus am Ortsrand von Wolfgarten und am Ende einer inzwischen nicht mehr sichtbaren, weil unterirdisch verlegten Stromleitung, in dem außer ihr und dem alten Kater West niemand mehr lebte.

Ein Zufluchtsort. Vom ersten Tag an, als sie es gesehen hatte, wusste sie, dass es immer so sein würde, gleichgültig was geschah. Darum hatte sie es gekauft. Nicht, weil es in einem verwilderten Garten und mitten im Nationalpark Eifel lag. Auch nicht, weil von Anfang an die Haustür so verzogen war, dass man sich dreimal dagegen fallen lassen musste, bevor sie sich öffnete. Nicht, weil Fenster und Dach so schlecht isoliert waren, dass sie im Winter fror und im Sommer schwitzte. Und erst recht nicht, weil es innen schief und klein und winklig war, nein, es war eine Höhle. Ihre Höhle.

Das Forsthaus hatte schon einige gehen sehen. Böse und

Gute. Zuletzt Harry Konelly, den Spieler, und Davis, den Hund.

Harry Konellys Leiche wäre beinahe in der Urfttalsperre gelandet, wenn Oberstaatsanwalt Wesseling die verstörte Hauptkommissarin nicht im letzten Moment daran gehindert hätte. Wo Konellys Leiche sich jetzt befand, dafür interessierte man sich im Forsthaus einen Dreck.

Anders lag der Fall bei Davis. Sein kleines Hundegrab befand sich im Vorgarten und wurde von einem Holzkreuz und einem Lavendelstrauch geziert. Und Sonja und West saßen gern und oft davor auf der alten Ofenbank, wo Sonja seit 14 Tagen nicht mehr rauchte.

Denn sie hatte vor 14 Tagen ein neues Leben angefangen.

Wieder einmal.

Sonja schnitt einen Strohhalm auf Zigarettenlänge – auch das ein Tipp der BzgA – schob ihn in den Mundwinkel und inhalierte Luft. Sie war abgestanden. Sonja riss ein Fenster auf, lehnte sich hinaus und sog gierig frische, kühle, feuchte Eifelluft ein. Nach 14 Tagen Rauchfreiheit begann sich Sonjas Geruchssinn bereits ein wenig zu erholen. Sie roch Gras und Erde und Holz. Ihre Geschmacksnerven waren auf dem Weg der Rekonvaleszenz.

Ihre Augen waren nie besser gewesen und entdeckten am Ende des Feldwegs drei Punkte. Punkte, die sich bewegten und größer wurden, also vermutlich menschliche Wesen waren. Sonja schloss das Fenster und begann, Frühstück für sich und den Kater zu machen. Sie hatte Hunger. Schlimmen Hunger. So schlimm, dass ihr das Wasser im Mund zusammenlief, als sie Katzenfutter in die kleine Emailleschüssel füllte. Sie hätte auf der Stelle zehn Brötchen vertilgen können.

Schlecht geschlafen hatte sie. Und alles nur, weil sie nicht mehr rauchen durfte. Nicht mehr rauchen *wollte*, wie sie sich auf Empfehlung der BzgA versuchte einzureden, während sie registrierte, dass ihre Hose in der Taille zu spannen begann, auch wenn sie den Bauch einzog.

Vor ein paar Wochen hatte sie im Kölner Stadt-Anzeiger keine Bekanntschaftsanzeigen studiert, sondern gelesen, dass es sich auch im zarten Alter von 60 Jahren noch lohne, mit dem Rauchen aufzuhören, weil man außer Lungenkrebs auch unweigerlich tausend andere Krankheiten davon bekommen könne, auf die sie keinen Wert legte.

Als hätte sie das nicht gewusst. Als hätte sie nicht deswegen ihre Rauchgewohnheiten im Griff gehabt. Aber im letzten Winter und im Februar hatte sie mit zwei schweren Erkältungen und einer lang anhaltenden Bronchitis gekämpft, aber währenddessen tapfer weiter geraucht, als gelte es, den Beweis zu liefern, dass Rauchen und Husten nichts miteinander zu tun haben.

Dann war Ostersonntag. Alle Geschäfte hatten geschlossen, Sonja hatte keine Zigarillos im Haus. Der nächste Tag, Ostermontag, lieferte ihr eine weitere Gelegenheit zur Abstinenz.

Sonja betrachtete das als göttliches Zeichen und begann, im Internet nach einem Rauchentwöhnungskurs zu suchen. Viele, mehr oder weniger seriöse Plattformen boten ihre nicht immer kostenfreie Hilfe an, Medikamente und Pflaster, Akupunktur und Hypnose, Kurse und Bücher. Sonja entschied sich für die BzgA, die Bundeszentrale für gesundheitliche Aufklärung, deren Website zwar arg trocken daherkam, dafür aber auch auf alle drastischen Warnungen und Drohungen verzichtete.

Sie loggte sich ein und erhielt seitdem von der BzgA jeden Morgen eine Mail, in der man ihr gratulierte und erklärte, wozu das Martyrium gut sei, mit welchen Tricks man der

Sucht ein Schnippchen schlagen und sich selbst austricksen könne.

Sich abzulenken war das Einfachste. Im Kriminalkommissariat in Euskirchen stürzte sich Sonja mit Feuereifer in Schreibtischarbeit. So pedantisch und akribisch hatte sie noch kein Kollege erlebt. Man sprach hinter vorgehaltener Hand von Übersprungshandlungen. Ihr Chef, Hauptkommissar Roggenmeier, fragte mehr als einmal, ob es ihr wirklich gut gehe.

Auch zu Hause war es mit der Ruhe vorbei. Haus- und Gartenarbeit erledigte sie wie eine Getriebene, bis sie am Abend erschöpft ins Bett sank. Noch gab es genug zu tun. Vieles war liegen geblieben. Aber sie fragte sich ernsthaft, was geschehen sollte, wenn jede Staubfluse und jedes Unkraut beseitigt sein würden? Die Razzien durch Vorrats- und Kleiderschränke beendet, die Fensterscheiben klar wie Glas und die Böden blank wie Spiegel wären?

Sonja schnupperte. Brötchenduft zog durch die Wohnküche. Sie spähte durch die schraffierte Scheibe ihrer neuen Multi-Funktions-Mikrowelle. Ein Wunderwerk der Technik. Sie konnte nicht nur innerhalb von Minuten alles Mögliche erhitzen, sondern auch backen, kochen und grillen und vermutlich noch vieles mehr. Die beiden Aufbackbrötchen drehten sich im Kreis und wölbten sich zunehmend. Die eingebaute Uhr lief mit einem »Pling« ab, als der Wasserkessel zu pfeifen begann. Sonja war von Nescafé auf Kaffeepulver umgestiegen, das durch eine Stempelkanne gepresst wurde. Ihre neu erwachten Geschmacksnerven begannen Ansprüche zu stellen. Anstelle von Kondensmilch gab es im Forsthaus Frischmilch. Statt Marmelade Wurst und Käse. Neue Sitten im Forsthaus, gegen die West nichts einzuwenden hatte. Wo war er nur?

Sonja rief nach ihm. Er war meist vor dem »Pling« der Mikrowelle zur Stelle und strich um den gedeckten Tisch herum.

In der Nähe des Fensters presste Sonja die Stirn gegen die Scheibe. Die drei Punkte vom Dorfrand waren über den Feldweg näher gekommen und dabei größer geworden. Aber nicht sehr groß. Es waren Kinder, die am Zaun zum Vorgarten standen. Sie bildeten einen kleinen Kreis und blickten auf ihre Hände, in denen sich ein dunkelgraues Fellbündel wand und kringelte.

Als Sonja das Fenster öffnete, hörte sie ein klägliches Miauen.

»Hallo!«, rief sie und lehnte sich hinaus.

Die Köpfe der Kinder fuhren herum. Zwei Mädchen, ein Junge. Ihre Haare flogen.

»Was habt ihr denn da?«

Eines der beiden Mädchen schob das Gartentor auf. Als sie auf Sonja zukamen, überragten sie sich jeweils um einen Kopf, von links nach rechts. Der Junge war der Kleinste.

»Ist das dein Kater?«, fragte das größte Mädchen.

»Was hat er denn?«, fragte Sonja vorsichtig zurück und biss auf ihren Strohhalm.

In diesem Augenblick befreite sich das Fellbündel aus den Kinderarmen, sprang auf den Boden, von dort mit einem Satz über die Stufen auf das Fenstersims und quetschte sich an Sonja vorbei in die Wohnküche. West machte sich über seinen Futternapf her, als habe er tagelang nichts gefressen, dabei hatte Sonja erst gestern Abend das Geschnetzelte mit ihm geteilt.

»Er hat sich verlaufen«, behauptete der Junge.

»So, so«, meinte Sonja und überlegte den Kindern zu erklären, wie fadenscheinig ihre Begründung war, weil West sich hier in der Gegend nie verlief, weil er hier seit Menschengedenken zu Hause war, als ihr die Charakterstärke und die Vorbildfunktion vom Kalenderspruch der BzgA einfiel. »Na dann, vielen Dank, dass ihr ihn nach Hause gebracht habt.«

Sie schloss das Fenster, aber die Kinder rührten sich nicht vom Fleck. Sie öffnete es wieder. »Auf Wiedersehen!«

Die Kinder nickten, blieben aber stehen.

Sonja schloss das Fenster ein weiteres Mal und drehte ihnen den Rücken zu. Sie stellte das Radio an, deckte den Tisch zu Ende und ließ sich nieder, sie goss Kaffee ein und schnitt ein Brötchen auf, sie belegte es und biss hinein, alles ohne ein einziges Mal aus dem Fenster zu sehen. Aber sie spürte Blicke und kam sich vor wie in einem Schaufenster.

Hatten diese Kinder kein Zuhause?

Sie öffnete das Fenster und sah sie fragend an.

»Wir haben eben gesehen, wie du draußen getanzt hast«, sagte das größere Mädchen und kicherte. Das andere Mädchen stimmte ein.

»Was hast du denn da?«, fragte der Junge und zeigte auf Sonjas Mund.

»Einen Strohhalm.«

»Der ist aber klein.«

Sonja nickte.

»Warum denn?«

»Den habe ich abgeschnitten.«

»Warum denn?«

»Ich gewöhne mir das Rauchen ab.«

Die Kinder wechselten Blicke, die besagen konnten, dass ihre Eltern das auch schon versucht hatten.

Die Größere tippte sich auf den Bauch. »Ich heiße Andrea.«

Die Mittlere tippte den Jungen an. »Das ist Carlo und ich heiße Britt.«

Sonja betrachtete ein Kind nach dem anderen und dachte sich eine neue Frage aus, die man zwischen Fenster und Angel stellen konnte. »Und ihr seid Freunde?«

Eifriges Nicken.

»Und wohnt alle in Wolfgarten?«

Eifriges Nicken.

Britt setzte sich aufrecht hin. »Meine Mama sagt, du wärst bei der Polizei.«

Sonja nickte.

»Aber«, meinte Carlo und legte den Kopf schief, »Du hast ja gar keine Uniform an.«

Sonja legte den Finger auf den Mund und machte ein geheimnisvolles Gesicht. »Extra nicht. Damit der Verbrecher nicht sofort sieht, dass ich Polizistin bin.«

Drei Münder blieben offen stehen.

»Du hast ja gar kein Polizeiauto.«

Sonja legte wieder den Finger auf den Mund. Die drei nickten ihr verschwörerisch zu. »Doch, es steht doch da draußen. Habt ihr es nicht gesehen? Eines mit ganz vielen geheimen Tricks. Die sieht man nicht sofort.«

»Hast du auch einen Revolver?« Ehrfurcht stand Britt ins Gesicht geschrieben.

Sonja schüttelte den Kopf und musste mitansehen, wie ihr guter Ruf sich in den Augen der Kinder so schnell auflöste wie ein Nebel am Morgen.

»Ich habe eine Pistole«, erklärte sie und hoffte, dass die Kinder nicht ins technische Detail gehen wollten.

»Können wir die mal sehen?«, fragte Andrea und verdrehte nervös ihre Finger, bis es knackte.

»Nein«, sagte Sonja und log mit gutem Gefühl: »Ich habe sie nicht hier, sondern in meinem Büro. Und jetzt ist Schluss mit Gruseln. Auf Wiedersehen!«

»Dürfen wir denn wiederkommen?«, fragte Andrea.

»Wozu denn das?«, fragte Sonja irritiert.

»Dürfen wir mit deinem Auto fahren?«, fragte Carlo hoffnungsvoll.

»Mal sehen.«

»Morgen?«

»Am Samstag«, entschied Sonja.

Als die Kinder über den Feldweg davonsprangen, als seien sie nur knapp einer großen Gefahr entkommen, dachte sie, dass es schön wäre, wenn sie wiederkämen. Sie hatte ein paar Minuten nicht ans Rauchen gedacht und nicht daran, wie schrecklich allein sie manchmal war. Und wenn sie die Kinder mal eine Runde mit ihrem neuen Dienstwagen herumkutschierte, würde ihr kein Zacken aus der Krone brechen. Sie könnte versuchen, für Samstag einen Kuchen in ihrer neuen Mikrowelle zu backen, eine Fertigmischung.

Sie schloss das Fenster, schnitt sich eine neue Strohhalm-Zigarette und klappte ihr Laptop auf. Drei Mails waren seit gestern Abend eingegangen. Eine von der BzgA, eine von der Staatsanwaltschaft Bonn und eine vom Kriminalkommissariat Euskirchen.

Zunächst ließ sie sich von der BzgA für den 14. rauchfreien Tag überschwänglich loben. Man attestierte ihr bereits jetzt eine höhere Lebenserwartung und sagte ihr ein Leben in Gesundheit und Selbstsicherheit voraus, mit einer Haut weich wie Samt und Zähnen strahlend wie Diamanten.

Das hört man gerne, sagte sich Sonja, strich sich mit einer Hand über die Wangen und fuhr sich mit der Zunge über ihre Zähne.

So gestärkt öffnete sie die zweite Mail, die, wie befürchtet, von Oberstaatsanwalt Bernd Wesseling aus Bonn stammte. Wesseling war nicht nur ein hoher Vorgesetzter, sondern auch ein ungebetener Ratgeber, der sie seit 1998, seit ihrer Versetzung von Köln nach Trier, nicht mehr aus den Augen gelassen hatte. Eine Zeitlang hatte Sonja den Verdacht gehabt, es sei etwas anderes als dienstherrliche Fürsorge, die ihn dazu bewog, den Kontakt zu ihr nicht zu verlieren. Einmal, als er unerwartet bei ihr im Forsthaus aufkreuzte, hatte eine Aussprache in der Luft gelegen. Durch höhere Gewalt war im letzten Augenblick etwas dazwischengekommen, dennoch wussten beide – und andere ahnten es – dass es keinen Oberstaatsanwalt der Welt gab, der sich auf diese Weise selbstlos um eine kleine Hauptkommissarin kümmerte. Andere schwiegen, und Wesseling und Sonja legten eine bemerkenswerte Ruppigkeit an den Tag, wenn sie telefonisch, virtuell oder ganz real miteinander zu tun hatten.

In der Mail von heute beanstandete er, dass sie ihr Handy wohl nur zu Dekorationszwecken angeschafft habe. Seit geschlagenen sechs Tagen wünsche er sie zu sprechen, er sei bereits einmal vergebens in Wolfgarten gewesen. Sonja zweifelte an seinen Worten. Wenn sie nicht irrte, lag ihr Handy eingeschaltet oben auf dem Nachttisch, und wenn er hier gewesen war, hätte er einen Zettel und deutliche Reifenspuren hinterlassen.

Sonja biss auf dem Strohhalm herum und spuckte ihn aus, fing ihn mit der Hand auf und warf ihn in den Mülleimer. Sie schnitt sich einen neuen zurecht und setzte sich wieder vor das Laptop.

Sie klickte die Antwortfunktion an und erinnerte Wesseling schnörkellos daran, dass

a) sich ihr Arbeitsplatz nicht im Forsthaus, sondern im Kriminalkommissariat Euskirchen befinde,

b) sie dortselbst über einen Dienstanschluss im Festnetz verfüge, den reizende Kollegen in ihrer Abwesenheit selbstverständlich bedienten und

c) sie nur eine halbe Stelle innehabe.

Zu alldem habe er ihr, wie er hoffentlich noch wisse, selbst verholfen.

Zufrieden betrachtete sie ihre ausgefeilten Worte und freute sich auf die Wirkung. Sie klickte die Sendefunktion an, als die *Miss-Marple*-Melodie ihres Handys sich leise ihren Weg durchs Forsthaus bahnte.

Zu leise, befand Sonja und lief die Stiege hinauf, sie musste sie unbedingt lauter stellen. Aber ihr Handy lag nicht auf dem Nachttisch. Zurück im Erdgeschoss gelang es ihr beim siebten Klingeln, die Quelle des Geräusches zu orten, indem sie ein Ohr an eine Fensterscheibe hielt. Sie hatte das Handy draußen auf der Ofenbank liegen lassen, als sie auf dem Pferd geritten und nach dem Weg gefragt hatte.

Der Anrufer hatte inzwischen aufgegeben. Auf dem Display stand die Rufnummer. KK Euskirchen. In der Mailbox war eine SMS. Sie habe auf der Stelle im Büro zu erscheinen, da in einer knappen Stunde eine Besprechung anstehe. HK Roggenmeier, ihr Chef, ließ ausrichten, dass es dringend sei.

Das sind seine Besprechungen immer, sagte sich Sonja, und machte sich reisefertig.

Sie schnitt sich fünf Strohhalme auf Zigarettenlänge und steckte sie in ihr neues, silbernes Zigarettenetui. Die Frage der Kleiderordnung war schnell geklärt, Jeans, ein weiter, schwarzer Leinenblazer, weißes T-Shirt. Die neue Frisur, die sie sich zu Beginn ihres neuen Lebens ohne Harry zugelegt hatte, war praktisch, ohne so auszusehen. Darauf ihr Lieblingsstück, den dunkelgrauen Topfhut, zu setzen, verkniff sie sich, denn unter dem Filz würde sie bald einem Hitzestau erliegen. Sie musste sich bei nächster Gelegenheit einen Sommerhut zulegen. Einziger Schmuck war der rubinrote Lippenstift, den sie kürzlich entdeckt hatte, mit dem sie ihrem Gesicht mit zwei Strichen und ohne große Kunstfertigkeit eine lebhafte Note geben konnte.

Als sie die Haustür abschloss, waren seit dem Öffnen der

Mail keine zehn Minuten vergangen. In einer halben Stunde würde sie wissen, wo Roggenmeier der Schuh drückte.

Sonja Senger parkte im Hof der Polizeibehörde auf der Kölner Straße. Zwei junge Polizistinnen hoben die Hand zum Gruß an ihre Mützen. Sie stellten sich neben die Eingangstür und zündeten sich Zigaretten an. Sie trugen beide blonde Pferdeschwänze und waren überschlank. Sonja inhalierte den vertrauten Geruch und kam sich überlegen vor.

Von den drei Schreibtischen in ihrem Büro am Ende des Flures war nach wie vor nur ihrer in Gebrauch. Sonja hatte aus der Not eine Tugend gemacht und die beiden unbenutzten Tische Tag für Tag ein wenig mehr mit Akten zugestellt, gerade so hoch, dass sie noch über sie hinweg aus dem Fenster schauen konnte. Nicht, dass die Aussicht besonders grandios gewesen wäre – sie blickte auf einen anderen Flügel der Polizeibehörde –, aber das Tageslicht sollte ungehindert ihr Büro und ihre Seele erhellen können. Sonja riss das Fenster auf, füllte Wasser in die Kaffeemaschine und legte ein Pad in den Behälter. In einem Anflug von Übermut legte sie ein zweites darauf. Sie wollte wach sein für Roggenmeier. Hellwach.

Roggenmeier war nicht allein, als sie sein Büro betrat. Ein Herr saß mit dem Rücken zur Tür auf dem besten Besucherstuhl. Sonja wusste sofort, um wen es sich handelte. So akkurat der Mittelscheitel, so gerade der Rücken, so dezent der Herrenduft, das konnte nur einer sein.

Roggenmeier sprang auf wie ein Läufer beim Startschuss. »Schön, dass Sie sich freimachen konnten!«, rief er und presste ihre rechte Hand mit seinen Händen zu einem Knochenhaufen zusammen, während der Kaffee in ihrer anderen Hand über den Tassenrand schwappte.

»Da waren die Augen wohl größer als die Tasse«, meinte Roggenmeier und verrieb mit den Schuhspitzen die Tropfen. »Sie setzen sich besser hin.« Er rückte den zweiten Besucherstuhl, einfache Holzklasse, vor seinen Schreibtisch, lief um den regungslosen Besucher herum, pflanzte sich auf seinen ledernen Chefsessel und lehnte sich zurück. Roggenmeier war ein drahtiger, kleiner Mann. Die Rückenlehne überragte seinen Kopf um einen halben Meter.

Sonja ließ sich nieder und tat überrascht, als sie endlich in Wesselings Gesicht blickte, das so miesepetrig war, als habe er ihre Mail bereits gelesen. Nase und Augen waren gerötet, also litt er noch unter seiner Pollen-Allergie. Ihr Mitleid hielt sich in Grenzen.

»Oh! Guten Morgen, Herr Oberstaatsanwalt.« Sie erhob sich andeutungsweise. »Sie hier?«

Er brummte etwas, was vermutlich »Je nun« heißen sollte. Er sollte dringend *die einfache Peitsche* trainieren, dachte Sonja, danach könnte er leichter Stellung beziehen.

Auch Roggenmeier würde es nicht schaden, ein wenig *am Webstuhl zu arbeiten*. Aber jetzt und hier schien nicht der richtige Zeitpunkt zu sein, um auf die Gesundheit der beiden Gesetzeshüter zu sprechen zu kommen.

Sonja schnüffelte an ihrer Tasse. Mit zwei Pads roch die Angelegenheit wenigstens nach Kaffee. Sie nahm einen großen Schluck. Sie nahm einen zweiten und einen dritten und genoss die neidischen Blicke der beiden Herren, die auf dem Trockenen saßen.

Sonja stellte ihre Tasse ab. »Wo brennt's denn?«

»Auf dem Eifelsteig«, sagte Hauptkommissar Roggenmeier anklagend, als sei sie schuld daran.

»O je, der Eifelsteig!«, rief Sonja aus.

»Sie sagen es!«, meinte Wesseling.

Gegen den Eifelsteig an sich hatten alle drei nichts einzuwenden. Der Oberstaatsanwalt war ein gefürchteter Wandervogel. HK Roggenmeier beteuerte oft und gerne, wie sehr er sich über jeden neuen Wanderweg freue, der zu den Wasserland-, Burgen-, Kloster- und Kräuterpfaden stieß und mit dem der Tourismusverband harmlose, unbescholtene Bürger in die Eifel locke, da der Ruf der Eifel in den letzten Jahren arg unter der ansteigenden Kriminalität – und sei es auch nur die auf dem Papier – gelitten habe.

HK Sonja Senger war der Eifelsteig schlichtweg gleichgültig. Wer meinte, ihn gehen zu müssen, sollte es tun. Sie nicht. Es fiel ihr schwer zu verstehen, wie sich erwachsene Menschen im Vollbesitz ihrer geistigen Kräfte freiwillig *per pedes* auf einen Weg machen konnten, den sie mit dem Auto bequem und sicher in einem Zehntel der Zeit bewältigen konnten.

Aber alle drei fürchteten den Eifelsteig auch.

Als Tatort.

Tiefer Wald, in dem man sich verirrte, undurchdringliches Dickicht, in dem man niemanden fand und selbst nicht gefunden wurde, dorniges Gebüsch, in dem man mit Haut und Haaren hängen blieb, reißende Bäche, in denen man ertrank, morsche Brücken, von denen man herabfiel, schmale Pfade, von denen man abkam, finstere Schluchten, in die man stürzte, nass glänzende Felsen, von denen man in den sicheren Tod rutschte.

Hinzu kamen Unerreichbarkeiten aufgrund der zahlreichen Funk- und Schlaglöcher, Streifenwagen und Krankenwagen und Hubschrauber hatten ihre liebe Not, schweigsame Bewohner in den seltenen Häusern und Höfen ergänzten das Bild. Nicht zuletzt waren da die unberechenbaren Wildschweine, von denen mehr und mehr im Unterholz lauerten. Von Wildkatzen, Füchsen und Luchsen ganz zu schweigen.

Kurz und knapp: Der Eifelsteig war unübersichtlich.

»Waldbrand?«, tippte Sonja und nahm den Faden wieder auf. Waldbrand wäre eine naheliegende Katastrophe und zunächst einmal ein Fall für die Feuerwehr.

Roggenmeier und Wesseling schüttelten bedauernd die Köpfe. Ihre Mienen waren finster und irgendwie endgültig.

»Tod eines Waldarbeiters?« Waldarbeiter war einer der gefährlichsten Berufe überhaupt, wenn man den Statistiken der Versicherungen glauben konnte.

»Schlimmer.«

»Wilderer?« Diese Leute waren mit dem Schießen meist schnell bei der Hand.

»Schlimmer«, drohte Roggenmeier.

»Schmuggel?« Die Grenzen waren nicht weit, auch wenn sie inzwischen grün waren. Drogen waren immer ein Thema.

»Noch schlimmer.«

»Menschenhandel!«, sagte Sonja schließlich mit gesenkter Stimme, das war keine Frage mehr, sondern eine Feststellung. Etwas Schlimmeres konnte sie sich nicht vorstellen.

Roggenmeier und Wesseling wechselten bedeutsame Blicke. Der Oberstaatsanwalt forderte schließlich den Hauptkommissar auf, der Qual ein Ende zu bereiten.

»Ein Ungeheuer!«, stieß Roggenmeier hervor und krallte sich an den Armlehnen seines Chefsessels fest, als wolle es ihn bereits daraus hervorzerren.

»Ein Ungeheuer.« Sonja nickte. »Aha.«

Wesseling bestätigte Roggenmeiers Aussage mit einem bedauernden Nicken.

Sonja ließ sich auf das Spiel ein. »Haben Sie es gesehen?«

»Nicht persönlich«, gab Roggenmeier zu. »Aber es stand groß und breit in der Zeitung. Haben Sie das nicht gelesen?«

»Nein. Ich lese keine Yellow Press.«

»Es stand im Kölner Stadt-Anzeiger und in der Aachener Zeitung«, protestierte er.

»Und was in der Zeitung steht, das glauben Sie?«, fragte Sonja.

»Nun ja, man kann nie wissen. Das Ungeheuer ist immerhin von mehreren Menschen gesehen worden.«

»Und diese Menschen haben Anzeige erstattet?«

»Noch nicht«, sagte Roggenmeier. »Sie haben nur die Presse informiert, aber ich will mir nicht nachsagen lassen, untätig gewesen zu sein.«

»Gut«, sagte Sonja resigniert. »Jagen wir also zur Abwechslung mal ein Ungeheuer. Treibt es sein Unwesen in unserem Bezirk?«

Wesseling, der unparteiische Wandervogel, fand, dass die Frage durchaus berechtigt sei, da der Eifelsteig zum großen Teil außerhalb des Zuständigkeitsbereichs der Polizeibehörde Euskirchen verlief. »Erst auf der vierten Etappe, etwa ab Wollseifen, betritt er Ihr Terrain«, erklärte er im Oberlehrerton. »Und auf der achten Etappe, wenn er die Grenze zwischen Nordrhein-Westfalen und Rheinland-Pfalz passiert, also in Höhe des Ortes Mirbach, verlässt er es bereits wieder. Also müssen Sie sich nur um, sagen wir, 60 Kilometer Eifelsteig kümmern.« Er zog ein kariertes Stofftaschentuch aus dem Jackett und schnäuzte sich.

»So!«, meinte Roggenmeier.

»Aber die Grenzen sind nicht markiert«, erinnerte Sonja ihn und schürte erneut das Feuer. »Sie sind grün. Das Ungeheuer braucht nur einen Schritt in die falsche Richtung zu tun – und schon haben wir den Salat.«

Bedrückendes Schweigen.

»Bisher wurde es nur im Bezirk Aachen gesehen«, räumte Roggenmeier ein.

»Auf der ersten und der zweiten Etappe«, fügte Wesseling hinzu. »Zwischen Kornelimünster und Roetgen.«

»Ist es auf dem Weg zu uns?«, fragte Sonja und gab sich Mühe, ernsthaft zu klingen.

»Ich fürchte es«, meinte Roggenmeier.

»Wie sieht es denn aus?«, fragte Sonja.

»Wenn man das genau wüsste!« Roggenmeier warf verzweifelt die Hände in die Luft. »Meldungen aufgeschreckter Wanderer zufolge ist es ein Riese, über zwei Meter groß, und hat einen Buckel.« Er zeichnete eine monströse Gestalt in die Luft. »Es ist mit einem Wanderstock bewaffnet, groß und krumm wie Rübezahl und ganz unheimlich gekleidet.«

»Ach was«, sagte Sonja.

»Das Schlimmste aber ist«, Roggenmeier beugte sich vor und senkte seine Stimme. »Es kommt mit einer Riesen-Geschwindigkeit voran. Das schafft kein normaler Mensch. Solche Schritte!« Er hielt seine Hände etwa zwei Meter voneinander entfernt. »Und es scheint nie eine Pause zu machen. Es kann Tag und Nacht gehen. Das ist doch nicht normal!«

»Dann kann es ja nicht mehr lange dauern, und es ist bei uns!«, sagte Sonja voraus.

»Genau«, bestätigten Wesseling und Roggenmeier zufrieden und warfen ihr einen fast liebevollen Blick zu, weil sie endlich verstanden hatte.

»Sicher hinterlässt es solche Fußspuren«, sagte Sonja und zeichnete Rechtecke in DIN-A3-Größe in die Luft. »Wie Bigfoot?«

Langsames Nicken, die Bedächtigkeit stand für die Gefährlichkeit.

»Und was machen wir jetzt?«, fragte Sonja ratlos.

Roggenmeier versuchte, vor allem sich selbst zu beruhigen, als er sagte: »Noch ist nichts passiert.«

Da meldete sich Wesseling endlich zu Wort. »Wir gehen selbstredend davon aus, dass es sich hier um eine Phantasterei handelt, die im Zuge der Verbreitung zur heillosen Übertreibung wurde. Ausgehend von einer Sinnestäuschung, wenn Sie wissen, was ich meine, denn je nach Tageslicht und Witterung können Dinge in der Natur eine andere Form annehmen ...«

»Und wegen einer Sinnestäuschung trommelt man mich außerhalb meiner Dienstzeit hierher?«, unterbrach Sonja ihn.

Roggenmeier räusperte sich verlegen und wechselte einen Blick mit Wesseling. »Sie sollten Ihre Wanderschuhe putzen und ...«

»Ich habe keine Wanderschuhe!«, blaffte Sonja zurück.

»Dann wäre jetzt die richtige Zeit, welche anzuschaffen.«

»Ist das eine dienstliche Anweisung?«

»Nein«, meinte Wesseling, »so weit ich mich erinnern kann, sind wir doch schon einmal zusammen gewandert, Frau Hauptkommissarin. Das muss 2004 gewesen sein. Sie erinnern sich an den Mord auf dem Feuerwachtturm in Wolfgarten?«

»Natürlich«, meinte Sonja – verwundert, dass er sich daran erinnerte, während sie keine Idee hatte, wo sie ihre Wanderschuhe danach versteckt haben könnte.

»Und trugen Sie sie nicht auch, als Sie den weißen Falken gefunden haben?«

»Wenn Sie mir jetzt noch sagen, welche Farbe sie haben, wäre ich Ihnen dankbar.«

»Braun, nehme ich mal an.«

»Und wo stehen sie?«

»In Ihrem Abstellraum unter der Stiege.«

»Danke.«

»Sie haben dem Land NRW mindestens 150 Euro erspart,

Herr Oberstaatsanwalt«, meinte Roggenmeier prustend und verschluckte sich.

Sonja hatte nicht übel Lust, Wesseling zu fragen, wo der blaue Schal war, den sie seit Ewigkeiten suchte. Aber dann besann sie sich auf den Grund ihres Hierseins. »Und falls es stimmt, was der Herr Oberstaatsanwalt sagt, was soll ich dann tun?«

»Halten Sie sich bereit«, sagte Roggenmeier, »für den Moment, in dem das Ungeheuer unseren Bezirk betritt.«

»Um mir das zu sagen, musste ein Oberstaatsanwalt anreisen?«

»Er war zufällig hier.«

»Es gibt keine Zufälle«, behauptete Sonja.

Wesseling hob beschwichtigend die Hände. Röte hatte jetzt auch sein Gesicht überzogen. Er hatte sie sehen wollen, reimte sich Sonja zusammen und lächelte milde. »Nächstes Mal kommen Sie einfach bei mir in Wolfgarten vorbei, Herr Oberstaatsanwalt. Ich würde mich freuen«.

»Je nun.«

Zurück im Forsthaus fand sie mit Wests Hilfe nach einigem Stöbern im Abstellraum unter der Stiege ein paar braune Wanderschuhe im Originalkarton. Wesseling hatte dem Land NRW nur 129,50 Euro erspart. Sie sahen aus wie zweimal getragen. Im rechten Schuh steckte ein blauer Schal.

In der gleichen Ecke im Regal entdeckte sie auch ihre Teleskop-Stöcke, die durch ein Spinnennetz miteinander verbunden waren, und den Rucksack, in dem eine Windjacke, eine Wasserflasche und ein verbeulter, kleinkarierter Südwester ihr Dasein fristeten. Da war er ja, ihr neuer Sommerhut.

Sie breitete ihre Ausstattung in der Wohnküche auf dem Tisch aus. West bestieg den Schuhkarton, machte es sich darin gemütlich und begann postwendend zu schnurren. Sonja ging um den Tisch herum, links herum, rechts herum, und musterte ihre Ausbeute wie einen Schatz, den niemand haben wollte. Sie erinnerte sie an eine Zeit, an die sie lieber nicht erinnert werden wollte.

Und sie verfluchte die Vorstellung, zur Beruhigung der Bevölkerung eine Wanderung machen zu müssen. Wo kam die Polizei denn hin, wenn sie jeder Sinnestäuschung nachging? Es gab keine Ungeheuer mehr. Diese Zeiten waren vorbei. Wahrscheinlich hatten die Wanderer zu viel am Eifelbrand genippt.

Sie verschränkte die Arme über der Brust und wünschte Wesseling und Roggenmeier ein schweres Schicksal.

3. Kapitel

8. Mai, 15.45 Uhr
MS Phantasy, Genua

Der Himmel über Genua war wolkenfrei und marineblau. Landeinwärts wuchsen Hügel zu Gebirgen, und Städte verstreuten sich zu Dörfern und Weilern, im Yachthafen tummelten sich Motorboote, im Industriehafen lagen mächtige, dunkle Containerschiffe, Rumpf an Rumpf vertäut. Die Luft war erfüllt vom Geschrei der Möwen, dem Hupen der Schiffshörner und dem Klackern der Leinen an die Masten.

Die *Guardia Costiera* auf Motorrädern oder in kleinen, wendigen Booten war allgegenwärtig. Den Augen der operettenhaft Uniformierten hinter den verspiegelten Sonnenbrillen entging nichts. Es sei denn, es war so gewollt.

Der westliche Hafenabschnitt, genannt *Cruise Terminal*, war für die weißen Kreuzfahrtschiffe reserviert, die in der Sonne um die Wette glänzten. Das Meer war glatt und ruhig.

An Land war man umso geschäftiger. Unter lauten Zurufen und hektischem Hin und Her wechselten die Crews, Busse holten und brachten Passagiere und Gepäck, Transporter lieferten Lebensmittel und Wäsche. Emsige Putzkolonnen trafen ein. Ingenieure und Mechaniker kümmerten sich um die technischen Details und kontrollierten die Betankung.

An der *Stazione Marittima* lag die MS Phantasy. Sie hatte alle Prozeduren hinter sich gebracht. Marmor, Glas, Spiegel und Holz waren poliert, die Vorräte aufgefüllt, die neue, ausgeschlafene Crew steckte frisch und adrett in ihren dunkelroten Uniformen und wartete auf die Einschiffung der neuen Passagiere, die am Flughafen *Cristoforo Colombo* oder den

Bahnhöfen *Brignole* und *Piazza Principe* eingesammelt wurden. Nur einige wenige kamen mit eigenen Pkw und parkten am *Ponte dei Mille*, um die letzten Schritte zu ihrem großen See-Abenteuer zu Fuß zu gehen.

Die Crew war guter Dinge. Nicht mehr als die Hälfte der 532 Kabinen war belegt, was nur halb so viel Ärger und Stress während der bevorstehenden Kreuzfahrt durch das westliche Mittelmeer bedeutete. Eigner und Reeder betrachteten das vermutlich anders, aber die hatten ihren Sitz weit weg im deutschen Hamburg. Immerhin waren alle sechs Deluxe-Suiten gebucht worden, aber nur 35 Mini-Suiten, 180 Außenkabinen und 70 Innenkabinen waren hergerichtet. Den Passagieren blieben noch drei Stunden Zeit, um an Bord zu kommen.

Pünktlich um 18 Uhr würde die MS Phantasy in Richtung Malaga ablegen, das sie nach einem langen Tag auf hoher See gegen Mittag des Folgetages erreichen würde, um von dort am Abend die Route Richtung Cadiz, Lissabon, Gibraltar, Alicante und Barcelona fortzusetzen. Nach zehn Tagen sollte sie wieder in Genua an der *Stazione Marittima* anlegen, und alles ging von vorne los. Das war das Leben der MS Phantasy, das sie seit fünf Jahren führte. Letzte Abwechslung war die Grundrenovierung im Jahre 2009 gewesen. Sie kannte den Weg auswendig, sie kannte jeden Pier, jeden Hafenarbeiter. Früher war sie im östlichen Mittelmeer eingesetzt worden, wo es abwechslungsreicher gewesen war, aber dort kreuzte jetzt die größere und jüngere MS Mystery.

Der erste Transferbus rollte auf den *Cruise Terminal*, steuerte die *Stazione Marittima* an und kam auf der vorgeschriebenen Parkfläche zum Stehen. Die Chef-Stewardess begab sich am Eingang des Decks Aurora, auf dem sich die Rezeption befand, in Position, zupfte noch einmal an ihrem dunkelroten Nicki-Tuch und machte ein freundliches Gesicht. Aber beim

Anblick des ersten Passagiers, der breitbeinig und mit rudernden Armen über die Gangway an Deck stolperte, fielen ihre Mundwinkel herab.

Er trug eine beigefarbene Cordjacke mit Flicken auf den Ellbogen, eine ausgebeulte, schwarze Hose und Turnschuhe, aus denen seine Füße quollen. Die Zeit, in der sein T-Shirt schwarz gewesen war, musste lange zurückliegen. Über seiner Schulter hing eine große, abgewetzte Schultertasche, aus der zwei Papierrollen ragten. Auf seinem Kopf balancierte er eine schwarze Baskenmütze, darunter hingen ihm fusselige, mittelblonde Haare wie ein Fransenvorhang um die Ohren.

»Tach!«, rief er und warf einen Haufen verknitterter Papiere auf die Theke aus rosa Granit. »Ich hab hier ein Zimmer reserviert!« Sein Mund war von einem struppigen Schnurrbart überwuchert.

Ein Ruck ging durch das vierköpfige Empfangskomitee. Man blickte sich hilflos an und blätterte mit gerunzelten Augenbrauen durch den Papierhaufen.

»Herr ...?«, fragte schließlich eine der Stewardessen, Annika, wie auf dem kleinen Schild stand, das sie an ihrer dunkelroten Weste trug, und versuchte ihr Entsetzen unter Kontrolle zu bringen.

»Schramm!«, sagte der Mann und stand stramm. Er streckte seine Hand aus, seine Fingerkuppen waren voller rostroter Farbkleckse. »Dr. Edgar Schramm! Wie wäre es mit einem Schlüssel?!«

»Moment, ich ...« Annika musterte ihn fassungslos, als habe er sich im Terminal geirrt und könne höchstens drüben auf einem der Containerschiffe angeheuert haben. »Entschuldigung, aber ...«

»Mach voran, Mädchen, ich muss mich was hinlegen, ich bin seit heute früh auf den Beinen.«

»Sofort, Herr Dr. Schramm. Ich sehe nur schnell nach, welche Kabine Sie reserviert haben.«

Ungläubig durchforstete sie die Anmeldelisten. Ihre drei Kolleginnen halfen. Man steckte die Haarschöpfe zusammen, zwei blonde, einen roten, einen braunen, und man tuschelte.

Guido Schramm spazierte unterdessen ungeduldig hin und her, und die beiden Papierrollen wischten hinter seinem Rücken Staub, wo keiner war. Er hatte schon im Bus feststellen müssen, dass er nicht gerade overdressed war. Aber er war Künstler und nicht gewöhnt, sich anzupassen, besonders nicht in Kleidungsfragen. Das hatte er in seinem Beruf als Designer nicht nötig, abgesehen davon, dass ihm die Mittel dazu fehlten, da seine Auftragslage aufgrund seiner kompromisslosen Exzentrik lau war. So machte er aus der Not eine Tugend und gefiel sich zunehmend in der Rolle des viel beachteten Außenseiters.

Kopfschüttelnd blickte er sich in der Rezeption um und kratzte sich am Schnurrbart. »Wat simmer vornehm!«, meinte er und rüttelte an Messinggriffen, hinterließ seine Fingerabdrücke auf Glas- und Spiegelflächen, nahm kurz in einem der roten Samtsessel Platz, sprang auf, bewunderte eine Tür, die sich automatisch vor ihm öffnete, begutachtete naserümpfend ein Ölgemälde, hob eine Skulptur auf und stellte sie an einen anderen Platz und versuchte den Wasserspender in Gang zu setzen.

»Tach!«, rief er, als ein Paar – sportlich elegant im Partnerlook – das Deck betrat und mit einer Wasserfontäne begrüßt wurde.

»Huch!« Die beiden zuckten zurück. Ein Sprühnebel landete auf ihren hellblauen Poloshirts und hinterließ dunkle Flecken. Man schüttelte die blondierten Föhnfrisuren und nahm die Sonnenbrillen ab, beide von D & G.

Auf die ersten folgten weitere Passagiere, ähnlich sportlich elegant ausstaffiert, und drängelten sich an der Rezeption.

»Moment!«, Guido Schramm stieß die Hinzugekommenen beiseite. »Ich bin zuerst dran!«

»Sie haben Kabine L 164«, sagte Annika eilig. Während ihre Kolleginnen sich um die anderen Passagiere kümmerten, nahm sie ihn beiseite und drückte ihm eine Chipkarte und einen Schiffsführer in die Hand.

»Und der Schlüssel?«

»Diese Karte ist Ihr Schlüssel, Herr Dr. Schramm. Das Türschloss hat einen Schlitz. Sie stecken die Chipkarte hinein und die Tür öffnet sich automatisch.«

»Mal sehen, ob das klappt«, knurrte Guido und versenkte die Karte in die Brusttasche seiner Cordjacke. Er wandte sich ab, blieb abrupt stehen und drehte sich noch einmal um. »Welches Zimmer noch mal, Mädchen?«

»Kabine L 164«, flüsterte Annika. »Das steht auch auf Ihrer Chipkarte. Ihre Kabine befindet sich auf dem Deck Laguna im zweiten Stock. Dort drüben ist der Aufzug. Ihr Gepäck wird Ihnen gleich gebracht.«

»Welches Gepäck?«

»Ihr Koffer?!«

Guido klopfte auf seine Schultertasche. »Alles, was ich brauche, ist hier drin.«

Annika lächelte gequält. »Wir wünschen Ihnen eine gute Reise, Herr Dr. Schramm. Um 19 Uhr wird im Restaurant Galaxy das Abendessen serviert.«

»Was gibt es denn?«, fragte er und leckte sich über den Schnurrbart.

»Sektempfang mit ...«

»Keinen Champagner?«

Mit verkniffenem Lächeln erklärte Annika: »Wie gesagt,

Sektempfang mit unserem Kapitän und dann ein Buffet, Herr Dr. Schramm. Sicher ist auch für Sie etwas dabei.«

»Das wollen wir hoffen. Und lassen Sie mal den Doktor weg, Kindchen.«

»Wie Sie wünschen, Herr Dr. ... eh, Herr Schramm.

Als Annika rief: »Wir bitten um festliche Kleidung«, schlossen sich hinter Guido bereits die gläsernen Aufzugstüren.

Auf Deck Laguna öffneten sie sich wieder und vor Guido Schramm lag ein schmaler Gang, der mit einem dunkelblauen Teppich mit goldenen Lilienmustern ausgelegt war, das von Deckenspots angestrahlt wurde. Die Wände waren mit glänzendem Mahagoniholz verkleidet und zeigten Fotografien berühmter Schiffe. Ein paar Schritte und zwei Kabinen weiter, Guido steckte seine Chipkarte ins Schloss. Grünes Licht. Die Tür sprang auf.

»Nicht schlecht«, meinte er anerkennend und knipste das Licht an. Die Kabine, die vor ihm lag, reichte bis zu einer bodentiefen Fensterfront, die Guido mit vier langen Schritten erreichte. Er schob den Vorhang beiseite, öffnete die Tür und trat auf einen Balkon. Ein Duftgemisch aus Tang und Fisch und Dieselöl stieg ihm in die Nase. Er lehnte sich über die weiß lackierte Reling und sah hinunter aufs Wasser. Seine Kabine zeigte zum Hafen. Die letzten Passagiere kamen an Bord, sie wurden um Eile gebeten. Zur Linken und Rechten erstreckten sich die Balkonreihen an Deck Laguna.

Guido kehrte zurück in seine Kabine. Er stellte seine Tasche ab, zog seine Jacke aus und öffnete Türen, Schubladen und Fächer und testete die Matratze. Die Einrichtung war ein Wunderwerk der Innenarchitektur, jeder Winkel der etwa 12 Quadratmeter war optimal genutzt. Die Ausstattung war luxuriös, ein wenig zu barock und pompös, wie er fand. Gold war die dominierende Farbe, von der Stofftapete zur Bettdecke, vom

Sesselchen bis zu den Wasserhähnen im Marmorbad.

Guido überlegte dem edlen Spender eine SMS zu schicken, als schrilles Hupen ihn zurück auf den Balkon lockte. Die Crew begann, die Gangway einzuziehen, als ein Taxi mit quietschenden Reifen an der *Stazione Marittima* zum Stehen kam. Die Türen flogen auf. Eine attraktive Frau ohne Alter entstieg dem Fond. Während der Fahrer im Laufschritt das Gepäck, ein rotes Kofferset, weiterreichte, stöckelte die Frau, die unglaublich lange, dünne Beine hatte, an Bord. Sie trug ein schmales, dunkelblaues Kleid mit Spaghetti-Trägern. Ihre dunkelbraunen Haare waren zu einem exakten, kinnlangen Bob geschnitten. Eine Sonnenbrille saß auf ihrem Scheitel. Auf ihren Augenlidern lag ein dunkler Schatten, als sie auf Guido aufmerksam wurde und ihre Blicke sich trafen. Kurz danach verschwand sie aus seinem Sichtfeld. Und es war ihm, als hätte er Jennifer Lopez gesehen.

Alle Mann an Bord, sagte er sich, löschte das Licht und ließ sich auf die goldene Bettdecke fallen, schob sich eine Nackenrolle unter den Kopf, um über die Reling hinweg das Meer sehen zu können. Hin und wieder segelte eine Möwe durch die Luft, hin und wieder zog in der Ferne ein Kahn vorbei. Die MS Phantasy lag wie ein Stein im Wasser, Guido malte sich ein sanftes Schaukeln aus, prompt wurden seine Augenlider schwer. Gähnen überfiel ihn. Es war lange her, dass er eine so weite Reise gemacht hatte, und sie war noch nicht zu Ende. Sie fing gerade erst an.

Es war zwischen Schlaf und Traum, dass er glaubte, ein Schaben an der Kabinentür zu hören und zu sehen, wie die Klinke heruntergedrückt wurde. Er blinzelte. Es geschah ein weiteres Mal. Schaben. Drücken. Kurz darauf hörte er, wie die Tür neben seiner Kabine geöffnet wurde. Trotz des dicken Teppichbodens hörte er eilige Schritte zum Balkon,

Guido drehte den Kopf in die gleiche Richtung, die Balkontür nebenan wurde aufgeschoben, Guido setzte sich auf, sein Nachbar spähte um die halbhohe Trennungsscheibe aus gefrostetem Glas herum, durch das Gestrüpp einer kleinen Palme direkt in Guidos neues Reich hinein.

Guido thronte auf dem Bett und machte Faxen, beide Daumen an den Schläfen ließ er die Finger wedeln, der Kopf des Nachbarn tauchte genau so schnell ab. Aber er hatte genug gesehen. Sein Nachbar war niemand anderes als der letzte Passagier, die attraktive Frau ohne Alter, Jennifer Lopez.

Guido war perplex. Das fing gut an. Würde er als männlicher Single an Bord Beute einsamer, lüsterner Frauen werden? Wenn sie wie Jennifer Lopez aussahen, hatte Guido nichts dagegen einzuwenden. Er war kein Kostverächter. Viele Frauen standen auf Designer, erwarteten an ihrer Seite ein glitzerndes Leben, schätzten es aber völlig verkehrt ein. An Guidos Seite hatte es bisher keine Frau lange ausgehalten.

Ein Ruckeln durchlief die MS Phantasy, eine sanfte Erschütterung, ein leichtes Brummen und Sirren durchzog die Luft. Guido trat auf den Balkon hinaus und umfasste die vibrierende Reling. Langsam wichen das Ufer und Hafengelände zurück. Die Rufe und das Klappern an Land schienen leiser zu werden, die Menschen kleiner. Das Meer rund um das Schiff geriet in Aufruhr. Von seiner Nachbarin fehlte jede Spur, wie Guido mit einem Blick über die Trennwand feststellte, aber ihre Balkontür stand einladend offen.

Er sah auf seine Uhr. Zeit fürs Buffet. Hunger hatte er schon seit Stunden. Der Snack im Flugzeug war etwas für den hohlen Zahn gewesen. Später, wenn es dunkel wäre, würde er sich auf seinen Balkon setzen, leise Musik einschalten, sich ein Fläschchen Rotwein bringen lassen und sehen, ob die schöne Nachbarin sich noch einmal blicken ließ. Die

Sonne wechselte auf ihrem Wege nach Westen ständig die Farbe, aber wenn sie einmal untergegangen war, war am wolkenfreien Himmel reichlich Platz für Sterne, wenn er Glück hatte, tauchte sogar der Mond auf. War nicht zur Zeit Vollmond? Bei Vollmond war alles möglich.

Das Galaxy Restaurant befand sich auf dem Deck Aurora im vierten Stock vorne am Bug. Es war ein glitzernder Glaspalast mit grenzenlosem Rundumblick übers Wasser. Große, runde Tische waren großzügig verteilt, Kristall und Porzellan auf den weißen Tischdecken spiegelten sich in den Kronleuchtern, Stimmen und Musik klangen gedämpft. In der Mitte des Raums war ein überbordendes Buffet in L-Form aufgebaut.

»Darf ich Sie um Ihren Namen bitten?«, fragte einer der Kellner in dunkelroter Livree und verbeugte sich leicht, während sein Blick an Guidos Kleidung hinabglitt. Auf dem Schild an seiner Brust stand *Piedro*.

»Schramm!«, sagte Guido und stand stramm.

Piedro kontrollierte seine Liste und führte ihn zu Tisch 12, an dem alle Polsterstühle bis auf zwei besetzt waren. Guido nickte den anderen Passagieren knapp zu. Es waren Paare im mittleren Alter, die ihrem Geschlecht nach abwechselnd nebeneinander saßen. Die Herren in Dinnerjackets und Fliegen setzten sich bei seinem Anblick aufrecht hin, bogen die Schultern zurück und lächelten gequält. Die Damen in glänzender, dekolletierter Abendgarderobe pressten die Lippen aufeinander und fingerten unruhig an ihren Klunkern herum. Der Kellner zog einen der beiden freien Stühle hervor und wartete, bis Guido sich niedergelassen hatte. Es wurde Sekt in filigranen Flöten gereicht.

Wenige Minuten später ließ es sich der Kapitän nicht nehmen, die Passagiere an Bord willkommen zu heißen. Ein bärtiger, wohlbeleibter Mann in einer weißen Uniform mit goldenem Lametta und einer sonoren Stimme, der alle Klischees sorgsam erfüllte. Nach ein paar warmen Worten gab er das Startzeichen fürs Buffet, woraufhin man sich gemessenen Schrittes ins Gedränge begab. Buffets fand Guido gefährlich, sie weckten den Futterneid, und damit das Tier im Menschen. Auch an Tisch 12 erhoben sich alle Passagiere und stürzten sich aufs Essen, alle bis auf Guido.

Er ließ den Gierigen den Vorrang, schlürfte Sekt und fragte Piedro beim Nachschenken, für wen denn der freie Stuhl neben seinem gedacht sei. Piedro holte seine Liste aus der Westentasche und meinte. »Für Frau Rita Funke.«

»Aha!«, sagte Guido zwinkernd und beugte sich zu Piedros Ohr. »Wohnt sie zufällig neben mir?«

Piedro räusperte sich verlegen.

»Sehen Sie schon nach.«

Piedro blätterte in seiner Liste. »Frau Rita Funke hat Kabine L 163.«

Guido erhob sich und schlug ihm auf die Schulter. »Alles klar, Junge.«

Am Buffet stellte er sich einen Fisch-, Muschel- und Krabbenteller zusammen. Wenn man schon einmal auf dem Meer war, dachte er sich. Als er mit seinem Teller an seinen Tisch zurückkehrte, stellte er verwundert fest, dass die Gesichter in der Runde irgendwie ein wenig anders aussahen als vorher, wohingegen die Kleidung unverändert festlich war. Aber da zwei Stühle frei waren, ließ Guido sich nieder und stach zufrieden in ein Filet. Er wusste nicht von jedem Tier, das sich auf seinem Teller tummelte, wie es hieß, noch aus welchen Gewässern es stammte, aber es war keines unter ihnen, das auf seine Art nicht köstlich zubereitet war.

Als er bei einem Kellner – Piedro schien abgetaucht – einen

trockenen Rotwein bestellte, raunte ihm dieser zu: »Das ist Tisch 4, mein Herr, Sie haben sich geirrt.« Er zeigte auf das silberne Schildchen in der Mitte, auf dem die Zahl 4 stand. »Sehen Sie! Ihr Tisch hat aber die Nr. 12. Ich bringe Sie hin, wenn Sie gestatten.«

»Ich gestatte nicht«, winkte Guido ab.

Allgemeines Gemurmel und Besteckklappern setzte ein. Kurz darauf ruckelte jemand an Guidos Stuhllehne.

»Das ist aber mein Platz«, sagte eine beleidigte Stimme hinter ihm.

Als der Mann sich anschickte, sich neben ihn zu setzen, legte Guido seine Hand auf die Sitzfläche und sagte mit vollem Mund: »Besetzt.«

Da stand plötzlich Piedro neben ihm, beugte sich zu ihm und begann leise auf ihn einzureden. Er möge sich bitte an Tisch 12 begeben, Ordnung an Bord müsse eben sein.

Guido wurde laut. »Ich bleibe hier sitzen! Und wenn du dich auf den Kopf stellst!«

Das Buffet stand nicht mehr im Mittelpunkt. Hier und da wurden Köpfe gereckt, mancher Passagier stand auf, um besser sehen zu können. Eine Sensation. Ein beginnender Skandal. Das Ende der Vornehmheit. Andere Kellner eilten Piedro zu Hilfe. Es schien sich ein Tumult anzubahnen. Da ertönte eine Stimme aus dem Lautsprecher:

»Dr. Schramm, bitte zur Rezeption!«

Abwartende Stille im Galaxy Restaurant.

»Dr. Schramm, bitte dringend zur Rezeption!«

»Kann man denn hier nicht mal in Ruhe essen?!« Guido ließ sein Besteck fallen, sprang auf, drängelte sich an den Tischen vorbei und machte sich unter lautem Protest auf den Weg. Im Vorübergehen entdeckte er seine Zimmernachbarin, inmitten anderer langweiliger Gesichter. Er blieb stehen.

Sie trug wieder dunkelblau, dieses Mal in Seide, tief ausgeschnitten und ärmellos. Mit weit aufgerissenen Augen starrte sie Guido an. Alle Farbe wich aus ihrem Gesicht. Ihre Hand fiel auf den Tisch und das Messer klirrend zu Boden. Der Platz neben ihr war frei.

»Dr. Schramm, bitte dringend zur Rezeption!«

Guido raufte sich die Haare. Dieses Schiff war kein Luxusdampfer, es war ein Narrenschiff. Wenn man vom Personal auf den Kapitän schließen konnte, musste das Schiff spätestens am Felsen vor Gibraltar zerschellen.

Guido setzte sich neben sie, der Lautsprecher schwieg, die Runde an Tisch 12 stellte sich tot, seine Nachbarin sendete feindliche Signale. Guido ließ sich von Piedro nachschenken und wollte gerade erneut das Buffet aufsuchen, als seine Nachbarin ihn leise fragte: »Sie wollen Dr. Schramm sein?«.

Er legte den Kopf schief und sagte: »Den Doktor können Sie weglassen.«

»Sie sind nicht Dr. Schramm«, behauptete sie.

»Ich werde wohl noch wissen, wie ich heiße!«, protestierte Guido lahm, dachte: Da haben wir den Salat, und gratulierte sich zu seiner Intuition.

Eine Situation wie diese hatte er vorausgesehen und befürchtet. Er hatte von Anfang an Bedenken gehabt, als sein Bruder Edgar ihm einfach seinen Personalausweis per Post zuschickte und am Telefon zu beruhigen versuchte: »Kein Mensch kennt dich und mich, Guido, kein Mensch kommt auf die Idee, dass du mit meinem Personalausweis unterwegs bist. Setz dir ne Brille auf, geh zum Friseur, lass dir die Haare schneiden und den Schnurrbart abnehmen. Keiner wird mit dem Zollstock nachmessen, wie klein du bist!«

»Und wenn doch, werfen sie mich über Bord.«

Edgar hatte ihn ausgelacht. »Diese Zeiten sind vorbei. Du

bleibst doch in der EU. Wenn du keine silbernen Löffel stiehlst oder Drogen schmuggelst, interessiert sich niemand für dich. Oder du verzichtest, du hast die Wahl. Dann verfällt der Gewinn eben. Die Reisepapiere kann man nicht mehr umschreiben.«

Auf keinen Fall hatte Guido verzichten wollen. Die Gelegenheit zu einer kostenlosen Kreuzfahrt im Mittelmeer würde er nicht so schnell wieder bekommen. Seine Berühmtheit ließ auf sich warten. Der Reichtum ebenfalls. Aber an seine Haare auf dem Kopf und unter der Nase ließ er dennoch niemanden.

»Entschuldigen Sie, aber ich habe Hunger.« Guido stand auf.

»Das wird den Kapitän interessieren«, zischte sie.

Guido setzte sich wieder.

»Wer sind Sie?«, knurrte Rita.

»Psssst«, machte Guido und verdrehte die Augen. »Guido Schramm.«

»Guido Schramm?«

»Exakt!« Er nickte so heftig, dass seine Baskenmütze verrutschte. Er rückte sie mit beiden Händen zurecht. »Jawoll, der Guido, junge Frau.«

»Ha!«, entfuhr es Rita. Um ihre Lippen zuckte es, ihre Finger zitterten, als sie ihren Pony aus der Stirn schob. Ein paar kleine Schweißtropfen standen auf ihrer Stirn.

Guido stutzte. Er war nicht dumm. Er konnte zwei und zwei zusammenzählen. Rita war hinter Edgar her. Und Edgar wollte nichts mit ihr zu tun haben. So sah das aus. Basta! Guido stand zum dritten Mal auf.

»Das wird die Küstenwache interessieren«, zischte Rita.

»Und wenn schon.« Guido tat gleichgültig.

»Sie reisen mit falschen Papieren.«

»Tja, meine Liebe, wenn's Ihnen Spaß macht, dann zeigen

Sie mich ruhig an, aber dann zeigen Sie Ihren geliebten Edgar gleich mit an.« Guido machte sich auf den Weg zum Buffet. Als er sich kurz umdrehte, sah er, wie sie aus dem Restaurant stöckelte, die Schwingtüre aufstieß und aus seinem Blickfeld verschwand.

Ihm war der Appetit vergangen, stellte er fest, als er versuchte, sich einen weiteren Menügang zusammenzustellen. Skeptisch schritt er das Buffet entlang. Von der Vorspeise bis zum Dessert, keine der Köstlichkeiten konnte ihn mehr reizen. Er steckte sich drei kleine, trockene Brötchen in die Hosentasche und verließ das Restaurant. Die Runde an Tisch 12 folgte ihm mit ihren Blicken.

»Bis morgen früh!«, rief er ihnen fröhlich winkend zu.

Man sah betreten weg.

In seiner Kabine holte er sich aus der Minibar einen weißen Martini, drehte den Schraubverschluss auf und setzte die kleine Flasche an die Lippen. Nach einem kurzen Schluck nahm er sie mit hinaus auf den Balkon und kaute dazu auf einem trockenen Mini-Brötchen. Es war in der Zwischenzeit fast dunkel geworden. Die Sonne ging auf der anderen Seite des Schiffes unter und warf einen roten Strahl über die Wasseroberfläche. Die ersten Sterne tauchten blinzelnd auf. Guido rückte einen Plastikstuhl in eine Ecke, sodass weder sein rechter Nachbar noch Rita Funke ihn sehen konnten. Er wollte seine Ruhe haben. Er musste nachdenken. Er ließ sich fallen und gab sich ein paar Minuten den Geräuschen hin. Dem Rauschen der Wellen, die vom Schiffsrumpf beiseite gedrängt wurden, der gedämpften Musik vom offenen Deck, den Stimmen von irgendwoher, dem unterschwelligen Brummen der Motoren.

Er hatte sich so auf die Reise gefreut. Aber plötzlich stimmte nichts mehr. Von wegen Geschenk, er sollte nichts anderes als den Lückenbüßer spielen. Sein Bruder Edgar, mit dem er sich nicht besonders gut verstand, hatte ihm diese Kreuzfahrt geschenkt. Nicht einfach so, sondern weil er, Guido, dieses Jahr 34 Jahre alt wurde, hatte er behauptet. Eine krumme Zahl, und sein Geburtstag war erst im September, aber vor lauter Freude hatte Guido sich keine Gedanken gemacht. Einem geschenkten Gaul schaut man nicht ins Maul. Edgar erklärte ihm, er habe die Reise in einem Preisausschreiben gewonnen. Aber der Termin passe ihm leider nicht. Er habe schon etwas anderes vor, etwas Dienstliches. Eine Fortbildung. Alles sei geplant, er könne nicht zurück.

Wann Edgar Guido das letzte Mal etwas geschenkt hatte, daran konnte Guido sich nicht erinnern, so sehr er sich bemühte. Vermutlich noch nie, seitdem sie erwachsen waren. Sie hatten kaum Kontakt. Sie telefonierten höchstens einmal oder zweimal im Jahr wegen der Eltern, die langsam abbauten, und schoben sich gegenseitig die Verantwortung für deren Betreuung in die Schuhe. Der dritte Bruder, Bernd, der Älteste, lebte nahezu unauffindbar in den Staaten.

Aber jetzt hatte dieses Geschenk einen Makel. Guido hatte nicht Übel Lust, Edgar anzurufen und zur Rede zu stellen. Er wollte gerade aufstehen, um sein Handy aus der Schultertasche zu holen, als nebenan, in Kabine L 163, Licht gemacht wurde. Ein heller Strahl fiel auf den Balkon, ein Schatten huschte hin und her. Guido lehnte sich abwartend zurück. Kurz darauf sah er, wie Rita Funke mit dem Handy am Ohr auf den Balkon trat und in den Himmel schaute.

»Ich bin's Rita ... Kannst du mich hören? ... Ist es jetzt besser? ... Gut. Du weißt bestimmt, wo Edgar steckt.«

Guido horchte auf und beugte sich vor.

»Er geht nicht an sein Handy.«

Guido stand leise auf und duckte sich hinter die Palme, die neben der Abtrennung stand.

»Mir geht's gut, danke, aber ich muss unbedingt mit Edgar reden. Er ruft sonst regelmäßig an, aber seit ein paar Tagen hat er sich nicht mehr gemeldet. Es wird ihm doch nichts passiert sein?«

Guido schob seine Baskenmütze vor und zurück. Telefongespräche, dachte er seufzend, bei denen man nur einen Gesprächsteilnehmer belauschen kann, erforderten nicht nur die ganze Konzentration, sondern jede Menge Fantasie.

»Du musst es mir sagen! ... Warum denn nicht?« Rita Funke drückte das Gespräch fluchend weg, warf ihr Handy hinter sich auf den Balkontisch und beugte sich weit über die Reling. Fast schien es, als wolle sie sich in die Fluten stürzen. Guido wurde nervös. Er konnte nicht besonders gut schwimmen. Einen Menschen aus dem Wasser retten zu müssen, wäre ihm nicht möglich. Auch wenn es nicht so kalt war wie zu Zeiten der Titanic, war er doch kein Leonardo di Caprio. Guido entdeckte einen Rettungsring, der an der Reling hing, und räusperte sich erleichtert.

Rita Funke drehte den Kopf zu ihm. Sie wollte schon weglaufen, als er sie fragte: »Warum wollen Sie mit meinem Bruder reden?«

Sie trat wütend gegen die Reling und lachte auf.

»Edgar sollte statt meiner hier sein, nicht wahr?«, fragte Guido. »Wie kann er nur! Mit einer Frau wie Ihnen würde jeder bis ans Ende der Welt gehen.« Nach einem Moment fügte er hinzu: »Ich übrigens auch.«

Rita lächelte.

»Er wäre auf jeden Fall viel lieber hier mit Ihnen ... Hat er Ihnen denn überhaupt gar nichts gesagt?«

Sie trat wieder gegen die Reling. Das Geländer zitterte.

Guido räusperte sich. »Ich könnte versuchen, ihn zu ersetzen!«

Rita schüttelte den Kopf.

»Sie und er«, fragte er weiter, »Sie sind ein Paar, nicht wahr?«

Rita Funke nickte mit dem ganzen Oberkörper. Sie hörte gar nicht mehr auf damit. Dann stieß sie ein gedehntes »Jaaaa« hervor.

»Dann war der Gewinn also für 2 Personen?«

»Welcher Gewinn?«, fuhr sie ihn an.

»Edgar sagte, er hätte diese Kreuzfahrt hier gewonnen.

Sie lachte verächtlich und rüttelte an der Reling. Plötzlich schien ihre Wut in Angst umzuschlagen. »Hoffentlich ist ihm nichts passiert!«, stieß sie hervor.

»Sprechen Sie ihm doch auf die Mailbox und sagen Sie ihm, was für ein linker Vogel er ist.«

Entsetzt schüttelte sie den Kopf.

Als Guido ihr vorschlug, sie könne auch sein Telefon benutzen, um Edgar anzurufen, da schreckte sie zurück und stolperte rückwärts in ihre Kabine, drückte die Tür zu und zog geräuschvoll den Vorhang vor.

Guido verzog sich wieder in seine Balkonecke. Edgar hatte ein böses Spiel gespielt, mit Rita und mit ihm. Er hatte sie manipuliert wie Marionetten. Rita, die ihn liebte, und ihn, den armen Bruder, der sich nichtsahnend gefreut hatte. Guido konnte sich nicht erinnern, dass Edgar früher so kühl kalkuliert hatte. Er war stets der gute und brave Sohn gewesen. Immer korrekt, immer pflichtbewusst. Der Vorzeigesohn! Was hatte ihn so verändert?

Nach einer Weile trat Rita wieder heraus und sah lange aufs schwarze Mittelmeer hinaus. Sie strich sich den Pony aus der Stirn. Sie hatte sich beruhigt. Wenn er nicht irrte, lächelte sie.

»Na?«, fragte Guido Schramm aus seiner Balkonecke.

Sie drehte ihm ihr Gesicht zu. »Ich lasse mir meine schöne Reise doch nicht von so einem Mann verderben! Mögen Sie nicht herüberkommen? Auf ein Glas Wein? Es ist so eine wunderbare Nacht.«

4. Kapitel

12. Mai, 17.30 Uhr
Roetgen-Monschau-Einruhr

Dr. Edgar Schramm hielt kurz inne. Er hatte Dedenborn nach einem steilen Anstieg hinter sich gelassen und eine breite Fahrspur erreicht. Ein Wegweiser zeigte nach links leicht bergab, 2,5 km nach Einruhr. Nur noch 2,5 Kilometer bis zu seinem heutigen Etappenziel. Er hatte es fast geschafft.

Ein leichtes Rauschen lag in der Luft. Das Krächzen eines Vogels war zu hören. Edgar musterte den grauen Himmel und kniff die Augen zu. Es war kein richtiger Regen, der aus den Wolken fiel, aber durch seine Brillengläser schien es, als ob die Luft aus abertausend Wassertropfen bestünde. Es war auch kein richtiger Nebel. Es war, als ob Gaze-Tücher über der Landschaft hingen.

Und das im Mai!

Seit dem Mittag zog sich der Himmel zu, seit Monschau wurde es dunkler. Mal regnete es, mal nieselte es. Ein durch und durch feuchter, nebliger Tag. Überall tropfte es von den Zweigen, Wasser sammelte sich auf den Wegen, in den Reifenspuren und im hohen Wiesengras. Edgar hatte keine Zeit, um einen großen Bogen um Pfützen zu machen. Er platschte mitten durch sie hindurch, zweimal war er ausgerutscht und beinahe mit dem Hintern im Matsch gelandet.

Bei seinem Start in Roetgen in aller Frühe war der Himmel noch halbwegs hell gewesen, und es hatte eine berechtigte Hoffnung auf einen trockenen Tag bestanden. Obwohl der Wetterbericht sich nicht hatte festlegen wollen. Aber nach dem Motto: Es gibt kein schlechtes Wetter, sondern nur schlechte Kleidung, hatte Edgar sich nicht um die Voraussagen geschert. Außerdem war er für sein Abenteuer nach dem neuesten Stand der Klima- und Outdoor-Forschung ausgerüstet, von der Kopfbedeckung über den Rucksack bis zu den Sohlen seiner Schuhe, die komplette Montur in einer olivgrünen Tarnfarbe, die Farbe der Förster.

Als auf der Höhe von Höfen der Regen heftiger wurde, war Edgar es leid und zerrte seinen Regenponcho aus dem Rucksack, der völlig zerknittert und auf Milchkartongröße zusammengerollt war. Edgar faltete ihn auseinander und warf ihn über sich und den Rucksack. Er zog die Kapuze hoch und knöpfte die Ärmel zu. Der Saum reichte fast bis zum Schaft der Schuhe und war weit genug, dass er darunter weit ausholen konnte.

Allerdings verlieh er Edgar das Aussehen eines Rübezahl, das wusste er, weil er sich bei der Anprobe im Outdoor-Shop im Spiegel gesehen und sich vor sich selbst beinahe erschreckt hatte. Aber er war heilfroh, dass er dieses Ungetüm trotzdem gekauft hatte. Seit dem Start in Kornelimünster war er keinen Tag ohne ihn ausgekommen.

Der knorrige Ast, den er am ersten Tag gefunden hatte, mochte sein Übriges zum Rübezahl-Image beitragen. Groß wie er selbst und so dick, dass er gut in der Hand lag, war er ihm bei steilen An- und Abstiegen eine große Hilfe.

Und es ging hier nicht um Schönheit. Er traf kaum eine Menschenseele. Unter der Woche und außerhalb der Saison schien die Eifel ohne Touristen verwaist zu sein und nur denen zu gehören, die dort wohnten, die wiederum damit beschäftigt waren, ihren Lebensunterhalt zu verdienen, und nicht daran dachten, in der Gegend herumzulaufen.

Oder der Wald war komplett gesperrt, dachte er einen Moment lang spöttisch, gesperrt für einen illegalen Menschenversuch.

Edgar zog seine neue Kamera hervor, die nicht viel größer war als ein Handy, und machte wie verabredet ein Foto vom Wegweiser. Wanderkarte und GPS ließ er stecken. Letzteres war wohl eingeschaltet und eingenordet, aber er hatte es erst wenige Male an zweifelhaften Wegkreuzungen zu Hilfe genommen und sich mittels der eingegebenen Koordinaten Sicherheit verschafft. Ansonsten war der Eifelsteig perfekt ausgeschildert.

Das Logo, ein gelber Weg schlängelte sich darauf zwischen zwei blauen Seen und grünen Wiesen, leuchtete selbst im Nebel weithin sichtbar. Der Eifelsteig war noch zu jung, als dass seine Wegweiser zugewachsen oder verdreckt sein könnten. Und gegen das unerwünschte Abmontieren durch Trophäensammler waren die kleinen Metallschilder gewappnet: die Köpfe der Schrauben waren unlösbar gemacht worden. Die Nationalpark-Ranger hielten ein waches Auge darauf. Es sollte sogar eine Spezialtruppe geben, die nichts anderes tat. Aus gutem Grund. Manche Sammler nahmen den ganzen Pfahl mit, wenn sie das Logo nicht abschrauben konnte.

Vorbei an moosbewachsenen Schieferplatten, jungen, kleinen Fichten und jungen, langen Birken in der zweiten Reihe stapfte Edgar weiter in Richtung Einruhr, dem Ziel seiner ersten Doppeletappe auf dem Eifelsteig. Wenn er den Ort erreichte, hatte er einen Marsch von sage und schreibe 41 Kilometern auf dem Buckel. Stolz machte sich auf den letzten tausend Metern breit. Stolz und Sicherheit, dass er auch die anderen Etappen in Bestzeit schaffen konnte. Und gewinnen würde!

Seine Schritte waren beflügelt, es ging leicht bergab. Er bückte sich unter einem umgestürzten Baumstamm, der in Augenhöhe über dem Weg hing. Linker Hand konnte er durch die Baumwipfel im Tal schon den Obersee schimmern sehen, auf dem ein weißes Schiffchen seine Runden zog. Ab und zu überquerte ein Rinnsal den Weg vom Berg ins Tal, als gäbe es nicht bereits genug Wasser von oben. Für Bänke mit oder ohne Aussicht, Eifelblicke oder Infotafeln am Wegesrand hatte er keine Zeit. Er sprang über einen Kiefernast, der offensichtlich von Wildschweinen angenagt worden war. Aufgewühlte Erde und Hufspuren zeugten von einer Versammlung der besonderen Art.

Auch den Eifelblick Wolfshügel ließ er links liegen und erreichte kurz darauf eine Lichtung, in die zwei weitere Wege mündeten. Eine große Kreuzung. Laut Wegweiser führte der rechte Weg nach Hellenthal und Erkensruhr, der linke nach Vogelsang, Ruhrberg und Einruhr. Nur noch 0,7 km bis Einruhr.

Edgar blieb kurz stehen, legte die Hände um den Mund und rief in den Wald hinein: »700 Meter bis Einruhr!«

Ein schwaches Echo kam zurück. Er fotografierte den Wegweiser, ehe er links abbog. Der Weg wurde schmaler und steiler. Aus dem Tal drangen die ersten Straßengeräusche zu ihm herauf. Reifen auf nassem Asphalt. Am Wegesrand standen ein paar Ginsterbüsche, die zaghaft blühten.

Nach einer Kurve machte Edgar den spitzen Turm der Dorfkirche von Einruhr ausfindig und spürte plötzlich Hunger und Durst. Richtigen Kohldampf und Schmacht auf ein großes Bier hatte er.

Er begann zu laufen, stieß mit dem Kopf an einen Zweig, dessen Höhe er unterschätzt hatte, stolperte, blieb an einem Brombeerzweig hängen und rutschte aus. Irgendwo im Dickicht knackte ein Ast, und es raschelten Blätter.

Bald wanderte Edgar auf halber Höhe ein Stück parallel zur Landstraße, mitten durch eine Sitzgruppe aus gelb gebeiztem Holz und steil an einem Geländer entlang bergab. Als er kurz zurückblickte, glaubte er zwischen Fels und

Geländer zu sehen, wie eine Gestalt aus dem Wald trat. Er blinzelte, wischte über seine verregnete Brille, aber der Schatten war schon wieder verschwunden.

Weiter ging es über felsigen, rutschigen Untergrund, Wurzeln und kleine Kiesel, in Serpentinen bergab. Endlich hatte er die Höhe des Sees erreicht. Vor ihm lag die Fußgängerbrücke über die Rur. Über eine Verkehrsinsel ging er in den Ort hinein. Vom Kirchturm läutete es sechs Mal, als er das Ortseingangsschild passierte. Uhrenvergleich. 18 Uhr. Edgar nickte stolz. Er war gut in der Zeit. Aber erst wenn er den Hotelstempel hatte, konnte er wirklich aufatmen.

Auf der Rurstraße befanden sich hinter dem Ortseingangsschild eine Grillstube und eine Bushaltestelle. Von hier fuhr der SB 63 nach Gemünd, Edgars nächstem Etappenziel. Morgen. Aber nicht im Bus, sondern zu Fuß. Aber morgen musste er wenigstens keine Doppeletappe laufen. Morgen galt es nur schlappe 21 Kilometer hinter sich zu bringen. Ein Kinderspiel.

Einruhr war ein kleines Nest. Edgar kam an einem kleinen Platz vorbei, einem kleinen Antiquitätenhandel und einer kleinen Pension, die kleine Zimmer mit Frühstück anbot. Die Kirche war wuchtig und aus Bruchstein gebaut. Hier verließ Edgar für heute den Eifelsteig mit einer Mischung aus Widerwillen und Erleichterung.

Das Hotel, in dem Lutz ein Zimmer für ihn reserviert hatte, hieß *Seeadler* und lag in der Nähe des Obersees. Es war ein großer Komplex, der mit einer freundlichen, hellblauen Farbe gestrichen war.

Dr. Edgar Schramm marschierte die Stufen empor, Glastüren öffneten sich vor ihm. Er trat an die Rezeption, die nicht besetzt war, zog seinen Brustbeutel unter dem Poncho hervor, entnahm ihm einen Stift und seine Stempelkarte, auf der alle Stationen, die er während seiner Wanderung anlaufen musste, vermerkt waren. Er notierte neben dem Namen des Hotels die Uhrzeit seines Eintreffens und ließ seine Hand auf die bereitstehende Klingel fallen. Es vergingen Minuten, während sich um ihn herum eine Wasserlache bildete.

Der herbeieilende Rezeptionist blieb wie angewurzelt stehen. Er schlug die Hand vor den Mund und riss entsetzt die Augen auf. »Wir haben kein Zimmer mehr frei!«, stieß er hervor und machte einen Schritt in Richtung Telefon.

»Aber ich habe reserviert«, sagte Edgar mit rauer Stimme.

»Das kann nicht sein ...«, der Mann ließ seine fassungslosen Blicke immer wieder von Edgars tropfender Kapuze, über seinen mannsgroßen Wanderstock bis zu seinen dreckigen Stiefeln wandern. »Ich rufe mal meinen Chef, der, der, der ... ich, ich, ich ...«

Edgar folgte seinen Blicken und verstand endlich das Entsetzen des Rezeptionisten. Er musste furchterregend aussehen. »Warten Sie!« Er lehnte den Wanderstock an die Theke, warf die Kapuze zurück, zog den Regenponcho über den Kopf und ließ ihn neben sich fallen, wie eine Schlange ihre Haut. Er setzte den Rucksack ab, fuhr sich durch die Haare, strich sein Shirt glatt und zog seine Hose hoch. Er putzte seine Brillengläser mit einem Taschentuch und sagte: »Meine Name ist Edgar Schramm.«

»Oh!« Der Rezeptionist hatte seine plötzliche Verwandlung staunend verfolgt. Ungläubig kontrollierte er seinen Kalender. »Entschuldigen Sie, aber ...«

»Kein Problem«, meinte Edgar. »Hauptsache ich bekomme ein Zimmer.«

»Natürlich, Herr Dr. Schramm, natürlich«, beteuerte er und drückte anstandslos den Hotelstempel auf die Stempelkarte, ohne vorher die Uhrzeit kontrolliert zu haben.

Während Edgar den Meldezettel ausfüllte, zeigte der

Rezeptionist höfliches Interesse an seinem Vorhaben, den Eifelsteig bezwingen zu wollen, und erkundigte sich, wohin es am nächsten Tag ginge. Edgar gab Auskunft und wartete darauf, dass der Mann seinen Personalausweis sehen wollte, den er seinem Bruder Guido kurz vor seinem Abflug zugeschickt hatte.

Er war vorbereitet. In diesem Falle würde er in den Tiefen seines riesigen Rucksacks zu kramen beginnen, alles herausholen und ausbreiten, in der Hoffnung, der Rezeptionist würde entsetzt Abstand nehmen. Notfalls würde Edgar am Ende des Suchens schlichtweg behaupten, er habe ihn vergessen oder verloren. Aber es kam weder zu dem einen noch zu dem anderen.

»Warten Sie«, sagte der Mann. »Ein Gespräch für Sie habe ich irgendwo notiert.« Er begann nervös in einem Papierstapel zu wühlen.

»Lassen Sie es gut sein«, kürzte Edgar die Aktion ab. »Ich kann mir denken, wer das war.«

Sein Freund Lutz, niemand anders sonst wusste, wo er heute Abend abstieg.

»Tut mir leid ... hier ist Ihr Schüssel«, sagte der Mann.

Erleichtert nahm Edgar ihn in Empfang, sammelte Rucksack und Poncho ein und gönnte sich den Aufzug.

Das Zimmer mit der Nummer 392 war ausgesprochen schlicht und im Charme der frühen 60er Jahre gehalten. Schleiflackmöbel, Cocktailsessel, Spitzengardinen. Edgar prüfte nicht – wie gewöhnlich – zuallererst die Matratze, er würde heute Nacht überall schlafen können. Selbst auf einem Seziertisch.

Er stellte seinen Wanderstock in eine Zimmerecke, hängte den Poncho im Bad an den Duschkopf. Das Bad war renoviert und strahlend weiß – gewesen, denn Edgars Wanderschuhe hinterließen schwarze Schlammabdrücke. Drei hin, drei zurück.

Er warf den Rucksack auf den Boden, hockte sich auf die Bettkante und band seine Wanderstiefel auf. Als er seine Füße aus den Schuhen zog, waren sie noch immer ohne Blasen und Schrunden, und er pries die Qualität seiner Schuhe. Er ließ sich rücklings aufs Bett fallen, legte die Arme unter den Kopf und stöhnte so laut auf, dass die Hotelwände zitterten.

Er hatte keine Ahnung, wie Lutz das schaffen wollte, so völlig ohne Kondition. Sie hatten am Vorabend von ihren jeweiligen Standorten aus telefoniert. Edgar aus Roetgen, Lutz am anderen Ende des Eifelsteigs aus Bruch. Lutz war erschreckend guter Dinge und angeblich kein bisschen erschöpft gewesen, obwohl er seine erste Doppeletappe hinter sich hatte, Trier-Kordel-Bruch. Edgar wusste, dass er ihm etwas vormachte, Lutz würde nie zugeben, dass er fix und fertig war.

Edgar schloss die Augen. Er wäre jetzt auch am Ende, wenn er nicht so gut in Form wäre. Aber so war er zufrieden mit der Leistung, die er heute gezeigt hatte. Immerhin war er ein Leistungssportler. Jogger aus Leidenschaft. Sein Herz war das große Herz eines Sportlers, sein Ruhepuls lag um die 60. Er lief Halbmarathon und manchmal auch Marathon.

Edgar streckte die Arme weit neben sich aus, fast konnte er von einer Bettseite zur anderen fassen. Seine Schultern waren den Rucksack nicht gewöhnt. Sie schmerzten und knackten. Er war nie mit 40 Kilo Gepäck auf dem Buckel gelaufen. Die zwei Tage, die hinter ihm lagen, waren erst der Anfang. Acht weitere Tage lagen noch vor ihm. Aber eine Herausforderung wie diese hatte er lange nicht mehr angenommen.

»Scheißwette«, stöhnte er, zog seinen Brustbeutel hervor und fischte ein Bündel Zettel heraus. Bis auf einen steckte er alle zurück. Er hielt ihn sich auf Nasenlänge vor die Augen und deklamierte ein weiteres Mal den Plan, den Lutz ihm 10 Tage nach dem Gespräch mit Hagen im Bistro ParaGraf in die Hand gedrückt hatte, obwohl er ihn nahezu auswendig kannte:

1.Tag	Kornelimünster - Roetgen	14 km
2.Tag	Roetgen - Monschau - Einruhr	41 km
3.Tag	Einruhr - Gemünd	21 km
4.Tag	Gemünd - Steinfeld - Blankenheim	40 km
5.Tag	Blankenheim - Mirbach	17 km
6.Tag	Mirbach - Hillesheim - Gerolstein	37 km
7.Tag	Gerolstein - Daun	25 km
8.Tag	Daun - Manderscheid - Himmerod	46 km
9.Tag	Himmerod - Bruch	20 km
10.Tag	Bruch - Kordel - Trier	47 km

»47 Kilometer!«, stöhnte Edgar auf und ließ seine Hand mit dem zerknitterten Zettel neben sich auf die Bettdecke sinken. Ein logistisches Meisterwerk hatte Lutz seinen Plan genannt. Es war ein Höllentrip! Die Einzeletappen zwischen den Doppeletappen seien quasi Ruhetage.

Edgar schloss die Augen. Sieh es als Meditation, sagte er sich, als Pilgerreise, als innere Einkehr, als Reise ins Ich! Der Weg ist das Ziel.

Er blinzelte auf seine Armbanduhr und fuhr hoch. Er musste eingeschlafen sein. Wenn er noch etwas essen wollte, musste er sich beeilen. Die Küche war nur bis 22 Uhr geöffnet. Und weiter als hinunter ins Hotelrestaurant würde er nicht mehr gehen wollen, dachte er, als er nach seiner Brille langte. Immer noch ohne geduscht zu haben, aber in sauberen Jeans, frischem Hemd und Straßenschuhen sah er kurz darauf einigermaßen manierlich aus.

Im Restaurant waren alle Tische besetzt, eine Busladung Holländer war eingetroffen, und eine Kellnerin – eine stämmige, junge Person – fragte Edgar höflich nach seiner Zimmernummer und ob es ihm etwas ausmachen würde, drüben am Tisch der jungen Frau Platz zunehmen.

Sie blätterte in der Speisekarte und sah kurz auf, als sie seine Blicke spürte. Sie war auf eine unauffällige Art hübsch und hatte ein offenes, unkompliziertes Gesicht. Edgar schätzte sie auf Mitte zwanzig. Sie trug ihr blondes Haar in einem Pferdeschwanz, der über ihre linke Schulter hing. Sofort erklärte er sich einverstanden. Die Kellnerin fragte sie, ob es ihr ebenfalls recht sei. Sie nickte. Und so steuerte Edgar ihren Tisch an.

»Erster!«, sagte sie, ehe er sie begrüßen konnte.

»Gratuliere«, meinte er, wunderte sich und ließ sich ihr gegenüber nieder.

Man musterte einander. Edgar zog sein Hemd glatt und strich sich übers Kinn. Es kratzte. Er fuhr sich durch die Haare. Sie hatten im feuchten Wetter alle Fasson verloren. Er hätte seine Brille putzen sollen, die Durchsicht war fleckig. Und er hätte vor dem Essen duschen sollen.

Sie war ungeschminkt, ihre Wangen vom langen Tag in der Frühjahrssonne gerötet. Sie trug eine karierte Wanderbluse und Schmuck, und davon jede Menge. Zwei, drei Armbänder, eine elegante Uhr, Ringe – von denen keiner ein Ehering zu sein schien – eine Halskette und Ohrstecker.

Die Kellnerin brachte ihm eine Speisekarte. »Darf ich Ihnen schon etwas zu trinken bringen?«

»Für mich Eifeler Landbier«, sagte Edgar schnell.

»Für mich auch, bitte«, bestellte sein Gegenüber.

»Wir haben nur Bitburger.«

»Oh«, maulte Edgar enttäuscht, während die junge Frau einverstanden war.

»Und Weizen«, stellte sie in Aussicht.

»Perfekt«, rief Edgar und hatte sich schon von der Enttäuschung erholt.

Kaum war die Kellnerin abgezogen, stellte Edgar sich vor. Den Doktortitel ließ er weg. Er wollte keinen Eindruck auf die junge Frau machen. Er wollte bloß eine nette Unterhaltung beim Essen haben und sonst nichts. Und danach tief und fest schlafen.

»Helena Finn«, sagte sie und nickte lächelnd.

»Oh, die schöne Helena«, meinte er.

Sie verdrehte die Augen. Gut, dachte Edgar, das war nicht gerade originell, obwohl es stimmte, aber nach 41 Kilometern kann man keine intellektuellen Höchstleistungen mehr verlangen. Auch nicht von einem Doktor der Medizin.

Man vertiefte sich ein wenig verlegen in die Speisekarte und blätterte schweigend hin und her. Als die Getränke kamen, hatte man sich entschieden. Edgar nahm Hirsch, Helena Lamm. Und man prostete sich zu.

»Auf 41 Kilometer«, sagte Edgar und hob sein Glas an.

»Auf 24!«, korrigierte sie ihn.

Edgar nahm einen großen langen Schluck und goss noch einen hinterher, ehe er antwortete: »Ich komme geradewegs aus Roetgen.«

»Ich aus Monschau.«

»Ich bin in aller Frühe losmarschiert.«

»Ich erst gegen Mittag.«

Nachdem Helena sich von dem Schock erholt hatte, dass er eine Doppeletappe gegangen war, ohne dass sie nach dem Wieso und Warum gefragt hatte, kamen sie zu dem Schluss, dass sie sich unterwegs vielleicht nur knapp verpasst haben mussten, was sie beide ausgiebig bedauerten. Helena hatte in Roetgen im gleichen Hotel übernachtet wie Edgar, allerdings einen Tag vor ihm. Das Lunchpaket, das das Hotel gepackt hatte, war ähnlich gewesen. Sie hatten sich beide gewundert, wie wenige Wanderer sie unterwegs getroffen hatten. Hinter vorgehaltener Hand gab Helena zu, dass sie sich unterwegs die eine oder andere Abkürzung gegönnt hatte.

»Das durfte ich leider nicht«, bedauerte Edgar und erzählte ihr von der Wette mit seinem Freund. Sie war eine Fremde, die er nie wiedersehen würde, er konnte ruhig ein wenig darüber plaudern.

»Um was haben Sie denn gewettet?«, wollte Helena wissen.

»Ach!«, Edgar winkte ab, putze den Mund an der Serviette ab und bastelte an einer Antwort. »Nur um die Ehre!«

Ehe Helena nachfragen konnte, wurden Hirsch und Lamm mit ähnlichen Beilagen an den Tisch gebracht. Weizen und Bitburger wurden nachbestellt. Helena und Edgar waren ausgehungert. Das Essen fand schweigend statt. Am Ende legte Helena ihr Besteck überkreuz auf den Teller und lehnte sich zurück. »Ich bin vielleicht kaputt.«

»Morgen geht's weiter?«, fragte Edgar und bat die stämmige Kellnerin mit einem Handzeichen um die Rechnung.

Helena nickte. »Ich will wenigstens die Hälfte des Eifelsteigs schaffen. Morgen aber erst einmal bis nach Gemünd.«

Edgar nickte. »Ich auch.« Er dachte kurz daran, Helena vorzuschlagen, ein Stück gemeinsam zu gehen, aber da fiel ihm ein, dass sie vermutlich für seine Maßstäbe und Ziele nicht schnell genug wanderte.

»Nehmen Sie mich ein Stück mit?«

»Gerne«, sagte Edgar, unfähig Nein zu sagen.

Sie rieb mit den Händen über ihre Oberschenkel. »Mir tut alles weh. Am schlimmsten sind die Krämpfe, wenn ich zur Ruhe komme.«

Edgar überlegte kurz und sagte: »Ich habe ein wirklich gutes Medikament dafür. Eine Tablette vor dem Schlafengehen, und Sie wachen auf wie neu geboren.«

»Ja?«, fragte sie.

»Ich könnte Ihnen eine abgeben.«

»Ja?«, fragte sie, deutlich interessierter.

»Ist Ihr Zimmer in Ordnung?«, frage er Helena, als sie beide bezahlt hatten und im Foyer auf den Aufzug warteten. Sie blickten auf ihre Schlüssel. Als Edgar aufsah, fing er den Blick des Rezeptionisten auf, der sie hinter seiner Empfangstheke stehend beobachtete. Der Mann nickte ihm zu. Aufmunternd, wie Edgar fand, um nicht zu sagen, anzüglich.

»Sogar mit Seeblick«, sagte Helena. »Zwar nur von einem kleinen Balkon aus, aber immerhin. Und vom Balkon aus geht direkt die Notfalltreppe ab. Mir kann also nichts passieren.«

»Aber es gibt hoffentlich einen zweiten Notausgang vom Flur aus, oder?«, erkundigte sich Edgar.

Sie lachte ihn aus. »Nein, wenn's brennt, müssen alle durch mein Zimmer.«

Er legte die Stirn in Falten.

»Sie werden es sehen, wenn Sie mir gleich die Tablette bringen.«

Damit war die Übergabe geklärt. Sie war einen Kopf kleiner als Edgar, schlank und sie roch gut.

Der Aufzug hielt im 2. Stock. »Bis gleich«, sagte sie und stieg aus.

Edgar steckte in seinem Zimmer einen halben Blister des Medikaments ein. Sechs kleine, hellgrüne, verschreibungspflichtige Tabletten. Ein Tetrazepam, das er in einem kleinen Plastikbeutel im Rucksack zusammen mit ein paar anderen

Medikamenten und Verbandsmaterial spazieren führte. Es waren unverkäufliche Muster aus dem Krankenhaus. Die *Klinik am Wald*. Es kam ihm vor wie Jahre, dass er das letzte Mal mit wehendem Kittel durch die Flure der Inneren geeilt war.

Helenas Zimmer war das letzte Zimmer rechts am Ende des Flurs.

Edgar zog die Tür auf und trat auf ein Podest aus Metallgitter, von dem eine Treppe hinabführte. Der Blick reichte vom Parkplatz vor dem Haus über die Straße und den See hinweg zum gegenüberliegenden Ufer.

Edgar klopfte an Helenas Tür.

Sie öffnete sofort und winkte ihn herein. »Kommen Sie schon. Ich zeig's Ihnen.«

»Nein!«, wehrte sich Edgar und setzte gleichzeitig einen Fuß hinein.

Ihre Balkontür führte tatsächlich zu demselben Podest und zur selben Treppe. Ein Auto fuhr an, rollte auf dem Parkplatz aus der Nische und fuhr davon. Sie konnten seine Rücklichter in der Dunkelheit verfolgen. Edgar war unbehaglich zumute. Er steckte Helena den halben Blister zu und sagte: »Aber nur eine am Tag, die anderen sind für die anderen Wandertage.«

»Vielen Dank.«

»Ich gehe sehr früh los«, kündigte er an und fügte hinzu. »Um 7 Uhr.«

Ein früher Start war nicht nötig, weil er morgen nur eine Einzeletappe zu gehen hatte, aber er hoffte, sie würde bei dieser Aussicht verzichten.

»Um 7 Uhr?«, wiederholte sie entsetzt. Sie rümpfte die Nase, nickte aber zustimmend und unterdrückte dabei ein Gähnen. »Gute Nacht.«

»Schlafen Sie gut.«

Als Edgar in den Aufzug steigen wollte, schlossen sich vor ihm die Türen, und die Kabine glitt lautlos hinab. Da wandte er sich der Treppe zu. In seinem Zimmer kramte Edgar sein Handy aus dem Rucksack, löschte alle Lampen bis auf die Nachttischleuchte und warf sich aufs Bett. In seiner Abwesenheit waren drei Anrufe eingegangen. Von Lutz, Guido und zum ersten Mal nach langer Zeit wieder von *Unbekannt*, wohinter er Rita vermutete. Sie wusste, dass er ihr untersagt hatte, ihn anzurufen. Aber er konnte sich sehr gut vorstellen, warum sie es getan hatte, warum sie das Verbot missachtet hatte.

Einen Tag, nachdem er seine Urlaubszeit in den Urlaubsplan, der im Schwesternzimmer hing, eingetragen hatte, hatte er einen Gutschein in seinem Briefkasten gefunden. Er hatte in einem Preisausschreiben eine Kreuzfahrt im Mittelmeer gewonnen, die exakt im gleichen Zeitraum stattfand. Zufall? Wunder? Nein, er hatte sofort gewusst, dass Rita ihre Hände im Spiel hatte. Auch wenn sie nicht ihr Erkennungszeichen

rechts unten in die Ecke gemalt hätte. Sie hielt diese Aktion wohl für besonders raffiniert, da er ihr jede andere Art der Kontaktaufnahme verboten hatte. Aber sie hatte nicht bedacht, dass Edgar noch nie an einem Preisausschreiben teilgenommen hatte. Dass sie die gleiche Reise zum gleichen Zeitpunkt ebenfalls gewonnen hatte, war Edgar sonnenklar. Einmal mit ihr zusammen an Bord, und er war ihr ausgeliefert. Unausweichlich verloren.

Sich so zu verhalten, als habe er den Gutschein nicht erhalten, ergab keinen Sinn. Rita erwartete eine Reaktion, wenn sie sich in der Klinik trafen, und sie würde sie gegen alle Regeln einfordern. Da er für eine neue Auseinandersetzung mit ihr nicht mehr die Nerven hatte, ging er – wie er fand – den Königsweg und vermittelte ihr mit vagen Zeichen und Andeutungen den Eindruck, er freue sich darauf, mit ihr gemeinsam reisen zu können. Sie war glücklich, und er konnte sich in Ruhe auf den Eifelsteig konzentrieren.

Je näher der Reisetermin aber rückte, desto öfter malte sich Edgar aus, wie praktisch es wäre, wenn jemand unter seinem Namen auf dem Schiff bereits eingecheckt hätte, wenn Rita an Bord kam und sie den Irrtum erst feststellte, wenn sie bereits auf hoher See war und auf dem Weg ans andere Ende der Welt. Und dieser Jemand sollte niemand anderer als sein Bruder Guido sein, der keine Fragen stellte, sondern alles stehen und liegen ließ, um sich eine solche Gelegenheit nicht entgehen zu lassen.

Edgar seufzte. Rita war ein Kapitel seines Lebens, an das er jetzt nicht denken durfte und wollte. Das würde ihm alle Kraft und Motivation und Lust und Zuversicht nehmen. Und in solch einer Stimmung würde er den Eifelsteig nicht bezwingen können. Aber seine Wette ging vor. Zu viel stand auf dem Spiel. Rita war eine Nebensache. Bis zum 16. Mai hatte er auf jeden Fall Ruhe vor ihr, dachte er und löschte *Unbekannt*.

Und rief Lutz zurück. Lutz musste seine zweite Etappe, die offiziell die 13. Etappe des Eifelsteigs war, hinter sich haben, die Route von Bruch nach Himmerod. Laut Plan nur 20 Kilometer. Edgar rief die eingespeicherte Nummer auf. Lutz ließ es klingeln. Vielleicht schlief er schon. Edgar wollte gerade auf den roten Knopf drücken, als Lutz sich meldete.

»Wo steckst du?«, fragte Edgar, ohne sich Zeit für eine Begrüßung zu nehmen.

»Wo schon? Kloster Himmerod, natürlich, was denkst du? Ehre heißt Planerfüllung. Und du?«

Edgar gähnte ausgiebig und stieß seine Schuhe von den Füßen. »In Einruhr natürlich, was denkst du?«

»Gibst du auf?«, fragte Lutz lachend.

»Auf keinen Fall«, Edgar fuhr hoch. »Wie kommst du denn darauf?«

»Du hörst dich fertig an.«

»Und du dich erst. Wie ist dein Bett?« Nicht mehr lange, und Edgar würde im gleichen Hotel nächtigen. Er hörte Lutz auf der Matratze hüpfen. »Bist du allein?«

»Leider«, meinte Lutz.

»Als ob du jetzt noch Kraft für eine Frau hättest, Angeber!«

»Schließe nie von dir auf andere!«, verkündete Lutz.

»Wenn du wüsstest! Ich hab eben beim Abendessen ein nettes Mädel aufgegabelt. Sie schläft im gleichen Hotel. Eine Etage unter mir. Sie hat mich auf ihr Zimmer eingeladen, aber ich war eisern. Wir gehen morgen ein Stück zusammen.«

»Sonst noch was?« Lutz klang plötzlich ungehalten.

»Sie heißt Helena.«

»Aha!«

»Ich freu mich richtig auf morgen.« Das musste sein.

»Gute Nacht!«

»Ebenso! Und träum was Schönes.« Edgar grinste. Er zweifelte keine Sekunde daran, dass Lutz jetzt in Kloster Himmerod in seinem Hotelbett lag und vor Neid keinen Schlaf fand. Das hatte er verdient. Wer eine Wette wie diese erfand, hatte noch viel mehr verdient.

Wenig später rief er seinen verrückten Bruder Guido an. Er musste herausbekommen, wie Rita auf den falschen Schramm reagiert hatte. Seine Vorstellung vom Aufeinandertreffen der beiden ungleichen Reisenden schwankte zwischen Schuldgefühl und Häme.

Guido erzählte begeistert und ausführlich vom Schiff und der Reise, vom Essen und vom Luxus und erwähnte auch ganz erleichtert, dass sich, außer einer gewissen Rita Funke, bisher niemand für seine Identität interessiert habe. Sie habe sich allerdings ein wenig gewundert, dass die Brüder die Plätze getauscht hatten, aber es auch nicht weiter tragisch genommen.

»Ist sie nicht sauer?«, fragte Edgar nach.

»Warum sollte sie? Willst du sie sprechen?«

Schnell drückte Edgar das Gespräch weg.

Nach einer heißen, langen Dusche, während der er das Bad gleichermaßen in eine Sauna und ein Schwimmbad verwandelte, in dem die Schlammspuren seiner Stiefelsohlen noch das geringste Problem waren, kroch er in die Federn. Er schlief auf der Stelle ein und wachte in der gleichen Position wieder auf, mit der Diagnose: Mir tut nichts weh, Herr Doktor.

5. Kapitel

13. Mai, 7.00 Uhr
Einruhr-Gemünd

Pünktlich um 7 Uhr saß Edgar am nächsten Morgen im Frühstücksraum an einem Tisch, der für zwei Personen gedeckt war. Wer nicht da war und nicht kam, war Helena Finn. Edgar frühstückte ausgiebig, packte sich ein Lunchpaket und ließ die Uhr nicht aus den Augen. Helena hatte wohl verschlafen, es sollte ihm recht sein.

In seinem Zimmer schnürte er seine Wanderschuhe. Nach einem Blick aus dem Fenster rollte er den Poncho zusammen, packte den Rucksack, zog seine Windjacke an, griff nach seinem Wanderstock und stieg die Treppen hinunter.

Im zweiten Stock packte ihn die Neugier, er ging auf leisen Sohlen bis ans Ende des Flurs und klopfte an Helenas Tür. Es war still dahinter. Er wollte gehen. Eigentlich. Aber als er die Hand auf die Klinke legte, ließ die Tür sich ganz leicht aufschieben. Die Vorhänge waren zugezogen. Helena lag im Bett.

Sie lag auf dem Rücken, ihr Nachthemd war ein bisschen verrutscht, so dass er eine nackte Schulter und den Ansatz ihrer Brust sehen konnte. Ihre Arme lagen neben ihr. Helena schlief so fest, dass ihre Augenlider sich nicht bewegten, nicht einmal ihre Brust hob oder senkte sich vom Atmen.

Edgars Augen wanderten von ihr zu ihrem Nachttisch, wo ihr Schmuck unter der Nachttischlampe zu einem Häufchen aufgeschichtet lag. Er ließ kurz seine Finger darüber gleiten. Keine billigen Klunker waren das, das erkannte er sofort.

Darunter blitzte der halbe Tabletten-Blister hervor. Seine Finger prüften jedes der sechs kleinen, gestanzten Löcher.

Und jedes war leer. Ein neuer Seitenblick auf Helena ließ ihn erstarren.

Er legte zwei Finger erst an ihr Handgelenk, dann an ihre Halsschlagader, sein Ohr an Mund und Nase und auf ihre Brust. Ewige Stille. Helena schlief nicht, Helena war tot. Gesicht und Wangen wiesen Schürfwunden und Druckstellen auf, ihre Unterlippe war eingerissen. Auf dem Kopfkissen prangten kleine Blutflecken. War sie erstickt worden? Vollgepumpt mit seinen Tabletten, hatte sie keine Chance gegen ihren Mörder gehabt, der nach getaner Tat ihre Augen geschlossen und sie so friedlich drapiert haben musste, dass Edgar zunächst nichts aufgefallen war. Ihr Tod musste vor mehr als zwei Stunden eingetreten sein, denn die Totenstarre war nahezu komplett. Er hob die Decke hoch und drehte sie ein wenig zur Seite. Ihr Rücken wies bereits Totenflecken auf.

Edgar ließ die Decke fallen und trat einen Schritt zurück. Von vielen Notdiensten konditioniert, tastete seine Hand automatisch nach seinem Handy. Er musste auf der Stelle das Notwendige in die Wege leiten.

Aber als sein Blick auf die Uhrzeit fiel, die auf dem Display stand, erinnerte er sich an seine Wette. Während Helena Finn niemand mehr helfen konnte, stand für ihn seine Zukunft auf dem Spiel. Wenn er jetzt in die Fänge der Polizei geriete, käme er heute nicht mehr aus Einruhr weg. Das Zimmermädchen wird sie finden, tröstete er sich, steckte den leeren Blister ein und verließ den zweiten Stock so schnell er konnte. Er begegnete niemandem.

An der Rezeption ließ er sich seine Checkout-Zeit abstempeln. 8 Uhr 12. Zimmer und Frühstück waren im Voraus bezahlt. Der Rezeptionist wünschte ihm einen schönen Tag. Edgar zog sich den Rucksack auf die Schultern und verbot sich alle negativen Gedanken.

Lieber wollte er sich ausmalen, wie es wäre, wenn er den Posten des Chefarztes auf der Inneren in der *Klinik am Wald* in Euskirchen innehatte. Lutz musste unbedingt seine rechte Hand werden. Denn er war der einzige Mensch auf der Welt, dem er bedingungslos vertraute. Wenn er ein paar Kilometer auf dem Eifelsteig gemacht hatte, würde er ihn anrufen und ihm von Helena Finn erzählen. Ein letzter Blick zurück zu Helenas kleinem Notfall-Balkon. Eine große schwarze Krähe landete mit einem Schrei auf dem Geländer.

Edgar wandte sich ab. Er entdeckte den Einstieg zum Eifelsteig gegenüber dem kleinen Dorfplatz eher zufällig. Ein schmaler Pfad, der sich Konsumspättche nannte und zwischen dem Hotel Alt Einruhr, einem Bruchsteinhaus, und Haus Helene, einer Pension, steil bergan führte.

Er fotografierte den Wegweiser. Vogelsang 13 km, Jägersweiler 3,4 km, Urftstaumauer 7 km, und marschierte los. Zunächst gelangte er über Betonplatten zu einer Treppe und einem schmalen Gang, in dem seine Schritte hohl widerhallten. Jedes Mal, wenn er seinen Wanderstock aufsetzte, gab es eine kleine Explosion.

Oben angekommen, wandte er sich nach rechts – vom Obersee weg – und durchwanderte eine Villensiedlung. Zusammen mit der Wasserlandroute führte der Eifelsteig steil über einen Wiesenweg hinauf, vorbei an einem Rotwildgehege, und verbreiterte sich auf halber Höhe zu einer Fahrspur. Das Wild verfolgte Edgar mit ruckartigen Kopfbewegungen.

Nach ein paar Metern ging es rechts hoch an einem mobilen Hochsitz vorbei an den Waldrand. Beim Anblick des Dorffriedhofs musste Edgar an Helena denken, obwohl er es eigentlich schon die ganze Zeit über getan hatte. Dort würde sie nicht beerdigt werden. Sie hatte ihm erzählt, sie sei aus Köln. Man würde sie zur Kölner Rechtsmedizin überführen.

Und vor seinen Augen sah er, wie ein Leichenwagen pietätvoll langsam über die Eifelhöhen rollte.

Edgars Verfassung war miserabel. Er ging wie ein Betrunkener, er fand einfach seinen Rhythmus nicht, sondern stolperte wie ein Anfänger dahin, als ob jede winzige Steigung eine unüberwindliche Herausforderung darstellte. Er quälte sich mit den schwersten Vorwürfen. Obwohl er ihr die Dosis des Medikamentes erklärt hatte, hatte er ihr dennoch die Möglichkeit zu einer Überdosis erst eröffnet, indem er ihr mehr als eine Tablette überlassen hatte. Und obendrein hatte er sie einfach auf ihrem Totenbett liegen lassen wie ein ...

Und alles nur wegen einer Wette, die er, wenn er weiter so durch die Gegend latschte, nicht gewinnen würde. Und falls doch, lastete dann nicht für den Rest seines Lebens Schuld auf dem Rücken des Chefarztes der Inneren?

Edgar hielt inne, nahm den Rucksack von den Schultern, holte das Tetrazepam aus dem kleinen Medikamentenbeutel und steckte die Schachtel in die Jackentasche. Nur ein Zwischenstadium. Er musste sie loswerden. Er musste eine geeignete Stelle finden.

An der nächsten Wegkreuzung führte eine geteerte Fahrbahn hinunter nach Einruhr. Zögernd stand Edgar da. Ehre oder Wette? Ehre oder Karriere? Selbstanzeige oder Flucht?

Dr. Edgar Schramm wählte die Flucht.

Der feine Nieselregen von gestern hatte seine Spuren hinterlassen. Kleine Seen in Reifenspuren und Matsch im Schatten der Bäume, hier trocknete die Erde nicht mehr. Hinter einer Schutzhütte lief er links hinunter durch tiefen Märchenwald zum Oberseerandweg und an der Anlegestelle Jägersweiler vorbei über eine waldfreie Fläche bergauf in Richtung Wollseifen, dem sogenannten Geisterdorf.

Als die ersten Ruinen, die aufgrund der belgischen Manöver im Häuserkampf mit Einschusslöchern verziert waren, in sein Blickfeld gerieten, blieb er wie angewurzelt stehen. Schlagartig war ihm klar geworden, dass die stämmige Kellnerin und der verschwitzte Rezeptionist sich an die beiden erinnern würden, die gestern Abend erst zusammen gegessen und danach gemeinsam das Restaurant verlassen hatten. Und nicht nur das! Womöglich hatte jemand beobachtet, wie sie den Aufzug gemeinsam verlassen hatten, um auf das Zimmer der Toten zu gehen.

Er war allein auf weiter Flur, als er hinter einem Mauervorsprung die Schachtel Tetrazepam verscharrte.

* * *

8.00 Uhr,
Himmerod-Manderscheid-Daun

Am gleichen Tag, am anderen Ende des Eifelsteigs, fand ein fluchender Dr. Lutz Winkelmann, bewaffnet mit Rucksack, Kamera, Wanderkarte und GPS, in Himmerod den verdammten Einstieg. Warum diese Einstiege in jede Etappe, die er bisher bewältigt hatte, die erste große Hürde sein mussten, war ihm ein Rätsel. Man war bereits fix und fertig, ehe man den ersten Meter auf dem Eifelsteig gegangen war, befand Lutz. Das war nicht in Ordnung.

Während er hier und da ein Foto schoss und sein GPS befragte und fütterte, wanderte er in Richtung Manderscheid, bis die K 141 seinen Weg kreuzte, was bereits nach etwa zwei Kilometern und vor zwei sinnlosen Spitzkehren der Fall war. An der Kreuzung wandte er sich nach rechts und erreichte den Ort Großlittgen, wo er, angetrieben von einer Mischung aus Sehnsucht und Misstrauen, sofort rechts in die erste Seitenstraße einbog und seinen Schritt beschleunigte.

Hoffentlich war er noch da, bangte Lutz, wie stets, wenn er sein bestes Stück irgendwo allein und unbeobachtet zurücklassen musste. Besonders über Nacht. Besonders in einer unbekannten Gegend, wo nicht viel los war. Wie in Großlittgen. Er musste Begierden wecken. Rot und glänzend. Und nicht neu, sondern aus dem Jahre 1979. Sein Triumph Spitfire MK IV.

Erleichtert atmete Lutz auf. Er war nur für dieses Auto früher aufgestanden als nötig. Aber es war noch da. Andererseits auch kein Wunder, weil er mit einer Alarmanlage ausgerüstet war wie ein Hochsicherheitstrakt. Unversehrt und unberührt stand er seelenruhig am Straßenrand, da, wo Lutz ihn hatte stehen lassen. Als er neben ihm stand, sagte er leise: »Hi! Da bin ich.«

Aber was war mit dem Lack geschehen? Er sah matt aus. Eine dünne, gelbe Blütenpollenschicht hatte sich über das glänzende Rot gelegt. Lutz bückte sich, spitzte die Lippen und pustete über die Motorhaube. Gelber Staub flog auf. Pollen waren aggressiv, sie würden den Lack zerstören, er musste noch heute durch eine Waschanlage fahren. Wie er es hasste, das Leben auf dem Land. Das wäre in München nicht passiert.

Er zog den Schlüssel aus seinem Blouson und entriegelte per Tastendruck alle Türen, klack-klack, erst danach konnte er ihn tätscheln, ohne einen Alarm auszulösen.

Euskirchen und die *Klinik am Wald* waren für Lutz nur ein Sprungbrett. Sobald er den Posten des Chefarztes schwarz auf weiß hatte, konnte er damit in jeder großen Stadt punkten. Nichts würde ihn danach noch in der Eifel halten. Edgar, der Gute, der kannte gar nichts anderes. Hier geboren, hier gestorben. Lutz lächelte mitleidig, welch ein armseliges Leben. Und Edgar schien auch nichts anderes zu wollen, Lutz hatte längst aufgegeben, ihn für ein anderes Leben begeistern zu wollen. Die Mauer in seinem Kopf war hoch.

Lutz legte seinen Rucksack in den Kofferraum, tauschte die schweren Wanderstiefel, die viel zu wuchtig für die kleinen Pedale waren, gegen weiche Lederslipper ein, warf seinen Blouson auf den Beifahrersitz und glitt hinter das Steuer. Er öffnete das Verdeck, schaltete die Musikanlage ein und schob die CD *One Hit Wonder* in den Player. Er klickte vor bis zu seinem Lieblingssong: *Nothing compares 2 U.*

Eines Tages würde auch Edgar auf den Geschmack kommen und merken, dass die Eifel nicht der Nabel der Welt war. Aber dann wäre er, Lutz, schon lange am anderen Ende der Welt. Sein Traumziel war Amerika. Weit weg von den deutschen Reglementarien, den Versicherungen und Ärztekammern und Prüfungskommissionen, die den Ärzten das Leben schwer machten und sie daran hinderten, wirklich Kasse zu machen. In Amerika, da war alles ganz anders.

Lutz kramte eine Lucky-Strike-Packung aus dem Handschuhfach hervor und zündete sich eine Zigarette an, lehnte sich gegen die Kopfstütze und paffte die Rauchkringel hinaus, wo sie größer und blasser wurden, ehe sie sich auflösten. Die Kippe warf er wenig später an den Straßenrand.

Er steckte sein Handy in die Fernsprechanlage, nicht ohne vorher die eingehenden Anrufe studiert zu haben. Das Übliche. Rita und Edgar. Nichts, das nicht warten konnte. Er musste lächeln. Welch ein gelungenes Paar!

Lutz streifte die gestutzten Lederhandschuhe über und drehte den Zündschlüssel herum. Ein sattes und befriedigendes Geräusch ertönte, das von der Motorhaube durch den Fußraum bis in den Fahrersitz stieg.

Nichts wie weg hier. In Großlittgen war nichts los, nicht einmal ein spielendes Kind oder ein herrenloser Hund, niemand bewunderte den Spitfire und seinen Fahrer. Eine alte Frau in

Kittelschürze und einem Eimer in der Hand hatte eben hinter ihm die Straße überquert und war in eine dunkle Toreinfahrt verschwunden. Sie hatte nicht rechts und nichts links gesehen. Lutz wollte nicht wissen, wie es möglicherweise in Kleinlittgen aussah.

Mit diesem Traum von einem Auto klapperte er im Laufe des Morgens auf dem Weg nach Manderscheid verschiedene Landstraßen, Feldwege, Fahrspuren ab, um mit Unterstützung seines GPS Berührungspunkte mit dem Eifelsteig zu finden, wo er nur kurz aussteigen und einige wenige Meter gehen musste, um Fotos vom Logo, einem Wegweiser oder einer markanten Stelle machen zu können, wie gestern erst von der Großlittger Mühle oder vorgestern vom römischen Kupferbergwerk und der Genovevahöhle südlich von Kordel.

Im ersten Teil seiner heutigen Doppeletappe musste er – abgesehen von den üblichen Wegweisern – eigentlich nur Start und Ziel besondere Beachtung schenken, der Klosteranlage Himmerod und den Burgen von Manderscheid. Ersteres hatte er ausgiebig getan. Das idyllische Klostergelände hatte ihn beeindruckt. Das Abteibier am Vorabend hatte ihm geschmeckt.

Lutz lenkte den Spitfire in Manderscheid auf den Parkplatz gegenüber der Tourismusinformation, zog die Wanderschuhe an und ging den Eifelsteig ein paar Kilometer in Richtung Süden bis zum Burgweiher, und in Richtung Norden bis zur ersten Schutzhütte, der Rulandhütte, wobei er fleißig Fotos schoss.

Nachdem er auf diese Weise den ersten Teil seiner heutigen Doppeletappe mit Bravour hinter sich gebracht hatte, leistete er sich ein feines Nudelgericht in der Alten Molkerei. Anstatt im rückwärtigen Biergarten zu sitzen, nahm er vorne an der Straße Platz und beobachtete den Verkehr. Motorradkolonnen und Autos aus den zwei Nachbarländern, Touristenbusse. Weiter unten erhoben sich Manderscheider Burgen aus den Wäldern. Lutz sah nicht auf die Uhr und ließ sich Zeit, in der Gewissheit, Edgar würde ihn niemals schlagen können. Gleichgültig wie lange Lutz hier säße, gleichgültig wie schnell Edgar ging.

Angenehm gesättigt und trotz Espresso leicht ermüdet, machte Lutz sich nach einer Weile mit seinem Spitfire auf den Weg nach Daun und segnete insgeheim den Tag, an dem ihm eingefallen war, den Eifelsteig nicht zu gehen, sondern zu fahren.

Selbst das kam ihm jetzt fast zu anstrengend vor. Unterwegs musste er nämlich noch am Eckfelder Trockenmaar, an der Üdersdorfer Mühle und in Schalkenmehren halten, um die drei Maare zu fotografieren, ehe er sein Auto in Daun in einer Seitenstraße parkte, wehmütig zurückließ, um sich mit schwerem Gepäck scheinbar abgekämpft und mit letzter Kraft zum gebuchten Hotel zu schleppen. Er checkte ein und ließ sich seine Ankunftszeit quittieren.

Es war erst kurz nach 15 Uhr.

Er war schnell.

Er war schneller als Edgar.

Warum konnte er sich darüber nicht richtig freuen? Woher kam bloß das Gefühl, dass es nicht reichen würde, schneller zu sein?

* * *

8.15 Uhr,
Kriminalkommissariat, Euskirchen

HK Roggenmeier saß einigermaßen beunruhigt in seinem Büro. Zwar war das angebliche Ungeheuer noch nicht in seinem Bezirk gesehen worden, aber er spürte mit allen Fasern seiner Uniformjacke, die hinter ihm frisch gebügelt an der

Garderobe hing, dass sich das jeden Moment ändern konnte.

Jeder Tag war ein Aufschub. Jedes Telefonklingeln eine Warnung. Er fixierte den Apparat. Dieser klingelte. Roggenmeiers Hand schnappte nach dem Hörer.

»Wilfried Mengen hier, ich bin Empfangschef im Hotel Seeadler in Einruhr. Ich habe eine Meldung zu machen.«

Erleichtert konterte Roggenmeier: »Für Einruhr sind wir nicht zuständig.«

»Ich weiß, aber mein Chef sagt ...«

»Wenden Sie sich an die Aachener Polizei. Warten Sie, ich gebe Ihnen die Nummer ...« Während Roggenmeier in seinem Rechner die Telefonnummer der Kollegen suchte, fuhr der aufgelöste Mann am anderen Ende der Leitung fort zu reden. Roggenmeier hörte nur mit halbem Ohr zu, aber dann fiel ein Wort und er hielt inne. »Was haben Sie da gesagt?«

»Das Ungeheuer aus der Zeitung.«

»Was ist mit ihm?«

»Habe ich doch gerade gesagt«, meinte der Mann beleidigt.

»Würden Sie es bitte wiederholen, Sie haben so schnell gesprochen, dass ich nicht alles verstehen konnte!«

»Wir haben einen toten Gast bei uns im Hotel, ich meine, wir haben heute Morgen eine Frau tot in ihrem Bett gefunden. Gestern Abend hat sie noch mit ihm gegessen.«

»Mit dem Ungeheuer?«

»Ja und Nein«, sagte Mengen widerstrebend. »Eigentlich gibt es dieses Ungeheuer gar nicht.«

»Wieso nicht?«, fragte Roggenmeier mit einer Mischung aus Erleichterung und Enttäuschung.

»Als es unser Hotel betrat, war es noch eines, aber dann hat es sich vor meinen eigenen Augen in einen ganz normalen Menschen verwandelt. In einen Mann.«

»Wie das?«

»Schuld waren nur dieser dunkle und weite Regenponcho, der ihm von der Nasenspitze bis zu den Stiefeln reichte, und der Rucksack darunter und der knorrige Wanderstock. Und da es sich um einen sehr großen Mann mit sehr großen Füßen handelte, der sehr schnell gehen konnte, Sie wissen ja, wie die Leute sind, da hat man wohl daraus ein ...«

»Mit welchem Namen hat er sich bei Ihnen angemeldet?«

»Dr. Edgar Schramm.« Und Mengen fuhr hastig fort. »Die Tote ist mit ihm hinterher in den Aufzug gestiegen. Da hat sie natürlich noch gelebt. Und sie sind zusammen im zweiten Stock ausgestiegen, wo sie wohnte, obwohl er im dritten Stock sein Zimmer hatte ...«

»Und wie heißt die Tote?«

»Helena Finn.«

»Herr Mengen, rufen Sie sofort den Notarzt!«

»Habe ich schon. Er steht neben mir.«

»Geben Sie ihn mir.«

Der Notarzt nuschelte das Ergebnis seiner Untersuchung ins Telefon. »Die Tote ist keines natürlichen Todes gestorben, sondern sie ist ermordet worden. Alle Symptome weisen darauf hin, dass sie mit ihrem Kopfkissen erstickt wurde. Sie war bereits über sechs Stunden tot, als ich sie untersucht habe. Aber Sie wissen selbst, Genaues kann nur die Rechtsmedizin sagen. Ich werde sie nach Aachen überführen lassen und ...«

»Nichts werden Sie tun!«, befahl Roggenmeier, »bevor wir sie gesehen haben.«

»Klar.«

Ohne sich zu verabschieden, reichte der Notarzt den Hörer zurück an Wilfried Mengen.

»Sehen Sie?«, verkündete dieser stolz.

»Ist der Mann noch im Hotel?«, fragte Roggenmeier unbeeindruckt.

»Nein, er ist heute früh zur nächsten Etappe aufgebrochen. Er geht nach Gemünd, hat er gestern Abend gesagt. Wissen Sie, er geht den Eifelsteig.«

»Ich weiß«, sagte Roggenmeier.

»Woher wissen Sie ...?«

»Ich kann Zeitung lesen. Das Ungeheuer, das jetzt keines mehr ist, geht den Eifelsteig.«

»Und nun?«, fragte Mengen.

»Fassen Sie nichts im Zimmer der Toten an«, befahl Roggenmeier. »Und rufen Sie das Personal von gestern ins Hotel. Wir sind gleich da!«

Er legte auf.

»Ungeheuer!«, sagte er laut in sein Büro hinein und rollte in seinem Chefsessel so lange herum, bis er von Angesicht zu Angesicht mit der Landkarte von Nordrhein-Westfalen zu sitzen kam, wo die Gemeinde- und Stadtgrenzen eingetragen und die Zuständigkeitsbereiche der Polizeibehörden in unterschiedlichen Farben schraffiert waren. Er hatte nicht vergessen, wie spöttisch und respektlos der Oberstaatsanwalt und Sonja Senger reagiert hatten, als er von einem Ungeheuer gesprochen hatte. Sie hatten ihm kein Wort geglaubt.

Jetzt war Roggenmeiers Stunde gekommen, wenigstens Sonja Mores zu lehren.

Er tippte die Nummer seines Aachener Kollegen in sein Telefon.

»Scherf!«, brüllte eine Stimme in sein Ohr. Irritiert hielt Roggenmeier den Hörer auf Abstand. Es war ihm entfallen, dass Scherf eine Stimme wie ein Kasernenoffizier hatte.

»Roggenmeier hier. Habt Ihr auch von dem Ungeheuer gehört, das angeblich ...«

»Ach, lass mich in Ruhe! Für so einen Blödsinn haben wir keine Zeit!«

»Du sagst es. Ich rufe an, weil ...«

»Wenn du uns etwas aufs Auge drücken willst, vergiss es.«

»Im Gegenteil«, Roggenmeier wippte mit seiner Rückenlehne auf und ab. »Ich wäre unter Umständen bereit, dir etwas abzunehmen.«

»Hoppla!«, meinte Scherf. »Denkst du an etwas Bestimmtes?«

»Eine Grenzgeschichte.«

»Ha!«, schrie Scherf auf. »Ich höre!«

Roggenmeier sprach von einem Mord im Bezirk Aachen-Simmerath und einem Verdächtigen, der auf dem Weg in den Bezirk Euskirchen sei.

»Geschenkt!«, brüllte Scherf.

»Okay.«

»Und danke! Du hast was gut bei mir. Erinnere mich bei Gelegenheit daran!« Und Scherf war weg aus der Leitung.

Roggenmeier rieb sich die Hände, als habe er den Deal seines Lebens gemacht. Er konnte es kaum erwarten, Sonja Senger auf das ehemalige Ungeheuer zu hetzen. Hocherfreut schaute er im Dienstplan nach. Er konnte sich die Arbeitszeiten ihrer halben Stelle einfach nicht merken.

»Es hat zugeschlagen«, verkündete er stolz, kaum, dass Sonja Senger sein Büro betreten hatte.

Einen Strohhalm zwischen den Lippen sah sie auf ihn herab und zog die Stirn in Falten. »Es?«

»Das Ungeheuer.«

HK Roggenmeier klärte in aller Kürze und herablassendem Ton Sonja über den Todesfall in Einruhr auf, insbesondere ohne die Verwandlung des Ungeheuers in einen normalen Menschen, namens Dr. Edgar Schramm, zu erwähnen.

»In Einruhr sagten Sie? Aber das geht uns nichts an«, meinte Sonja und wandte sich ab. »Danke für die Info, aber auf meinem Schreibtisch stapeln sich die Akten, und ich weiß nicht, was ich zuerst machen soll.«

»Dann sage ich es Ihnen: Nach Einruhr fahren«, bestimmte Roggenmeier. In seinen Mundwinkeln stand ein listiges Lächeln. »Die Aachener Kollegen haben uns gebeten, den Fall zu übernehmen. Ich bin ihnen noch einen Gefallen schuldig, also bitte.«

Sonja stemmte die Hände in die Hüften, öffnete den Mund und schloss ihn.

»Ich werde versuchen, die Kollegen Brummer und Neugebauer der Bonner Mordkommission in die *Soko ... Eifelsteig*, die hiermit ins Leben gerufen ist, zu holen und Ihnen an die Seite zu stellen. Wenn ich mich recht erinnere, waren Sie in den beiden letzten Fällen ein ordentliches Team.« Roggenmeier sah auf die Uhr. »Aber das wird so schnell nicht gehen. Ich selbst kann leider auch nicht mitkommen, weil ich mich hier darum kümmern muss, wie und wo wir Dr. Schramm in Gemünd abfangen können. Wir müssen seine Angehörigen, Freunde, Kollegen, Nachbarn ausfindig machen, die übliche Koordination eben. Aber keine Sorge, Sie müssen dennoch nicht allein nach Einruhr reisen.«

»Wer ...?«, stieß Sonja hervor und ließ ihre Arme sinken.

»Mitarbeiter der KTU Bonn, KK 15, werden da sein.«

»Logisch.«

»Und ...«, Roggenmeier ließ seine Blicke durch das Büro schweifen, als stünden dort in den Ecken verschiedene Kandidaten herum. »Sie können Inspektorin Sarah Neroth mitnehmen.«

»Wer ist das?«

»Die Einzige, auf die ich verzichten kann.«

»Die zwei Männer in diesen hellgrauen Overalls ... muss das denn sein?« Mit diesen Worten empfing der Hotelier, Josef Weckmann, Sonja Senger und Sarah Neroth im Hotel Seeadler in Einruhr. »Dann wissen meine Gäste doch sofort, dass etwas geschehen sein muss. Von den Krimis im Fernsehen. Was soll ich sagen, wenn sie fragen?«

Sonja, froh darüber, dass die KTU Bonn bereits ihre Mitarbeiter geschickt hatte, schob ihn aus dem Weg und sagte: »Sagen Sie ihnen, was Sie wollen.«

»Ich bitte wirklich um Diskretion«, rief Weckmann ihr hinterher und überholte sie, um ihr den Weg zu zeigen.

»Selbstverständlich«, versprach Sonja. »Niemand ist so diskret wie wir.«

»Aufzug?«, fragte er.

»Treppe«, entschied Sonja.

Kurz darauf schaute Sonja im zweiten Stock in Zimmer 292 auf eine tote Frau, die mehr als sechs Stunden zuvor erstickt worden war. Warum? Sonja hatte plötzlich keine Zeit mehr darüber nachzudenken, denn ihre Begleitung erforderte alle Aufmerksamkeit.

Inspektorin Sarah Neroth erblickte vermutlich gerade ihre erste Leiche. Ihr frischer, rosiger Teint wechselte von einer akuten Rotphase ins Blaugraue. Sonja Senger legte ihr eine Hand auf die Schulter und schob sie hinaus. Sie war eine der beiden jungen, blonden, überschlanken Polizistinnen, die sie wiederholt vor dem Gebäude der Polizeibehörde hatte rauchen sehen. Im Hotelflur fischte Sarah mit zittrigen Fingern eine Zigarettenpackung aus ihrer Lederjacke.

»Darf ich?« Sonja nickte. Sie hielt Sonja die Packung hin. »Sie auch?«

»Ich rauche nicht«, behauptete Sonja abweisend. »Aber stecken Sie sich ruhig eine an.«

Sie war nur eine Handbreit vom Genuss entfernt. Versuchungen lauerten wirklich überall. Sie wünschte, die Zigarettenindustrie würde ihre Tätigkeiten komplett einstellen. Noch besser wäre es, wenn alle Tabakpflanzen der Welt von einem seltenen Pilz befallen und auf der Stelle eingehen würden. Frustriert zog sie das silberne Zigarettenetui aus ihrer Leinenjacke, schob sich einen Strohhalm zwischen die Lippen und kaute lustlos darauf herum.

Sarah war viel zu sehr mit sich selbst beschäftigt, um Sonjas Aktion zu bemerken. Sie lehnte an der Wand und nahm einen tiefen Zug, den Rauch blies sie dorthin, wo ein Kollege der Spurensicherung die Notausgangstür, die vom Flur ausging, gerade auf Fingerabdrücke untersuchte und der aufgelöste Hotelier auf sein Handy einhackte.

Sonja stellte sich in den Türrahmen zum kleinen Hotelzimmer. Solange der andere Kollege von der »hellgrauen Truppe« darin zugange war, sollte ihm niemand im Wege sein. Schrank und Kommoden, Koffer und Badezimmer wurden von ihm durchwühlt. Inhalte in Beweisbeutel verpackt, selbst das angebrochene Paket Papiertaschentücher, das auf dem Nachttisch lag, wurde nicht vergessen.

»Finanzielle Probleme hatte sie wohl keine. Alles vom Feinsten«, kommentierte er.

»Geld macht nicht glücklich«, erklärte Sonja.

Er fing ihren Blick auf. Sie stellten einander vor. Er hieß Matthias Krings.

»Und wer ist das da draußen?«, fragte sie.

»Helmut Signon.«

»Schön, dass ihr da seid.«

Krings zog erstaunt die Augenbrauen hoch. »Das hören wir selten. Die Meisten sind froh, wenn wir weg sind.« Er öffnete die Handtasche des Opfers, kramte die Geldbörse hervor und zeigte Sonja ein kleines Bündel Geldscheine, eine EC-Karte und eine Kreditkarte. »Um Geld ging es jedenfalls nicht.« Weiter fand er einen Schlüsselbund und ein Handy, das ausgeschaltet vorerst nutzlos war. Der Personalausweis wurde gedreht und gewendet und in einen Beweisbeutel gesteckt. »Verdammt«, fluchte er. »25 Jahre war sie erst.«

»Ich muss einen Angehörigen anrufen«, sagte Sonja, biss auf ihren Strohhalm und trommelte ungeduldig mit den Fingerkuppen an den Türrahmen.

Krings reichte ihr den Personalausweis der Toten und eine Visitenkarte. Die beiden Familiennamen schienen keine Verwandtschaft aufzuweisen.

»Egal«, meinte Sonja. »Irgendwo müssen wir anfangen. Kann ich die Karte behalten?

»Klar«, sagte Krings und nahm den Personalausweis wieder an sich. »Ich mache Ihnen unten im Büro eine Kopie.«

»Können Sie mal kommen?«, rief Signon in diesem Augenblick und winkte Sonja zum Balkon, um ihr die Besonderheit dieses Zimmers zu zeigen. »Es gibt zwei Möglichkeiten. Der Täter war schon im Hotel oder aber er kam von draußen. Von drinnen hat er einfach die Zimmertür geöffnet. Wenn er aber von draußen kam, hat er die Notfalltreppe genommen. Entweder kam er durch die Notfalltür in den Flur und ging von dort aus durch die Zimmertür oder er kam direkt durch diese Balkontür hier in ihr Zimmer. Keine der Türen war verschlossen.«

Sonja entdeckte eine zertretene, halb aufgerauchte Zigarette, die am Fuß der Treppe lag, und bat Signon, sie einzusammeln.

»Lucky Strike«, sagte er, bevor er die Kippe in einen Beweisbeutel steckte.

Als Krings mit der Kopie des Personalausweises zurückkam, sagte er, dass er sich nun das Zimmer von Dr. Edgar Schramm vornehmen würde.

»Wer ist das denn?«, fragte Sonja verwundert.

»Er ist doch unser dringend Verdächtiger!«

»Das Ungeheuer hat einen Namen?«

»Welches Ungeheuer?« Signon zog die Augenbrauen hoch. »Moment mal!«

Ein paar Sätze weiter und Sonja wusste, dass Roggenmeier sie auf ein Ungeheuer angesetzt hatte, von dem er längst wusste, dass es nichts als eine Zeitungsente gewesen war.

Später zogen Krings und Signon mit ihren Koffern und Beuteln ab und versprachen, ihre Ergebnisse umgehend nach Euskirchen zu schicken.

Sonja blieb allein zurück. Das Zimmer war wie gemacht für einen Überfall, dachte sie, als sie in das Gesicht der Toten blickte. Helena Finn hatte um ihr Leben gekämpft. Schürfwunden auf Nase, Wange, Stirn und Kinn sowie die aufgerissene Unterlippe zeugten davon. Sie musste im Schlaf überrascht worden sein, oder der Täter war ihr kräftemäßig überlegen gewesen – es war nicht so einfach, einen gesunden, jungen Menschen zu ersticken. Die mögliche Tatwaffe – das Kopfkissen – war auf dem Weg in die KTU Bonn, KK 15.

Sonja überlegte, die Leiche freizugeben und in die Rechtsmedizin nach Köln überführen zu lassen. Aber auf der Visitenkarte stand eine Kölner Adresse nebst Telefonnummer. Auch Frau Finn hatte laut Personalausweis in Köln gewohnt. Ein Angehöriger – falls sie ihn telefonisch erreichte – hätte in einer guten Stunde vor Ort sein können. Eine Identifikation in einem Hotelzimmer kam ihr menschlicher vor, als die im kalten Keller einer Rechtsmedizin. Sonja wählte die Kölner Telefonnummer, und eine gut gelaunte Frauenstimme meldete sich.

»Anna Grund?«, vergewisserte sich Sonja.

»Ja.«

Sonja stellte sich vor und fragte, ob sie vielleicht eine Helena Finn kenne.

»Das ist meine Tochter. Warum?« Die Stimme wurde ernst.

Sonja schluckte. »Dann muss ich Sie bitten, so schnell wie möglich hierher zu kommen.« Sie gab die Adresse des Hotels durch.

»Was ist denn passiert?«

Sonja zögerte. »Bitte kommen Sie. Sofort. Aber fahren Sie vorsichtig.«

Welch alberner Ratschlag an eine Mutter, die davon ausgehen musste, dass ihrer Tochter etwas zugestoßen war. Sie beugte sich über die Tote. zog die Bettdecke hoch, bis sie das Gesicht bedeckte, schloss das Hotelzimmer leise ab und steckte den Schlüssel ein.

Sonja bat Weckmann ihr ein ruhiges Zimmer zur Verfügung zu stellen. Er führte sie und Sarah Neroth in sein Büro, wo drei seiner Mitarbeiter im Stehen aufgereiht warteten. Zwei Frauen, die er als Kellnerin und Zimmermädchen vorstellte, als hätten sie keine Namen, und ein Mann, Wilfried Mengen, den Empfangschef, der die Polizei Euskirchen angerufen hatte.

»Sie meinen, Aachen«, verbesserte Sonja ihn.

»Nein.« Wilfried Mengen schüttelte den Kopf.

»Spielt jetzt keine Rolle«, sagte Sonja und dachte exakt das Gegenteil. Roggenmeier hatte schon wieder getrickst. Warum tat er das? Was hatte er davon? Ihr Puls beschleunigte sich und brachte sie in die richtige Stimmung für ein Verhör.

»Kennen Sie nicht die Namen Ihrer beiden Mitarbeiterinnen?«, fragte sie Mengen und erntete ein kleines Lächeln der

Kellnerin, die vermutlich im Alter von Sarah Neroth, aber weder blond noch überschlank war.

»Natürlich.« Weckmann kratzte sich am Kopf. Sonja nickte ihr aufmunternd zu.

»Nadine Klever.«

»Chantal Poensgen«, sagte das Zimmermädchen, und ihre Blicke huschten unsicher von einem zum anderen.

»Sehr schön. Bitte diktieren Sie alle nacheinander meiner Kollegin Ihre Adresse und Telefonnummer, auch Sie Herr Weckmann.«

Ihr gefiel, wie sich Sarah – inzwischen wieder mit rosigem Teint – ohne zu zögern an Weckmanns Schreibtisch setzte, nach seinem Notizblock griff und eine unbeschriebene Seite herausriss, einen Stift aus seiner goldfarbenen Schatulle fischte und Nadine Klever auffordernd ansah. Und erst recht, dass sie Mengen erst als Letzten befragte und auch Weckmann nicht verschonte. Wenn sie nur nicht als Parfüm kalten Tabakrauch aufgelegt hätte!

Es gab noch einen zweiten Stuhl, der auf der anderen Seite des Schreibtisches stand. Auf den ließ sich Sonja nieder und wechselte mit Sarah einen Blick.

»Wenn ich beginnen dürfte«, hob Weckmann an und behielt die Geschehnisse auf seinem Schreibtisch im Auge.

»Nein«, sagte Sonja. »Ich leite die Befragungen.«

»Ich werde alle Fragen gewissenhaft beantworten«, versprach er und stand andeutungsweise stramm.

»Gut«, sagte Sonja. »Wer von Ihnen hat denn heute Morgen die Tote gefunden?«

Weckmann zeigte auf das Zimmermädchen.

»Chantal Poensgen«, übersetzte Sarah Neroth.

Chantal trat einen Schritt vor. »Ich wollte Zimmer 292 machen. Draußen hing kein Schild, dass ich nicht stören dürfte. Ich brauchte meinen Schlüssel nicht. Die Tür war nicht abgeschlossen. Ich ging also hinein. Der Schlüssel steckte von innen. Und ... sie lag in ihrem Bett.« Chantal schlug kurz die Hände vors Gesicht. Vermutlich hatte sie heute auch ihre erste Leiche gesehen. So wie Sarah Neroth. »Sie war nicht wach und sie schlief auch nicht.«

»Gute Beobachtung«, meinte Sonja anerkennend.

»Ich habe nichts angefasst, sondern sofort Herrn Mengen gerufen. Und der hat dann Herrn Weckmann gerufen.«

»Das haben Sie gut gemacht.«

Chantal lächelte zaghaft.

»Nun, zu Dr. Edgar Schramm. Wer hat ihn wann und wo gesehen?«

Weckmann zeigte auf die Kellnerin.

»Nadine Klever«, erklärte Sarah, während Chantal Poensgen in die Reihe zurück- und die Kellnerin einen Schritt vortrat. Hatten sie diese Übung einstudiert? Auf Weckmanns Verlangen?

»Also«, begann Nadine, »unser Restaurant war gestern Abend voll. Wir waren ausgebucht. Ein Bus mit 32 Gästen war verspätet gekommen. Da habe ich den Gast von Zimmer 392 gefragt, ob es ihm recht sei, mit der Frau von Zimmer 292 an einem Tisch zu sitzen. Er hätte sonst warten müssen. Sie waren beide einverstanden.«

Danach folgte eine genaue Aufstellung der Getränke- und Speisewahl der beiden Tischgenossen. Und Sonja wunderte sich, dass Nadine sich alle Einzelheiten merken konnte.

»Das ist mein Job«, lächelte Nadine stolz.«

»Haben sich die beiden während des Essens unterhalten?«, fragte Sonja.

»Ja, natürlich.«

»Hatten Sie das Gefühl, sie kannten sich?«

»Nein. Sie haben sich den ganzen Abend über gesiezt und getrennt bezahlt. Aber sie verließen das Restaurant zusammen.«

»Wann war das?«

»22 Uhr, würde ich mal sagen.«

»Und was haben sie danach gemacht?«

»Ich weiß es nicht. Ich sah sie ins Foyer gehen, weiter kann man vom Restaurant aus nicht sehen.«

»Und beim Frühstück?«

»Ja, beim Buffet habe ich ihn wiedergesehen. Um 7 Uhr. Aber er hat allein gefrühstückt.«

Kein Wunder, dachte Sonja und sagte: »Danke.«

Jetzt bin ich wohl endlich dran«, meldete sich Mengen. Er trat einen Schritt vor, und ein Zucken glitt über sein Gesicht.

»Schießen Sie los.«

Mengen berichtete, dass Dr. Edgar Schramm am Vortag um Punkt 18.15 Uhr eingecheckt habe. »Das weiß ich noch so genau, weil ich ihm die Uhrzeit quittieren musste. Er macht so eine Art Zeitwandern auf dem Eifelsteig oder so.«

»Warum?«, fragte Sonja verwundert.

Mengen zuckte mit den Schultern und beteuerte, er frage seine Gäste niemals aus. »Mir reicht der Meldezettel.« Er streckte ihr die Bescheinigung entgegen. »Hier!«

Dr. Schramm hatte gewissenhaft alle Felder ausgefüllt. »Haben Sie ein Fax?«, fragte Sonja.

»Natürlich. Dort drüben«, Mengen wies auf einen Büroschrank.

Sie faxte den Meldezettel ohne Kommentar an Roggenmeier, während Mengen neben ihr stand und ihr die Tastatur erklärte.

»Weiter geht's, Herr Mengen.«

Mengen sammelte sich kurz, ehe er fortfuhr. Beim Einchecken habe Schramm ihm erzählt, dass er morgen, also heute nach Gemünd wandern wolle. Er sei danach auf sein Zimmer gegangen. Dann habe er ihn erst wiedergesehen, als er nach 20 Uhr ins Restaurant ging und es gegen 22 Uhr in Begleitung der Dame aus Zimmer 292 verließ.

»Und dann?«, fragte Sonja nach.

Mengen grinste anzüglich. »Sie sind zusammen mit dem Aufzug hochgefahren. Bis zum zweiten Stock. Da sind beide ausgestiegen und in die Richtung gegangen, in der das Zimmer der Dame liegt.

»Ist er mit ihr aufs Zimmer gegangen?«, wollte Sonja wissen.

»Das konnte ich von der Rezeption aus leider nicht sehen«, bedauerte Mengen. »Danach habe ich ihn erst wiedergesehen, als er das Hotel verließ. Um 8.12 Uhr am nächsten Morgen.«

»Die Zeit haben Sie abgestempelt?«

Er nickte pflichtbewusst und trat zurück in die Reihe.

»Weiter. Und das Zimmer 392?«, wandte Sonja sich an das Zimmermädchen, das vor Schreck vergaß vorzutreten.

»Alles war normal. Nichts fehlte. Nichts war kaputt oder so ...«

»Auch nicht im Zimmer der Toten?«

Chantal schüttelte den Kopf, ihre Augen wurden feucht.

Es klopfte.

Weckmann riss die Tür auf und schnauzte: »Ich habe gesagt, ich will nicht gestört werden«.

»Hier ist aber eine Frau, die dringend die Polizistin sprechen möchte, von der sie angerufen wurde.«

Sonja sprang auf und nahm Weckmann den Türgriff aus der Hand. »Ich komme.« Sie gab Sarah ein Zeichen, sie zu begleiten und zu Weckmann und seinen Angestellten sagte sie: »Sie können gehen.«

Anna Grund war viel zu schnell gefahren. Sie stand im Foyer mit dem Rücken zu den beiden Polizistinnen und sah durch die große Fensterfront hinaus auf den Obersee. Sie trug – wie ihre Tochter – ihr blondes Haar in einem Pferdeschwanz, und als sie sich umdrehte, glich sie ihr wie in dem Werbespot, in dem man Mutter und Tochter wegen einer bestimmten Creme kaum auseinander halten konnte. Sie trug ein dezentes, hellgraues Kostüm. Schnitt und Stoff waren feinste Qualität. Sie trug es mit der selbstsicheren Eleganz einer Frau aus reichem Hause.

Sonja Senger und Sarah Neroth baten sie in den Aufzug, fort von den lärmenden Gästen, die das Hotel betraten oder verließen. Schweigend glitten sie hinauf, stiegen im zweiten Stock aus und nahmen Anna Grund zwischen sich. Vor Zimmer 292 blieben sie stehen. Der Flur lag im Dunkeln. Niemand dachte daran, Licht zu machen.

»Frau Grund, wir müssen Ihnen leider mitteilen ...«, wie Sonja es hasste, diese Sätze zu sagen. Wie sie es hasste, die Reaktionen darauf beobachten zu müssen, ob nicht die Spur eines Verdachtes sich einstellte. Als ob eine Mutter ihre Tochter jemals ...

Anna Grund nickte gefasst, als Sonja geendet hatte. Sie war bereit, ihre Tochter zu identifizieren. Sonja steckte den Schlüssel ins Schloss, schob die Tür auf und ließ Anna Grund vorgehen. Sarah und sie blieben im Türrahmen stehen und beobachteten, wie Anna Grund die Bettdecke hochhob und sofort zurück auf das Gesicht der Toten fallen ließ. Nach kurzem Zögern hob sie sie ein weiteres Mal hoch und schob sie zurück. Sie strich mit beiden Händen über Helenas eingefallene Wangen und gab ihr einen Kuss auf die weiße Stirn. Danach deckte sie ihre Tochter langsam und liebevoll zu, wie ein kleines Kind, das schlafen soll.

»Das war mein Mann«, sagte sie mit stockender Stimme und richtete sich auf. Sie drehte sich zu den beiden Polizistinnen herum. In ihren Augen standen Tränen.

Sonja und Sarah blickten sich verdutzt an.

»Wo sind Helenas Sachen?«

»In der Rechtsmedizin.«

»Auch ihr ganzer Schmuck?«

»Schmuck?«, fragte Sonja erstaunt.

»Helena ging nirgendwohin ohne ihren Schmuck.«

»Wir haben keinen Schmuck gefunden, nur ein paar hundert Euro in ihrer Börse«, sagte Sonja. Sarah bestätigte das mit einem Nicken.

Anna Grund lachte bitter auf. »Helenas Schmuck ist Tausende wert.«

»Das Zimmermädchen ...«, begann Sarah.

»Nein. Ich habe doch gesagt, das war mein Mann.« Sonja und Sarah blickten sie fragend an. »Das war ihr Stiefvater.«

Anna Grund setzte sich auf die Bettkante, legte eine Hand mit einer zärtlichen Geste auf die Beine ihrer Tochter und gewährte den Polizistinnen einen kleinen Einblick in ihr Familienleben.

Sie stammte aus einer wohlhabenden Familie und war in ihrer ersten Ehe mit Heinrich Finn, einem Schuh-Fabrikanten in dritter Generation aus dem rechtsrheinischen Köln-Mülheim, verheiratet gewesen. Heinrich Finn hatte in seinem Testament festgelegt, dass nach seinem Tode und dem seiner geliebten Frau Anna ihre einzige Tochter Helena Alleinerbin sein sollte. Was immer auch geschehen möge, auch und insbesondere wenn seine geliebte Frau Anna nach seinem Tode noch einmal heiraten sollte. Was Anna zum damaligen Zeitpunkt selbstverständlich weit von sich wies. Weder Anna noch Helena durften die Firma jemals verkaufen, höchstens die Leitung in kompetente Hände geben. Das hatte Anna nach seinem Tod im Jahre 2001 getan. Der auserkorene, kompetente Mann war ein gewisser Klaus-Peter Grund, der schon zu Heinrichs Lebzeiten in der Abteilung Marketing im Betrieb sehr erfolgreich tätig gewesen war. Die gemeinsame Last des Erbes brachte sie einander näher. Liebe und Gewinnstreben verband sie. Und vor drei Jahren, 2007, als der alte Heinrich Finn sechs Jahre tot und die kleine Helena nicht mehr klein, sondern 22 Jahre alt war, da wurde geheiratet. Und zwar ohne Ehevertrag, das war auch nicht nötig, denn Anna hatte Helena ein Vermächtnis gemacht. Nicht durch einen Zufall erfuhr Klaus-Peter Grund von diesem Vermächtnis, sondern durch Lara Koch. Die kleine Bankangestellte, die er ein paar Mal ausgeführt, verwöhnt und beschenkt hatte, hatte ihren kleinen, roten Schmollmund nicht halten können. Annas Vermächtnis machte ihn, den vermeintlich reichen, zu einem armen Mann. Nach Annas Tod erbte Helena nicht nur die Firma, sondern auch sämtliches Barvermögen, alle Immobilien und die riesige, todschicke Eigentumswohnung im Gereonsviertel in Köln.

»Wenn das kein Motiv ist«, fügte Anna Grund hinzu und erhob sich.

»Wusste er denn, dass seine Stieftochter hier in Einruhr war?«, fragte Sonja.

»Bestimmt«, behauptete Anna Grund und erklärte, dass das Verhältnis zwischen Helena und ihrem Stiefvater eng und fast brüderlich gewesen sei. Er sei nur knapp vierzehn Jahre älter als sie, sei mit ihr ins Kino und in die Disco und Shoppen gegangen. »Er ist einer von diesen Männern, die nicht alt werden.«

HK Sonja Senger nickte zögernd. Ein bisschen vordergründig und naheliegend kam ihr die Geschichte vor. Fast ein bisschen zu einfach, aber es hatten schon ganz andere für weniger gemordet. Und verdächtigt. Vielleicht war es ganz anders. Vielleicht wollte Anna Grund Klaus-Peter auf diese Art und Weise loswerden. Ihre Ehe hörte sich nicht gerade leidenschaftlich an. Sonja versprach, dem Hinweis nachzugehen, und berichtete andererseits, dass es einen weiteren Verdächtigen gebe, den sie vermutlich heute Abend noch befragen könnten. Einen gewissen Dr. Edgar Schramm, dessen Name Anna Grund aber noch nie gehört hatte.

Sie hatten sich schon verabschiedet, als Anna Grund Sonja beiseite nahm und fragte: »Kann ich mitkommen?«

»Wohin?«

»Ich ... ich könnte doch dabei sein, wenn Sie den anderen befragen, falls ... ich will den Mörder meiner Tochter sehen und ... ach, ich kann jetzt einfach nicht nach Hause.«

Als Sonja Senger, Sarah Neroth und Anna Grund am Nachmittag im Kriminalkommissariat in Euskirchen eintrafen, blieb Sarah vor der Eingangstüre zurück, um eine Zigarette zu rauchen. Sich neben sie zu stellen und auf einem Strohhalm zu kauen, fand sie albern, sie ließ sie stehen und rief ihr zu: »Nach dem letzten Zug setzen Sie bitte das Verhörprotokoll auf.«

Sonja forderte Anna Grund, die ihr wie ein Schatten folgte, auf, im Flur zu warten. Sie zeigte auf einen der Holzstühle, aber Anna zog es vor, zu stehen. Sie schien deplatziert in ihrem eleganten Kostüm und den feinen, seidenen Strümpfen.

Sonja betrat ihr Büro und stellte fest, dass die Kollegen Brummer und Neugebauer aus Bonn inzwischen eingetroffen sein mussten, denn sie hatten ihre Stammplätze in Sonjas Büro bezogen. Sie hatten die Akten von ihren Schreibtischen geräumt und zu beachtlichen Türmen auf dem Fußboden gestapelt. Sie hatten die Monitore der Rechner verstellt. Sie hatten sich Kaffee gekocht und ihre Tassen nicht gespült und abgestandene Luft hinterlassen. Sie stellte beide Fenster auf Kipp, ließ sich auf ihren Stuhl fallen und griff zum Telefonhörer, um sich bei Roggenmeier zurückzumelden.

»Gut, dass Sie endlich zurück sind!«

Endlich?, fragte sich Sonja erschöpft, verspürte aber keine Lust auf eine neue Diskussion. Auch dass Wilfried Mengen, der Empfangschef vom Hotel Seeadler, nicht in Aachen, sondern in Euskirchen angerufen hatte, wollte sie Roggenmeier lieber in einem anderen Moment unter die Nase reiben. Vielleicht würden noch ein paar Dinge hinzukommen, die sie in einer Sammelklage vorbringen konnte.

»Ich bin sofort bei Ihnen.«

Als sie zusammensaßen, klärte sie mit wenigen Worten und immer hart an den Fakten Roggenmeier über ihre Ermittlungsergebnisse im Hotel Seeadler auf. Dass Anna Grund draußen im Flur wartete, behielt sie vorerst für sich.

Als sie geendet hatte, schnappte Roggenmeier sich den Telefonhörer und meinte resigniert: »Dann werde ich jetzt wohl zur allgemeinen Gefahrenabwehr veranlassen müssen, dass Dr. Edgar Schramm zur Fahndung ausgeschrieben wird.«

»Das sehe ich auch so«, sagte Sonja und schlug die Beine übereinander.

»Und den Herrn des Verfahrens einschalten.«

»Die Staatsanwaltschaft Aachen, wenn ich nicht irre«.

Roggenmeier verzog das Gesicht, legte wieder auf, tat so, als müsse er erst seinen Rechner befragen und fuhr mit der Maus hektisch hin und her. Danach lehnte er sich zurück und sagte: »Ich denke, ich werde mich in diesem Fall doch lieber an Herrn Oberstaatsanwalt Wesseling wenden. Sicher ist sicher.« Er griff zum Telefon.

»Warum das?«

»Das halte ich für besser.«

»Das sehe ich ein«, sagte Sonja und lauschte, während Roggenmeier Wesseling den Fall in Kürze schilderte und um schnelles Handeln bat. Er versprach, ihm das Protokoll des Verhörs, das im Hotel stattgefunden hatte, in den nächsten Stunden zu faxen.

»Wer? ... Das war Hauptkommissarin Senger, Sie erinnern sich ... nein, eine nationale Fahndung wird reichen ... Grenzfahndung ... wie Sie meinen ... eine internationale Fahndung ... selbstverständlich ... noch viel besser ... auch einen Haftbefehl, natürlich ... ich kann das ... nein? Sie werden ... Wie Sie wünschen, Herr Oberstaatsanwalt.« Roggenmeier legte auf und meinte erleichtert zu Sonja: »Sie haben es gehört«.

»Hört sich an, als nehme er Ihnen die ganze Arbeit ab.«

»Ja.« Er betrachtete Sonja nachdenklich. Zwei Minuten später erinnerte er sie an das Protokoll ihres Verhörs.

»Das schreibt Sarah Neroth gerade«, versprach sie ungeduldig. »Was haben Sie erreicht?«

»Verschiedenes.« Er schien nach Worten zu suchen. »Ich habe mich mit dem Meldezettel beschäftigt, der mir vom Hotel aus kommentarlos gefaxt wurde.«

Sonja ignorierte den Seitenhieb. »Und was noch?«

»Nicht, dass ich Ihnen Auskunft geben müsste«, Roggenmeier faltete die Hände. »Aber ich habe Brummer und Neugebauer beauftragt, mit Angehörigen, Kollegen, Freunden und Nachbarn des Dr. Edgar Schramm Kontakt aufzunehmen.«

»Wo stecken sie eigentlich? Ich finde, sie sind zu weit gegangen. Sie haben einfach mein Büro umgeräumt.«

»Aufgeräumt, meinen Sie wohl. Die Herren sind in Gemünd. Im Hotel Sophienhof, wo – wie ich unter großen Mühen herausgefunden habe – Dr. Edgar Schramm ein Zimmer für die Nacht reserviert hat. Sie werden ihn dort gebührend empfangen.« Roggenmeier blickte auf seine Uhr. »Er muss dort jeden Moment auflaufen.«

»Das klingt gut.«

»Nicht wahr?«

Pause.

»Dann schließen Sie sich mal an.« Roggenmeier gab das Zeichen zum Aufbruch.

Aber Roggenmeier irrte. Dr. Edgar Schramm tauchte nicht in Gemünd im Hotel Sophienhof auf. Nach Einbruch der Dunkelheit gaben die Hauptkommissare Senger, Brummer und Neugebauer entnervt auf und fuhren in ihre Heimatquartiere: Wolfgarten, Schleiden und Olef.

Anna Grund aber, die im Kommissariat in Euskirchen hartnäckig auf Sonja gewartet hatte und ihr in ihrem Auto nach Gemünd gefolgt war, um einen Blick auf den Mörder ihrer Tochter werfen zu können, zog nichts nach Hause. Sie scheute die Heimfahrt in der Dunkelheit, außerdem hatte sie ihren Kummer während der zermürbenden Wartezeit im Hotel in einer Flasche Weißwein ertränkt und hätte nicht mehr hinter dem Steuer ihres Wagens sitzen dürfen.

Der Hotelier überließ ihr Zimmer 23. Es war das Zimmer, das Dr. Edgar Schramm gebucht hatte, was Anna Grund nicht wissen konnte.

Im Forsthaus brannte Licht. Die Illusion, jemand warte auf sie, war Sonja die Energieverschwendung wert. So war es auch. West hockte auf der Fensterbank und hielt durch ein Sprossenfenster nach ihr Ausschau. Seine Pupillen reflektierten das Scheinwerferlicht. Er schien Sonjas neues Auto bereits zu erkennen, denn er erhob sich, machte einen Buckel und stellte den Schwanz steil auf. Da kam sein Dosenöffner. Er hatte Hunger.

Es war ein kühler Abend und Sonja beschloss, den Kachelofen in Gang zu setzen und noch ein wenig in der Wohnküche herumzugeistern, um den Tag Revue passieren zu lassen. Sie holte einen Armvoll Holzscheite herein und legte mithilfe eines halben Kölner Stadt-Anzeigers Feuer.

Als West seinen Napf bis auf ein paar Krümel geleert hatte, kroch er zwischen Wand und Ofen, sein kleines und, wie er glaubte, geheimes Plätzchen, wohin es ihn neuerdings zog, auch wenn der Kachelofen dunkel und kalt war. Er kam langsam in die Jahre und wurde seltsam, spitzmäulig beim Futter und wählerisch in seiner Zuneigung.

Sonja legte eine CD ein und sah zur Uhr. 23.15 Uhr. Ob Anna Grund schon schlief? Sie hatte sie mit einem unguten Gefühl und nur aufgrund ihrer Beharrlichkeit im Sophienhof in Gemünd zurückgelassen. Sie holte ihr Handy aus der Leinenjacke, die an der Garderobe hing, fand in der anderen Seitentasche die Visitenkarte, die Krings ihr überlassen hatte, setzte sich auf die unterste Stufe der Stiege und wählte die Nummer.

Anna Grund ließ sich Zeit. Ihre Mailbox schaltete sich nicht ein. Sonja ließ nicht locker. Sie war schon kurz davor, einzuhängen und im Sophienhof anzurufen, um die Sachlage im Hotel zu erkunden, als sich eine Frauenstimme leise meldete.

»Ja?«

»Frau Grund?«, auch Sonja senkte ihre Stimme.

»Ja?«

»Hauptkommissarin Senger hier. Ist bei Ihnen alles in Ordnung?«

»Ja.«

»Habe ich sie geweckt?«

»Ja.«

»Entschuldigen Sie. Gute Nacht. Ich melde mich morgen wieder.«

»Ja.«

Erst als das Gespräch beendet war, fiel Sonja auf, wie einsilbig Anna Grund gewesen war. So einsilbig wie man ist, wenn man aus dem Schlaf gerissen wird? Oder so einsilbig wie man ist, wenn man nicht allein ist?

6. Kapitel

13. Mai, 9.55 Uhr
Einruhr-Gemünd

Nach einem steilen Anstieg auf die Dreiborner Hochfläche futterte Edgar auf einer Bank am Wegesrand hastig sein Lunchpaket auf. Er ließ seine Blicke über die umliegende Hügellandschaft schweifen, die Rapsfelder, die mit den Ginsterbüschen um das schönere Gelb wetteiferten, nahm einen Schluck aus der kleinen Wasserflasche und schoss hastig ein paar Fotos zum Beweis seines Hierseins.

Im Gegensatz zu gestern war heute gutes Fotografier- und Wanderwetter. Trocken, klar, blank und kühl. Der Regen hatte die Luft gewaschen. Die Farben der Eifel – grün, blau und gelb – waren heller und strahlender und setzten sich deutlich voneinander ab. Und Edgar hatte nur eine Einzeletappe vor sich. Alles könnte gut sein.

Aber nichts war gut.

Nicht die Zeit und nicht die Entfernung machten ihm zu schaffen, es war die Vorstellung, verfolgt zu werden, die ihn wahnsinnig machte. Bei jedem Schritt unterwegs und auch jetzt auf der Bank hielt er in Wahrheit nicht nach den Schönheiten der Hügel und Täler Ausschau, sondern nach einer oder mehreren Personen, die ihm auf den Fersen sein könnten.

Im Seeadler musste längst der Teufel los sein. Ein Zimmermädchen musste Helena gefunden haben und damit die ganze Maschinerie in Gang gesetzt haben.

Auch wenn Edgar bisher nur einer kleinen Wandergruppe und ein paar verstreuten Wanderern begegnet war, die nicht mehr als einen freundlichen Gruß und Blick für ihn übrig hatten, ließ ihn der Gedanke nicht los, eine Gestalt könnte im Schatten verschwinden, sobald er den Kopf umdrehte.

Und es würde ihn nicht wundern, wenn da drüben über die Dreiborner Höhe gleich ein ganzer Suchtrupp heraufkäme, bewaffnet bis an die Zähne. Seine einzige Waffe war sein Verstand, von seinem Wanderstock einmal abgesehen.

Nichts wie weg hier, trieb er sich an.

Über die Panzerstraße der alten Kasernen von Burg Vogelsang führte der Eifelsteig ihn in den Wald und über weichen Boden bergab in Richtung Gemünd. In Edgars Knien knackte es ab und zu verräterisch. Heute kam ihm der Weg wie die reine Schikane vor, vor allem dann, wenn er eine vermeintliche Abkürzung links liegen lassen musste, nur um sie eine Spitzkehre weiter auf seinen Weg stoßen zu sehen. Die Route war vermutlich nach Kriterien wie Abwechslung, Herausforderung, Aussichten und Sehenswürdigkeiten angelegt und nicht unter dem Gesichtspunkt einer Sportwette zwischen zwei ehrgeizigen Oberärzten, von denen einer auf der Flucht war.

Ab Malsbenden lief Edgar im Tal durch ein Waldstück parallel zur Urft und überquerte sie auf einer Brücke. Reiterhof und Jugendherberge fotografierte er, kurz darauf folgte rechter Hand am Ende einer schmalen Nebenstraße ein Parkplatz. Ein einziges Auto stand dort quer. Ein schmutziger PKW. Edgar hob seine Kamera an, hielt aber inne, als er entdeckte, dass jemand am Steuer saß. Und ein weiterer Jemand neben ihm. Die Scheiben waren beschlagen. Edgars Haare stellten sich auf.

Er wandte den Kopf, richtete seinen Blick geradeaus und marschierte vorgeblich ruhig weiter, sein Wanderstock schlug gleichmäßig auf den steinigen Boden. Aus den Augenwinkeln sah er, wie eine Autotür geöffnet wurde.

»Hallo!«

Edgar stellte sich blind und taub.

»Hallo, Sie da! Warten Sie!«

Edgar marschierte um sein Leben.

Als er glaubte, Schritte hinter sich zu hören, drehte er sich nicht um, sondern wurde nur noch schneller. Einem Schwimmbad, das in sein Blickfeld geriet, schenkte er einen sehnsüchtigen Gedanken. Abtauchen, das war es, was er jetzt am liebsten tun würde. Sich in die Fluten stürzen samt schwerem Gepäck und Wanderstock.

Die ersten Dächer von Gemünd schimmerten durch die Bäume. Im Laufschritt erreichte er den Ort, blieb atemlos stehen und blickte ein letztes Mal zurück. Am Ende des Weges verschwand eine Gestalt zwischen den Bäumen.

Wenn ihm jemand folgte, war es die Polizei. Und die Polizei hatte es nicht nötig, auf dubiosen Parkplätzen in schmutzigen, alten Autos zu warten und ins Dickicht zu springen, wenn er sich umdrehte.

Wenn er so weitermachte, war er bei seiner Ankunft in Trier ein psychisches Wrack. Wenn er es überhaupt bis dahin schaffte. Und Gott allein wusste, in welcher verdammten Zeit.

Als er auf einen kleinen Nebenweg zum Hotel Sophienhof einbog, beschlich ihn erneut ein seltsames Gefühl. Das Gebäude erinnerte ihn an seine alte Grundschule, und diese Erinnerungen waren nicht besonders gut. Es war ein helles Gebäude mit hohen Fenstern und wirkte dennoch bedrohlich auf Edgar. Auf dem großen Parkplatz standen ein Reisebus und einige PKW. Eine völlig unauffällige Situation, aber Edgar konnte sich ihr nicht stellen. Alles in ihm sagte: *Sei vorsichtig!*

Über dem Sophienhof schien eine dunkle Wolke zu liegen, obwohl sich die Sonne in den Fenstern spiegelte. Aber selbst die reflektierten, rotgoldenen Strahlen schienen ihn zu warnen: *Kehr um, Edgar, kehr um!*

Er zögerte. Ihm war bewusst, was er riskierte, wenn er umkehrte. Er verlor Zeit, lebenswichtige Zeit. Es war ungewiss, ob er anderswo ein freies Zimmer finden würde. Es war ungewiss, wie lange es dauern würde. Und es konnte sein, dass er hierhin zurückkehren musste, und seine Extra-Runde und die Minuten, die er verloren hatte, verfluchen würde und gezwungen war, sie morgen wieder reinzuholen. Unmöglich, denn morgen stand ihm eine Doppeletappe bevor.

Er hatte die 21 Kilometer von Einruhr nach Gemünd zwar in einer Bombenzeit, in dreieinhalb Stunden, geschafft, aber wer sagte ihm denn, dass Lutz sie nicht in ein paar Tagen in noch kürzerer Zeit schaffen würde? Alles sprach dagegen, aber die dunklen Gedanken ließen sich nicht abschütteln. Er hatte das Gefühl, jemand wartete im Sophienhof auf ihn, jemand, den er nicht treffen sollte oder wollte. Und dieser Jemand würde ihm sagen, dass es nicht rechtens war, die ermordete Helena einfach zurückzulassen ...

Und genau das wollte er nicht hören. Er wollte auch keine Fragen beantworten. Er wollte schlafen und fit sein für morgen. Sonst nichts. Er wanderte hier nicht zum Zeitvertreib und schon lange nicht mehr zum Vergnügen.

Edgar machte erst einige Schritte rückwärts, als wolle er sich selbst überlisten, danach drehte er sich um und stapfte entschlossen in den Ort hinein, über den Marktplatz und die Fußgängerzone entlang. Er gestand sich einen einzigen Versuch zu. Vielleicht hatte er Glück. Aber so war es nicht. Im *Hotel Friedrich* bedauerte man, man sei belegt.

14 Uhr.

Edgar kehrte zum Biergarten des *Hotel Friedrich* zurück, das nahe der Mündungsbrücke von Urft und Olef lag, trank drei Bier und starrte aufs Wasser, wo sich ein Rudel weiblicher Enten tummelte.

15 Uhr.

Edgar flüchtete ins Café Theißen, ein gemütliches Oma-Café, verschanzte sich in der hintersten Ecke bei Kaffee und einem Sandwich hinter den Produktionen der Yellow Press, um endlich zu erfahren, wie es um die europäischen Königshäuser stand. Erstaunt stellte er fest, wie schlecht informiert er war. Nebenher belauschte er die Damenwelt bei ihrem neuesten Tratsch. Helena Finn war kein Thema, und Dr. Edgar Schramm ebenfalls nicht.

17 Uhr.

Er betrat wenige Schritte weiter die Buchhandlung Wachtel. Dort blätterte er eine gute Stunde scheinbar ratlos in diversen Büchern und las die Klappentexte von Kochbüchern und medizinischen Ratgebern. Als die junge Verkäuferin ihn fragte, ob sie helfen könne, schüttelte er den Kopf und murmelte, ihm könne niemand mehr helfen. Von der Buchhandlung aus erspähte er eine Außengastronomie.

19 Uhr.

Er setzte sich auf einen der Korbstühle vor dem Restaurant *M-Quadrat*. Das Gebäude erinnerte ihn, wie der Sophienhof, an eine alte Schule. Er trank wieder Bier, beobachtete unauffällig die Passanten und philosophierte wohl auch darüber, was es zu bedeuten habe, dass Schulen zu Hotels und Restaurants wurden. Zwischendurch kontrollierte er wie andere Gäste auch sein Handy. Es waren zwei Anrufe eingegangen. Beide nicht von Lutz, der sicher genug damit zu tun hatte, sich irgendwo zwischen Himmerod und Daun über viele endlose Kilometer bergauf und bergab zu quälen.

Aber Guido und *Unbekannt* hatten es wieder versucht.

Sein Bruder meldete sich nach dem ersten Klingelton, als habe er auf ihn gewartet und startete mit einem ausführlichen Tätigkeitsbericht. Als Edgar ihn unterbrach und fragte, warum er ihn schon wieder angerufen hätte, meinte dieser: »Nichts als Dankbarkeit. Ich will dich an meinem Glück ein wenig teilhaben lassen.«

Auf seine Frage, ob Rita Funke immer noch an Bord sei, bekam Edgar ein »Natürlich, wo denn sonst?« zu hören.

»Wir zwei lassen es uns gut gehen«, fügte Guido inbrünstig hinzu. »Willst du sie sprechen?«

Ehe Edgar verneinen konnte, hörte er Ritas Stimme. »Hallo? Edgar? Bist du es, mein Herz?«

Edgar täuschte eine Funkstörung vor und kippte das Gespräch. Er war beruhigt. Vielleicht, so hoffte er, würde es noch funken zwischen Rita und Guido. Obwohl Guido kein Frauenschwarm war, wenn er sich recht erinnerte. Ein Mann wie er weckte in einer Frau wohl eher fürsorgliche Gefühle als erotische. Aber er war ein Mann, um den Rita sich rund um die Uhr kümmern konnte. Guido würde das genießen. Edgar hatte es zum Schluss gehasst.

21.00 Uhr.

Edgar legte eine Hand auf seinen Bauch und kam zu der Erkenntnis, dass er etwas essen musste, wenn er nicht an einer Unterzuckerung oder einer Alkoholvergiftung eingehen wollte, auch wenn er keinen Appetit hatte. Er wechselte vom Biergarten ins Restaurant.

Er ließ sich viel Zeit mit der Auswahl des Tisches, der Entscheidung für Speise und Trank, der Bestellung, dem Trinken und Essen an sich und dem Bitten um die Rechnung. Zwischen jedem Vorgang ließ er unzählige Minuten verstreichen, die ihm wie Stunden vorkamen. Nach der Hauptspeise, Schweinefilet, Pilze und Rahmnudeln, nahm er noch ein Eis, nach einem Espresso noch einen Grappa. Er ging zwischendurch mehrmals zur Toilette. Irgendwann fiel ihm nichts mehr ein, womit er die Zeit noch hätte totschlagen können.

Er hatte keine verdächtigen Personen in seinem Umfeld entdeckt, auch nicht, wenn er unauffällig aus dem Fenster blickte. Bis auf die eine einzelne Frau, die nach ihm hereinkam und sich so setzte, dass er sie ansehen musste, wenn er von seinem Teller hochsah. Sie war sicher hübsch und nett, aber er hatte keinen Bedarf an einer neuen Helena Finn. Das Essen schmeckte gut, die Bedienung war zuvorkommend und beachtete ihn nicht mehr als nötig.

23.00 Uhr.

Auf dem Weg vom Restaurant ins Hotel kaufte er sich in einer Frittenbude zwei Dosen Bier aus der Kühlung und entwickelte eine simple, aber vielleicht rettende Idee.

23.20 Uhr.

Mit einem Gefühl im Bauch, als betrete er die Höhle des Löwen, öffnete er die Eingangstür zum Sophienhof. Im Foyer brannte eine Notbeleuchtung. Edgars Schritte hallten durch das riesige, leere Foyer, in dem Sitzgruppen aus Korbmöbeln standen. Rechts in einer Ecke entdeckte er einen Mann in einer Art Hausmeisterloge. Eine kleine Schreibtischlampe brannte.

Unüberhörbar fragte Edgar ihn nach einem freien Zimmer für eine Nacht. Das Treppenhaus neben ihm verstärkte seine Stimme und gab ihr ein Echo.

Der Mann fragte schweigend seinen Computer und nickte.

»Wunderbar! Sie sind meine Rettung! Ich habe schon in so vielen Hotels nachgefragt!«, rief Edgar durch das Foyer und sah sich um. Niemand zu sehen. »Meine Name ist Sonntag, Martin Sonntag.«

Sonntag, wiederholte das Echo im Treppenhaus.

»Ich komme geradewegs aus Steinfeld.«

Ein Feld, verstand das Echo im Treppenhaus.

»Macht 44 Euro«, meinte der Mann und schob ihm eine handgeschriebene Rechnung und den Meldezettel zu. Edgar bezahlte in bar. Als er begann, in seinem Rucksack nach seinem Personalausweis zu suchen und die Aktion aus taktischen Gründen ausführlich in die Länge zog, winkte der Mann ab und sagte: »Lassen Sie mal. Den können Sie mir morgen zeigen. Ich will endlich Feierabend machen.«

»Ein langer Tag, nicht wahr?«, fragte Edgar.

»Und die ganze Zeit die Polizei im Haus.«

Edgar schluckte und versuchte beiläufig zu klingen. »Ist denn was passiert?«

»Sie suchen einen Mörder.« Der Mann verdrehte die Augen. »Aber der ist natürlich nicht gekommen. Würde ich an seiner Stelle auch nicht tun.«

Das saß. Edgar blieb jedes weitere Wort im Hals stecken. Er verzichtete darauf, dass der Mann ihm die Zeit quittierte. Er würde für Lutz schon eine Erklärung für den fehlenden Stempel finden. Er konnte immerhin die Hotelrechnung vorweisen, auf die er seine Zeit würde eintragen lassen. Man konnte doch mal etwas vergessen!

Sein Zimmer, das im Erdgeschoss lag, war groß wie ein Klassenzimmer und trug die Nummer 24. Kaum war Edgar allein, folgte die übliche Prozedur am Ende einer Etappe: Alles fallen lassen und auf dem Bett alle Viere von sich strecken. Aber dieses Mal schloss Edgar sein Zimmer ab.

Seine Füßen waren schwer, aber nicht taub und noch immer ohne Blasen. Seine Wanderschuhe mussten wahre Wunderwerke der Technik sein. Insgesamt fühlte er sich weniger körperlich am Ende als psychisch. Der Muskelkater der Seele war schmerzhafter als jeder Wadenkrampf. Edgar schaltete die kleine Nachttischlampe an und löschte das Deckenlicht. Er öffnete eine der Bierdosen, nahm einen Schluck und wählte Lutz' Telefonnummer.

Während des Gesprächs, bei dem Lutz nach wie vor keine

Erschöpfung erkennen ließ, sondern mit seiner Kondition prahlte, gab er Lutz die Zeit durch, in der er das Hotel beim ersten Mal erreicht hatte. Ein paar Mal war er kurz davor, zu berichten, was in Einruhr passiert war.

Aber er tat es nicht.

Bei Lutz wusste man nie. Er konnte von plötzlichen Gerechtigkeitsattacken heimgesucht werden, und dann war er nicht wiederzuerkennen. Unter Umständen hätte er die ganze Aktion abgeblasen. Und dann? So lästerten sie nur wie gewohnt über ihre Schwächen und ermunterten sich zu ihren Stärken, als gebe es auf der Welt nichts Interessanteres als ihre Wette.

»Alles in Ordnung bei dir?«, fragte Lutz geschlagene drei Mal nach. Beim ersten Mal klang es beiläufig, beim zweiten Mal neugierig, beim dritten Mal nervte es. Denn Edgars Welt war alles andere als in Ordnung.

Erst als sie das Gespräch beendet hatten, fiel Edgar ein, dass Lutz eine Frage wie diese sonst nie stellte. Sie gehörte einfach nicht zu seinem Wortschatz.

Und schon begann sich wieder das Rad in Edgars Kopf munter um sich selbst zu drehen und kam erst zum Stillstand, als heißes Wasser auf ihn herunterprasselte. Die Dusche lief, als gebe es keinen Hahn, als stehe er unter einem Wasserfall. Er ließ Minuten vergehen und die Vergangenheit, die Gegenwart und die Zukunft aus seinem System spülen. Nur kurz drehte er ab, um sich einzuseifen, als er hörte, wie sein Handy klingelte. Er lauschte, als könne er am Klingelton erkennen, wer ihn anrief. Es hörte auf und fing sofort wieder an. Es klingelte energisch und ungeduldig. Edgar lief tropfend und auf Zehenspitzen an sein Bett. Das Handy verstummte. Er musste es dicht vor die Augen halten, weil seine Brille noch im Bad lag.

Unbekannt stand auf dem Display.

Während er sich abtrocknete, klopfte es an seine Zimmertür. Er hielt mitten in der Bewegung inne und wartete ab, ob er sich verhört hatte. Es klopfte wieder. Ein Lichtstrahl fiel unter der Tür herein. Die Klinke wurde heruntergedrückt.

Edgar band sich das Handtuch um die Hüften und fragte: »Wer ist denn da?«

»Ich.« Eine weibliche Stimme. »Ich wohne neben Ihnen. Ich wollte Sie nur bitten, etwas leiser zu sein, weil ...«

Edgar war mit einem Schritt an der Tür, drehte den Schlüssel herum und öffnete. »Entschuldigung, ich bin gerade erst ...«

Vor ihm im schwach beleuchteten Flur, nur bekleidet mit einem weißen, seidenen Unterkleid, das mehr sehen ließ, als es verbarg, stand ... Helena.

Helena aufgelöst und mit zerzaustem Haar und Augenringen, plötzlichen Falten um den schmalem Mund. Edgar stockte der Atem. Seine Hand rutschte von der Türklinke, die mit einem Scheppern hochschlug. Seine Knie wurden weich. Er musste sich gegen den Türrahmen lehnen, um nicht umzusinken.

Ich werde wahnsinnig! Nein, ich bin es schon!

Helena lächelte zaghaft. »Entschuldigung, ich wollte Sie nicht erschrecken. Aber Ihre Dusche läuft die ganze Zeit und ich kann einfach nicht schlafen. Nicht nach so einem Tag ...« Sie trat einen Schritt auf Edgar zu.

Er wich zurück, erkannte im gleichen Moment auch ohne Brille, dass sie nicht Helena war, dass sie ihr nur zum Verzweifeln glich. Diese Frau war vermutlich doppelt so alt. Ihre Augen füllten sich mit Tränen. »Meine ...«

Edgar erriet mit Schrecken, was sie gleichen sagen würde. »Nein!«, unterbrach er sie und schlug die Hand vor den Mund. Als ihm bewusst wurde, wie verdächtig diese Reaktion war, tat er so, als wische er sich nur über sein müdes Gesicht.

»Entschuldigung«, murmelte sie und musterte ihn, der nur im Handtuch vor ihr stand.

Sie hörten Schritte, die sich näherten. Es war der Hotelier bei seinem letzten Gang durch das Gebäude. »Probleme?«, fragte er.

»Ja«, gab Edgar zu, »ich habe stundenlang geduscht. Ab sofort hört die Dame aber keinen Laut mehr von mir, ich schwöre es.«

Sie lächelte gequält. Der Hotelier wünschte beiden eine gute Nacht.

»Ich werde wahrscheinlich trotzdem kein Auge zumachen können«, sagte sie leise und wandte sich ihrer Zimmertür zu.

Edgar lag im Bett und hatte noch ihre letzten Worte im Ohr, als es erneut an seine Tür klopfte. 23.10 Uhr. Er war ganz sicher, dass sie es war.

»Entschuldigung«, begann sie. »Was müssen Sie von mir denken?«

»Ich denke nichts«, beruhigte Edgar sie und raufte sich die Haare. »Dazu bin ich viel zu müde.«

»Aber würde es Ihnen etwas ausmachen, wenn Sie kurz draußen vor meinem Fenster nachsehen würden, ich bin mir ganz sicher, da schleicht jemand herum. Aber ich könnte auch verstehen, wenn Sie Nein sagen würden, ich bin wahrscheinlich nur völlig von der Rolle, weil meine ...«

»Ist schon gut«, unterbrach Edgar sie schnell, er wollte nicht mehr hören, und langte nach seiner Wanderjacke an der Garderobe. »Ich sehe nach. Gehen Sie in Ihr Zimmer und schließen Sie ab. Ich sage Ihnen Bescheid, wenn ich zurück bin.«

»Danke«, murmelte sie. »Ich weiß gar nicht, wie ich Ihnen danken soll.«

»Keine Ursache«, meinte Edgar und ließ seine Tür offenstehen, während er ohne Socken in seine Straßenschuhe schlüpfte, seine Brille aufsetzte und seine Taschenlampe einsteckte. Er zog die Vorhänge an seinem Fenster nach einem bestimmten Muster auf, damit er sich draußen daran orientieren konnte.

Sie war in ihr Zimmer verschwunden, als er auf leisen Sohlen den Flur entlang durch das Foyer um das Gebäude herum auf die Wiese trat, zu der die Fenster zeigten. Kalt und feucht war die Nacht. Edgar konnte seinen Atem sehen. Er zog die Jacke über der Brust zusammen. Auf seinen nackten Beinen stellten sich die Haare auf. Als er seine Taschenlampe einschaltete, dachte er an sein Jagdmesser, das in seinem Rucksack steckte. Er hätte es mitnehmen sollen. Für alle Fälle. Oder wenigstens seinen Wanderstock. Trotz Schlafanzug fühlte er sich nackt unter seiner Jacke.

Das Gras war feucht und glitschig. Das Licht, das aus einigen Hotelzimmern fiel, zauberte hellgrüne Quadrate auf die dunkelgrüne Fläche. Edgar stapfte von einem Fleck zum anderen, näherte sich der Hauswand und leuchtete den Schatten aus. Er entdeckte einen schmalen Streifen niedergetretener Halme, undeutliche Fußspuren unter seinem Fenster, das er an den geöffneten Vorhängen erkannte, und dem seiner Zimmernachbarin. Als sei jemand hin und her gelaufen, vielleicht auch hochgesprungen, um in die Fenster hineinzusehen.

Seine Nachbarin lugte durch einen Spalt zwischen ihren Vorhängen. Edgar schüttelte den Kopf und kreuzte die Finger, um sie zu beruhigen.

Ein kleiner Rauchfaden stieg aus dem feuchten Gras auf und kringelte sich empor. Edgar richtete seine Taschenlampe darauf. Eine halb gerauchte Zigarette. Er trat sie aus, kehrte ins Hotel zurück.

Die Frau von nebenan stand in der offenen Zimmertür.

»Es ist nichts«, beruhigte er sie. Edgar durfte nicht auffallen. Wenn er den Hotelier informierte, würde der allein aufgrund der Ereignisse des Tages sofort die Polizei zurückrufen. Genau das, was Edgar nicht gebrauchen konnte. Auch seine Nachbarin durfte nicht auf die Idee kommen. So spielte er die Rolle des Beschützers und fragte: »Ist Ihr Fenster auch gut verschlossen?«

Sie verschränkte ihre Arme vor der Brust und rieb ihre Oberarme, als friere sie. Mit ein paar Schritten war Edgar an ihrem Fenster. An einer Stelle klemmte der Rahmen. Minimal. Niemand konnte das Fenster von außen öffnen.

»Alles dicht«, sagte er auf dem Weg hinaus. »Es kann nichts passieren. Außerdem – ich wohne neben Ihnen, scheuen Sie sich nicht zu klopfen.«

»Danke.«

»Versuchen Sie zu schlafen.« Unter anderen Umständen hätte er ihr ein Schlafmittel aus seinem Medikamentenbeutel gegeben. Aber das verbot sich nun von selbst.

Er wollte gerade seine Zimmertür schließen, als sie wieder da stand.

»Mögen Sie vielleicht morgen früh mit mir frühstücken?«, fragte sie zaghaft.

»Nein!«, stieß Edgar ein wenig zu heftig hervor und schüttelte den Kopf.

»Entschuldigung«, meinte sie und wandte sich zum Gehen.

* * *

14. Mai, 7.00 Uhr

Am anderen Morgen gab Edgar sich alle Mühe, das Hotel zu verlassen, ohne den Eindruck zu erwecken, dass er floh.

Anstatt zu frühstücken, bat er den Hotelier, der auch am Buffet bediente, ihm ein Lunchpaket zusammenzustellen und schob seine Eile auf seine lange Wanderung nach Einruhr, wie er sagte und hoffte, mit dieser falschen Information alle Brücken hinter sich abzubrechen.

Als er seinen Zimmerschlüssel an der Hausmeisterloge abgeben wollte, hielt der Hotelier ihn auf und erklärte ihm ungefragt, dass es sich bei seiner Zimmernachbarin um die arme Mutter der Toten handele, deren Mörder die Polizei vergeblich in seinem Hause gesucht habe. Es sei also kein Wunder, dass sie nicht habe schlafen können.

Edgar ließ sich nichts anmerken und winkte lässig ab: »Kein Problem. Wissen Sie, wie sie heißt?«

»Die Mutter oder die Tote?«, fragte der Hotelier prompt.

»Die Mutter«, sagte Edgar schnell.

»Anna Grund.«

»Ach?« Ein Funken Hoffnung glimmte auf. Es war ihm aufgefallen, dass Helena Finn neben all ihrem Schmuck keinen Ehering getragen hatte. War sie die Tochter einer anderen Mutter? Hatten seine Augen seinem Gehirn gestern Abend einen Streich gespielt, weil die Beleuchtung im Flur schwach war und er beim Anblick der Frau seine Brille nicht trug? Und er im Übrigen an Verfolgungswahn litt? An fanatischer Paranoia? An geistiger, seelischer, körperlicher Verwirrung? Er litt an ... ja, wie sollte man es anders nennen, er litt am Eifelsteig-Koller! Fast so etwas wie Erleichterung verspürte er, als er endlich einen Namen für seinen Zustand gefunden hatte. Wenn er jetzt noch jemanden fände, dem er die Schuld geben konnte, dann ginge es ihm besser. Vielleicht hatte Lutz ihn auch längst, den Eifelsteig-Koller, und wollte es genauso wenig zugeben. Den nächsten Wanderer, der ihm begegnete, würde er warnen.

»Moment!« Das Telefon in der Hausmeisterloge klingelte, und während der Hotelier abhob, nutzte Edgar die Gelegenheit und verschwand ohne seinen Personalausweis vorlegen zu müssen.

Als er aus dem Sophienhof trat, dachte er: Mach dir nichts vor! Es müsste schon mit dem Teufel zugehen, wenn noch eine andere Frau als Helena Finn zum gleichen Zeitpunkt in der gleichen Region ermordet worden war. Aber vielleicht ging es hier ja mit dem Teufel zu. Warum auch nicht? Vielleicht war er ja der Erfinder des Eifelsteig-Kollers.

Ein Krächzen.

Über ihm breitete eine schwarze Krähe ihre Flügel aus, ohne davonzufliegen. Sie flatterte, als hielte sie jemand an den Krallen fest. Harmlos begannen im gleichen Moment die Glocken der Pfarrkirche zu läuten. Acht Mal. Er war spät dran.

Edgar blinzelte in den Himmel. Die Frühlingssonne schien fade durch den Dunst. Wenn er Pech hatte, würde daraus Nebel, der sich den ganzen Tag über nicht mehr verzog.

Direkt hinter der Kirche fand Edgar den Einstieg zum Eifelsteig. Er fotografierte den Wegweiser und nahm den frühen Erfolg als gutes Zeichen und Aufmunterung. Ein schmaler Pfad, auf den noch viele andere Wanderwege stießen, führte steil bergauf. Nach zehn Minuten entlang an Farn und Laubwald hatte Edgar die Höhe erreicht, der Weg wurde breiter und war nicht mehr so steil.

Schon nach ein paar Schritten war Edgar klar geworden, dass seine Rechnung nicht aufgehen konnte. Spätestens wenn Lutz in ein paar Tagen in Gemünd im Sophienhof abstieg, würde seine Tarnung auffliegen. Der Hotelier würde ihm bestätigen, dass ein Edgar Schramm nie eingecheckt hatte. Und dass er das auch nicht zugelassen hätte, weil er ein potenzieller Mörder war.

Edgar begann zu laufen.

Immer tiefer verstrickte er sich in ein Netz aus Halbwahrheiten. Er war eben nicht gemacht für ein Verbrechen. Er musste Lutz einweihen. Lutz war der Einzige, dem er wirklich vertrauen konnte. Er hätte es längst tun sollen.

Vorbei an Weiden mit Kühen und ohne Kühe, Stromleitungen, Bauernhäusern, Eichenwald, Ginster und Schieferfels, mit Blick ins Tal auf den Ort oder bergan bis zum Horizont folgte er dem Eifelsteig. Der Weg war feucht, Sonnenstrahlen fielen in Bündeln durch die Baumstämme. Mehr als ein Hauch Nebel lag über allem.

Aus dem Tal drangen Straßengeräusche, aber auch Pferdewiehern und Wasserplätschern. Unten verliefen Bahngleise, und die verkohlten Reste eines großen Lagerfeuers waren zu sehen. Der Zirkus Montana hatte seine Zelte zwischen Bahndamm und Flussufer aufgeschlagen. Ein spitzer Kirchturm schimmerte durch die Bäume. Edgar fotografierte den Wegweiser nach Steinfeld. Der Eifelsteig führte hinunter auf Straßenniveau. An einer Birke hing ein Abfalleimer, der überquoll.

Edgar blieb stehen. Besorgt sah er sich um, ehe er die Zeitungsseiten herausholte, die als Letztes hineingestopft worden waren. Reste des Kölner Stadt-Anzeigers vom Vortag. Edgar blätterte durch die verschmierten, feuchten Seiten und stellte fest, dass es nur die Kleinanzeigen waren. Wohnungen, Autos, Jobs. Er hatte auf eine Schlagzeile gehofft: *Helenas Mörder überführt*. Enttäuscht knüllte er die Seiten zusammen und quetschte sie zu dem anderen Müll.

Als er sich die Hände an seiner Jacke sauber wischte, kam er sich wie ein Penner vor. Und wie ein Verbrecher, als ganz in der Nähe ein Schuss fiel. Zuerst starr vor Schreck, dann panisch um sich blickend entdeckte er weder Mensch noch Tier. Dennoch hörte er schnelle Schritte, eine Art Trampeln,

Blätter raschelten, Äste knackten, Vögel flatterten schreiend auf, eine Autotür schlug zu, ein Motor heulte auf. Es klang wie eine Motorsäge.

Ich werde verrückt!

Edgar sah zu, dass er zurück in die Zivilisation kam. Sein Weg dorthin führte zunächst an Brombeeren und Ameisenhaufen und einzelnen Häusern vorbei, deren Dachziegel in der Sonne glänzten. Hastig fotografierte er die nächste Wegkreuzung. *Steinfeld 13 km.* Endlich mündete der Eifelsteig auf die Landstraße.

Eine kleine Brücke führte über das Staubecken der Olef, die dem Ort den Namen gab. Nach ein paar Schritten lag rechter Hand etwas tiefer als die Straße eine Art Kiosk oder Imbiss. Weiße Plastikstühle standen draußen. Feuchtigkeit lag auf ihnen. Es waren noch keine Gäste eingetroffen. Edgar entdeckte einen Zeitungsständer und wollte ihn stürmen, als er die Blicke des Kioskbetreibers spürte. Er hatte die Zeitung sicher schon gelesen. Edgar würde es auch nicht wundern, wenn die Schlagzeile hieße: *Helenas Mörder geht den Eifelsteig.* Hatten sie schon sein Foto abgedruckt? Ängstlich senkte er den Blick und marschierte schnell davon.

Schmucke, weiße Fachwerkhäuser säumten den Dorfplatz, in dessen Mitte eine Kastanie ihre Zweige über einem vergessenen Anhänger auslud. Die Gleise der Oleftalbahn überquerten den gepflasterten Platz. Das Kinderweinen, das aus einem der Höfe zu kommen schien, klang eher wie ein Quengeln, auf jeden Fall nicht so dramatisch, als dass Edgar Schramm hätte eingreifen müssen. Schon wurde es übertönt durch ein dröhnendes Röhren. Edgar trat aus dem Schatten der Kastanie und blickte in den Himmel. Ein Hubschrauber schwirrte geradewegs über ihm. Er schien in der Luft zu stehen. Erschreckt duckte sich Edgar unter der dichten Baumkrone und presste sich an den mächtigen Stamm. Sein Puls, sein Herz, sein Magen, alles war in Aufruhr. Der Eifelsteig-Koller nistete sich in allen Organen ein wie ein Virus.

Edgar legte seine Arme um den Stamm und hielt sich rücklings an ihm fest. Er setzte den Rucksack ab und durchsuchte das Lunchpaket. Hielt Essen nicht Leib und Seele zusammen? Er entschied sich für einen Apfel, den er vierteilen wollte. Als er sein Jagdmesser aus der linken Seitentasche ziehen wollte, war es nicht an seinem Platz. Aber als er auf die Knie fiel und den Rucksack auf den Kopf stellte, rollte es mit anderen Dingen heraus. Er zog es aus dem ledernen Schaft. Zwei schmale, rote Streifen liefen nebeneinander über die Klinge. Er fuhr mit dem Finger darüber. Rot wie Blut. Es ekelte ihn an, schnell schob er das Messer in seinen Schaft und in den Rucksack, den er nie aus den Augen gelassen hatte. Oder doch? Blut?

Er ließ den Apfel davonrollen, lehnte sich gegen den Baumstamm und rutschte an ihm herab, bis er auf den Pflastersteinen zum Sitzen kam. Er streckte die Beine weit von sich, lehnte den Kopf zurück, betrachtete den Blätterwald über sich und wünschte sich nur noch eines: *Exitus*.

Er kramte nach seinem Handy und rief seinen Bruder Guido an. Als der sich meldete und ihn mit einer flapsigen Bemerkung begrüßte, stieß er hervor: »Ist sie immer noch an Bord?«

»Wen meinst du?«, fragte Guido.

»Rita Funke.«

»Schon wieder? Hast du Sehnsucht? Wo soll sie sonst sein?«, rief Guido und lachte ihn aus. »Willst du sie sprechen?«

»Ja«, sagte Edgar dieses Mal mit entschlossener Verzweiflung.

»Hallo? Edgar? Bist du es, mein Herz?«

»Hallo, Rita«, war alles, was Edgar hervorbrachte, ehe er das Gespräch wegdrückte.

Danach wählte er Lutz' Nummer. Er wollte ihm alles sagen. Alles. Aber die Stille am anderen Ende der Leitung schien endlos zu sein.

7. Kapitel

14. Mai, 10.10 Uhr
Hotel Sophienhof, Gemünd

Martin Sonntag?« Sonja Senger schrie Hubert Thelen, den Hotelier vom Sophienhof, an, nachdem er ihr von einem späten Gast berichtet hatte, der eingetroffen sei, nachdem die Polizei unverrichteter Dinge abgezogen war und Anna Grund sich längst erschöpft zurückgezogen habe. »Das war unser Mann!«

»Sie hätten ja hier bleiben können!«, wehrte sich Thelen.

Sonja schluckte, er hatte nicht ganz unrecht. Aber weder Brummer noch Neugebauer noch sie selbst hatten gestern gegen 22 Uhr, als sie nach Hause gefahren waren, daran geglaubt, dass Dr. Edgar Schramm noch auftauchen würde. Eine Panne, die nicht hätte passieren dürfen.

»Außerdem hieß er Martin Sonntag und kam aus Steinfeld«, verteidigte sich Thelen.

»Und ich bin Königin Beatrix und komme aus Den Haag.«

Er grinste.

»Hat er Ihnen seinen Personalausweis vorgelegt?«

Thelen verging das Grinsen.

Sonja schlug sich gegen die Stirn. »Ich fasse es nicht.«

Er musterte sie misstrauisch.

»Also gut, erzählen Sie mal, aber schön der Reihe nach!«

Hubert Thelen, der im Sophienhof Hotelier, Kaltmamsell und Zimmermädchen, letztendlich Mädchen für alles war, hatte Anna Grund beim Frühstück vermisst. Obwohl er meist viele Gäste hatte, verlor er nie den Überblick. Aus reiner Fürsorge hatte er um 8.30 Uhr an Zimmer 23 angeklopft. Aber sie hatte nicht reagiert. Es war still hinter ihrer Tür. Vielleicht war Schlafen für die Arme im Augenblick wichtiger als Essen.

Als er gegen 9 Uhr zu Zimmer 23 zurückkehrte, herrschte die gleiche Stille. Auch gut, sagte er sich, und säuberte erst das danebenliegende Zimmer 24, in dem der Wanderer Martin Sonntag eine Nacht verbracht hatte. Er bezog die Betten neu, putzte das Bad und saugte über den Teppichboden. Besonders im Bad horchte er auf Geräusche, die von nebenan kamen.

Danach – es war inzwischen 9.30 Uhr vorbei – glaubte er keine andere Wahl zu haben. Er öffnete das Zimmer mit seinem Generalschlüssel.

»Hallo? Frau Grund?«

Niemand da. War der Vogel ausgeflogen? Es gab immer wieder mal Gäste, die verschwanden ohne zu bezahlen. Aber bei dieser Frau hätte er nicht damit gerechnet. Er zog die Vorhänge auf und sah auf das ungemachte Bett. Ihre Kleidung lag auf dem Stuhl, ihre Reisetasche stand am Boden. Sein Blick fiel auf die Badezimmertüre. Sie stand ein wenig offen. Dahinter brannte Licht, das einen seltsam rötlichen Schein durch den Spalt warf.

»Frau Grund?«

Thelen schob die Türe auf.

Von den weißen Kacheln war nicht mehr viel zu sehen. Der Mörder hatte ein Blutbad angerichtet. Anna Grund lag nackt und mit verdrehten Beinen in einer Lache in der Dusche, in der sich Wasser und Shampoo und Blut zu einer ekelerregenden Brühe vermischten. Blut auf dem Duschvorhang, auf dem Boden, an den Wänden, auf dem Spiegel, auf den Handtüchern.

Thelen hatte als Hotelier schon so manches erlebt und war nicht leicht aus der Bahn zu werfen, aber bei diesem Anblick hatte er das Gefühl gehabt, dass sich sein Magen einmal um sich selbst drehte und an verkehrter Position zur Ruhe kam. Er hielt sich die Hand vor den Mund.

Anna Grunds Körper war von Stichwunden übersät. An Oberschenkeln, Armen, Bauch, Brust und Hals klafften spitze Löcher, als habe der Mörder in blinder Wut auf sie eingehackt.

Thelen hatte nichts angefasst, sondern das Zimmer abgeschlossen, zuerst den Notarzt angerufen und dann die Polizisten. Bis zu dem Augenblick, in dem die Kommissarin ihn anbrüllte, fand er, dass er alles richtig gemacht und Anspruch auf Lob und Unterstützung hatte. Das schien die Kommissarin anders zu sehen.

»Warum in drei Teufels Namen haben Sie sich nicht seinen Personalausweis zeigen lassen?«, brüllte Sonja Senger.

»Er war ein sehr netter Mann. Sehr höflich und zuvorkommend. Sein Ausweis war irgendwo in seinem Rucksack verkramt. Außerdem war ich ziemlich müde, und er auch, weil ...«

»Und heute Morgen?«

»Da hat mein Telefon gerade geklingelt, als ...«

Die streitenden Parteien verstummten pietätvoll, als Anna Grund in einem Leichensack aus dem Foyer getragen wurde. Die Hauptkommissare Brummer und Neugebauer hielten die Türen auf.

Sonja hatte den Witwer und angeblichen Mörder, Klaus-Peter Grund, noch nicht benachrichtigt. Sie wollte in sein Gesicht sehen, wenn sie ihm von der Art und Weise berichtete, wie Ehefrau und Stieftochter, Helena Finn und Anna Grund, hatten sterben müssen. Damit hatte sie ihn auch der Chance beraubt, seine Frau in einem Hotelzimmer identifizieren zu können. Er würde es in den nächsten Tagen in der Rechtsmedizin Köln hinter sich bringen müssen, wo auch seine Stieftochter lag.

Der Notarzt verabschiedete sich mit der Information, dass

er den Todeszeitpunkt zwischen 23 Uhr und 2 Uhr ansiedele. Die Spurensicherung brauchte noch Zeit, denn sie hatte auch Zimmer 24, in dem Martin Sonntag genächtigt hatte, zu untersuchen. Sonja hatte zufrieden registriert, dass die KTU Bonn wieder Krings und Signon, die sie von Einruhr kannte, entsendet hatte. Sie wussten, worauf sie achten mussten.

»Herr Thelen, haben Sie Martin Sonntag und Anna Grund zusammen gesehen?«, setzte Sonja Senger das Verhör fort, nachdem der Leichenwagen und der Wagen des Notarztes den Parkplatz verlassen hatten.

»Ja«, gab er zu, »aber nur ganz kurz, als ich meine letzte Runde durchs Hotel machte, das mache ich jeden Abend, bevor ich schlafen gehe, ich sehe nach, ob alles in Ordnung ist und ...

»Fassen Sie sich bitte kurz!«

»Da stand sie vor seiner Tür.«

»Und?«

»Er hatte sie wohl geweckt, weil er so lange geduscht hatte. Ich habe Ihnen eine gute Nacht gewünscht.«

»Und sonst?«

»Was und? Sie sind erwachsene Leute und meine Gäste, was erwarten Sie von mir?«

»Okay.« Sonja seufzte. »Wissen Sie wenigstens, wohin Ihr Gast heute geht?«

»Nach Einruhr, hat er gesagt, glaube ich.«

»Das kann nicht sein!« Sonja wandte sich ihren Kollegen zu und machte eine Grimasse. Neugebauer gab ihr mit einem Handzeichen zu verstehen, dass sie sich beruhigen solle, und bat Thelen um ein Zimmer, in dem sie arbeiten konnten.

Thelen führte sie ins Souterrain in den Frühstücksraum und brachte ihnen Kaffee und Tassen, Milch und Zucker. Mit Brummers Worten: »Wenn wir Sie brauchen, rufen wir Sie«, wurde er entlassen.

Brummer faltete eine Karte vom Eifelsteig auseinander. Ein Leporello.

»Warum bist du denn so ...«, Neugebauer suchte nach Worten, die seine Kollegin Senger nicht verletzen konnten, »... echauffiert?«

»He?«, blaffte Sonja ihn an. Als Neugebauer keine Anstalten machte, sich zu erklären, fügte sie hinzu: »Ich bin nicht echauffiert, ich gewöhne mir das Rauchen ab.«

Brummer brummte: »Das kann ja heiter werden.«

»Wenn wir das gewusst hätten«, fügte Neugebauer hinzu.

Sonja musterte die Kollegen, die ihr schon in einigen Mordfällen hilfreich zur Seite gestanden hatten. Sie waren routinierte, schweigsame, in die Jahre gekommene, befreundete Kollegen. Auch wenn sie meist paarweise auftauchten, ähnelten sie einander nicht. Brummer war kleiner und stämmiger. Er hatte diese unverwechselbaren, dicken, schwarzen Augenbrauen, die gerade wie ein Strich verliefen und über der Nase fast zusammengewachsen waren. Während Neugebauer ein fliehendes Kinn zu seinem Markenzeichen gemacht hatte. Das nervöse Blinzeln in seinen Augen hatte er beim letzten Einsatz noch nicht gehabt.

Ihre Einstellung Sonja Senger gegenüber schien nicht eindeutig zu sein. Dazu hatte Sonja gleich mehrere Thesen: Sie waren eifersüchtig auf ihr Privileg der halben Stelle und auf ihren Familienstatus, weil sie niemanden ernähren musste außer ihrem Haustier. Sie zweifelten gern und oft an der Ernsthaftigkeit ihrer Ermittlungen. Vor allem aber kratzte es an ihrer männlichen Ehre, dass, wenn sie zusammenarbeiteten, Sonja die Sokos leitete. Sie war sich noch nicht sicher, welche der Thesen zutraf. Vielleicht alle vier.

»Was hättet ihr getan, wenn ihr was gewusst hättet?«, nahm Sonja den Faden auf, öffnete ihr Zigarettenetui und steckte sich einen Strohhalm zwischen die Lippen.

»Wir hätten es abgelehnt, in der *Soko Eifelsteig* mitzuarbeiten«, antwortete Neugebauer.

Brummer nickte bestätigend.

»Zu spät, meine Herren, mitgefangen, mitgehangen. Aber ich kann euch beruhigen, ich habe alles im Griff.«

Sie ließen von ihren Kaffeetassen ab und blickten belustigt hoch.

»Ich sage nur: Tai Chi.«

Neugebauer hob die Fäuste und boxte gegen einen Schatten. Brummer faltete die Hände und verbeugte sich.

»Sehr witzig.« Sonja schüttelte den Kopf. Sie hatte erst heute Morgen, lange bevor der unglaubliche Anruf des Hoteliers sie via Roggenmeier erreichte, in frischer, klarer Mailuft trainiert und voller Stolz festgestellt, dass ihre Bewegungen jeden Tag ein wenig fließender wurden, dass sie nur noch selten im Handbuch nachsehen musste und öfter im Takt der Musik blieb, jenem perlenden Kling-Klang-Klong, das bereits den Pawlowschen Effekt bei ihr auslöste.

»Brummer und ich waren gestern in Euskirchen«, begann Neugebauer. »An seinem Arbeitsplatz in der *Klinik am Wald*. Dr. Edgar Schramm hat bis zum 20. Mai Urlaub. Also noch sechs Tage. Er geht bestimmt nicht schon heute zurück nach Einruhr«, glaubte Neugebauer und schüttelte den Kopf. »Da wäre er schön blöd.«

»Genau. Da kommt er doch her«, ergänzte Brummer

»Eben«, stimmte Sonja zu.

»Ich bin mir ziemlich sicher«, fuhr Neugebauer fort, »dass er jetzt auf dem Weg nach Kloster Steinfeld ist. Wenn er vorgestern die dritte Etappe von Monschau nach Einruhr ging, gestern die vierte Etappe von Einruhr nach Gemünd, dann ist heute die fünfte Etappe dran. Gemünd-Steinfeld.«

»Hört sich logisch an«, meinte Sonja. »Habt ihr auch Angehörige oder Nachbarn oder Freunde aufgetrieben?«

»Teilweise«, brummte Brummer. »Sein direkter Nachbar weiß zwar, dass er bis zum 20. Mai verreist ist, weil er sich um den Briefkasten kümmert, er weiß aber nicht, wohin Schramm gefahren ist. Edgar Schramm hat keine Ehefrau, keine Freundin, nicht viele Freunde, aber noch Familie in Schleiden. Die Eltern wissen aber nicht, wo ihr Sohn sich aufhält, sie haben wenig Kontakt zu ihm. Sie haben noch zwei weitere Söhne. Der älteste heißt Bernd und wohnt in den Staaten, der jüngste heißt Guido und wohnt ebenfalls in Schleiden. Der ist zur Zeit auch verreist. Er macht angeblich eine Kreuzfahrt. «

»Der hat's gut«, meinte Neugebauer.

»Das kann man wohl sagen«, meinte Sonja.

Die drei Kommissare gaben sich eine Weile ihren Träumen hin. Ihre Mienen hellten sich auf. Ihre Mundwinkel hoben sich. Es schien, als glitten kleine, wellenförmige Bewegungen über sie.

Brummer war der Erste, der in die Realität zurückkehrte und sagte: »Obwohl die Eltern sich fragen, wie er sich so eine teure Reise leisten kann.«

Sonja und Neugebauer träumten noch. Brummer ließ sie gewähren.

»Ihr seid noch immer hier?«, rief Sonja nach einer Gedenkminute.

»Wie meinen?«, fragten beide entsetzt.

»Lauft hinter Schramm her, aber flott!« Sie sah auf die Uhr. Es war 11 Uhr 30. »Er ist heute morgen um 8 Uhr losgegangen, wie Thelen sagt, bis Steinfeld sind es ...«

»17,5 Kilometer«, meinte Neugebauer.

»Dafür braucht man ...«, Sonja wollte gerade einen ganzen

Tag sagen, als Neugebauer sie unterbrach: »Er ist schon da.«

»Schade«, brummte Brummer.

»Schade? Ruft alle Hotels in Steinfeld an.«

Kloster Steinfeld war ein winziger Weiler in der Eifel, der vornehmlich aus dem Salvatorianerkloster bestand. Übernachten konnte man laut Internet nur im Gästehaus des Klosters oder im Hotel Margaretenhof.

In keinem der beiden Häuser hatte sich Dr. Edgar Schramm für die kommende oder eine andere Nacht angekündigt. Auch kein Martin Sonntag. Da die Zimmer in den Hotels in Einruhr und Gemünd lange im Voraus gebucht worden waren, konnten die Kommissare also davon ausgehen, dass Schramm nicht vorhatte, unangemeldet in Steinfeld zu übernachten.

»Man könnte mal in Blankenheim nachfragen«, schlug Brummer vor.

Sonja lachte. »Blankenheim? Kein Mensch geht zwei Etappen auf einmal. Das wäre glatter Masochismus. Wenn Steinfeld nur diese zwei Übernachtungsmöglichkeiten hat, kommt er vielleicht irgendwo in der Nähe unter. Vielleicht in ...«, Sonja beugte sich über die Wanderkarte und fuhr mit dem Finger den rot gekennzeichneten Eifelsteig entlang. Aber kurz vor oder hinter Steinfeld, da war kein Ort, wo Schramm hätte übernachten können. »Vielleicht schläft er im Heu.«

»Blankenheim«, beharrte Brummer. »Vielleicht hat Schramm dort für morgen gebucht, dann wissen wir wenigstens, in welche Richtung er unterwegs ist.«

Blankenheim war ungleich größer als Steinfeld. Brummer und Neugebauer telefonierten eine Weile mit der Touristinformation herum und kassierten eine Niete nach der anderen. Aber einmal auf die Spur gesetzt, waren sie wie Hunde, sie ließen nicht ab, auch nicht, als es klopfte.

Matthias Krings, der Kollege der KTU, steckte seinen Kopf durch die Tür und begrüßte Sonja: »Schlechte Nachrichten, Frau Hauptkommissarin, die Tatwaffe haben wir nicht gefunden. Und auch sonst keine Sensationen.«

»Auch keine Kippe, so wie in Einruhr?«, fragte sie und zog den zerkauten Strohhalm aus ihrem Mund.

»Auch nicht, leider nein«, bedauerte Krings. »Sie hören von uns, sobald wir die Spuren und Fingerabdrücke ausgewertet haben.«

»Vielleicht haben wir Glück, und es gibt Übereinstimmungen mit Einruhr«, meinte Sonja.

»Die Hoffnung stirbt zuletzt!« Krings hob die Hand zum Gruß und verschwand.

Krings hatte recht. Selbst wenn es Übereinstimmungen unter all den Fingerabdrücken in den vier Hotelzimmern gab, wusste man nicht, wem sie gehörten. Es war ein Elend und das eigentliche Übel im System: Von Ersttätern gab es in keiner Datei dieser Welt Fingerabdrücke!

Der neue deutsche Personalausweis, der seit November 2010 ausgegeben wurde, konnte immerhin auf Wunsch biometrische Daten enthalten, also, zwei digitale Fingerabdrücke des Inhabers. Sonja war kein Befürworter der Option, allein die Pflicht wäre hilfreich. Aber die Furcht des Bürgers, ein gläserner zu werden, konnte sie ebenfalls gut nachvollziehen. Eine Frage des Leidensdrucks.

»Treffer!«, rief Neugebauer plötzlich und erklärte den verwunderten Kollegen, dass Dr. Edgar Schramm für die Nacht vom 14. auf den 15. Mai tatsächlich in Blankenheim ein Zimmer gebucht hatte, und zwar im Hotel Talblick. Das war für die kommende Nacht.

Sonja nickte anerkennend. »Gut. Dann schicken wir jetzt einen Hubschrauber und eine Suchmannschaft auf die Strecke.«

»Und uns«, bestimmte Brummer und zog seinen Kollegen aufgeregt am Ärmel. »Wir fahren nach Steinfeld, parken da und gehen Schramm hinterher.«

»Oder wir fahren nach Blankenheim und gehen ihm entgegen«, schlug Neugebauer vor.

»Legt einen entsprechenden Habit an, dann fallt ihr weniger auf«, riet Sonja kopfschüttelnd.

»Eine Kutte?«, fragte Neugebauer nach. »Was tragen denn die Salvatorianer so?«

»Schwarz und lang«, brummte Brummer.

Die Aussicht auf eine stramme Wanderung während der Dienstzeit berauschte die Hauptkommissare derart, dass sie kaum hörten, wie Sonja sich bereit erklärte, in der Zwischenzeit dem Witwer die traurige Nachricht zu überbringen.

Eine Fahrt nach Köln war für Sonja Senger, was eine Wanderung für Neugebauer und Brummer war. Sie liebte Aufträge, die sie in ihre alte Heimatstadt führten. Es war lange her, dass sie dort gewohnt hatte. Mehr als zehn Jahre lang trieb sie sich schon in der Eifel herum. Die Sehnsucht nach der großen Stadt war mit den Jahren kleiner geworden, aber wenn sie den Dom sah, wurde ihr immer noch warm ums Herz.

Die Wohnung der Anna Grund befand sich im Haus Gereonstraße 177 in der obersten Etage. An der Klingel stand ihr Name.

Nach einer Weile erscholl eine ungeduldige männliche Stimme aus der Gegensprechanlage: »Polizei? Das kann jeder sagen. Aber kommen Sie hoch. 4. Etage. Wenn Sie keinen Ausweis haben, fliegen Sie sofort wieder raus.«

Sonja nahm die Treppen. Klaus-Peter Grund überprüfte gewissenhaft Sonjas Legitimation und gestattete ihr dann einzutreten. Er war nicht allein zu Hause und deutlich älter als das blonde Wesen, das sich auf dem überdimensionierten, braungrauen Sofa vor den bodentiefen Fenstern in der Sonne räkelte. Es war etwa so alt wie seine ermordete Stieftochter. Und halb so jung wie seine ermordete Frau.

Die Etagenwohnung war riesig und, mit Ausnahme einiger Antiquitäten, hypermodern eingerichtet. Grund führte Sonja über einen weiten Flur in eine Art Wohnzimmer. Kalter Tabak hing in der Luft. Sie rümpfte die Nase.

»Willst du dir nicht die Haare machen?«, herrschte er das unbekümmerte Wesen an, zog es, seine bemitleidenswert winzige Taille umfassend, hoch, stellte es auf seine Füße, die in Highheels steckten, und schob es Richtung Flur. Er schloss die Glastür hinter ihm und fuhr sich durchs Haar.

Grund war ein etwas zu klein geratener, aber gut aussehender Vierziger in lässiger, teurer Kleidung, einem rosafarbenen Polohemd von Ralph Lauren und einer dunkelgrauen Twill-Hose von Brax. Seine Füße waren groß und braun und nackt. So wie seine Hände. So wie sein Gesicht. Seine Haare, deren Farbe von Pfeffer zu Salz wechselte, hatten die von vielen Frauen geliebten Wellen. Eine Vorliebe, die Sonja nicht teilte.

Er breitete die Arme aus und bemühte sich um jugendlichen Charme. »Jetzt habe ich alle Zeit der Welt für Sie, Madame. Bitte nehmen Sie Platz, wo immer Sie möchten. Einen Latte oder lieber einen Cappuccino?« Er zwinkerte ihr zu. »Oder ein Schlückchen Prosecco?«

»Einfach nur einen normalen Kaffee«, bestellte Sonja. »Und Hauptkommissarin reicht völlig.«

»Ihr Wunsch ist mir Befehl.« Grund entfernte sich und klapperte in der offenen Küche herum, die mit Sonjas Kochecke im Forsthaus am Ende der Stromleitung nicht zu vergleichen war. Dort herrschte ein bunt zusammengewürfeltes Chaos, hier präsentierte sich ein Realität gewordenes Bild aus einem Möbelkatalog. Der Herd stand als silbern glänzender Block mitten im Raum, über ihm eine silberne Abzugshaube, die einer Raketenabschussrampe glich. Die Wände waren mit hochglänzend weißen Einbauschränken zugebaut, der Boden war weiß gefliest. Auf den ebenfalls weißen Arbeitsplatten rings herum stand nichts außer einer silbernen Espressomaschine.

Sonja setzte sich unbeholfen auf eine Ecke des voluminösen Sofas hinter den baumstammlangen Tisch, auf dem eine Ray-Ban, eine Packung Lucky Strike und ein silbernes Feuerzeug lagen.

Stammte die Kippe in Einruhr am Ende der Notfalltreppe nicht auch von einer Lucky Strike? Sarah Neroth rauchte auch Lucky Strike. Sonjas Gespür für Tabak war seit ihrer Rauchentwöhnung ziemlich differenziert. Es würde ihr gefallen, diesen Fall oder einen anderen allein mithilfe einer Zigarette zu lösen, die den Täter überführte.

Grund servierte in viereckigen Tassen. Sonja trank ihren Kaffee, der stark und schwarz wie die Hölle war, während im Bad der Föhn rauschte. Sonja fuhr sich mit einer Hand durch ihre Locken und versuchte sie mit ein paar Handgriffen in Form zu bringen.

Grund setzte sich nicht neben sie, sondern stellte sich breitbeinig ans Fenster und drehte ihr den Rücken zu. Die Hände in den Hosentaschen, wippte er auf den Fersen vor und zurück.

»Herr Grund, ich bin hier, um Ihnen zu sagen, dass Ihre Stieftochter Helena Finn vorgestern ermordet wurde und gestern ...«

Grunds nackte Ferse quietschte auf dem Parkett, als er herumfuhr. »Was reden Sie da!«

»Sie ist in einem Hotel in der Eifel ermordet worden. Mein Beileid.«

Grund rang die Hände, stampfte mit dem Fuß auf und

wandte sich wieder der grandiosen Aussicht auf St. Gereon zu. »Nein! Das darf nicht wahr sein! Helena mit ihrer verdammten Wanderei! Wie oft habe ich ihr gesagt, wie gefährlich das ist. So ganz allein im Wald.«

»Es ist nicht im Wald passiert«, sagte Sonja.

»Wer war das? Wer tut so etwas?« Er starrte Sonja an, schüttelte den Kopf ein paar Mal, ging im Raum hin und her. »Helena war so ein liebes Mädel ... Meine kleine, süße Helena ...? Wurde sie etwa verge...?«

Sonja schüttelte den Kopf.

»Was denn?«

»Sie wurde erstickt.«

»Mein Gott!«, er schüttelte seine Wellen. »Wer macht so etwas?«

»Das herauszufinden, bin ich hergekommen«, sagte Sonja und stellte ihre Tasse ab. Sie fragte sich, ob Anna Grund ihren Mann nicht doch vor ihrem Tod über den Mord an Helena informiert hatte, denn er wirkte merkwürdig gefasst. Oder zumindest so, als sei das keine Neuigkeit für ihn, was er da gerade erfuhr. Und sie wunderte sich noch mehr darüber, dass Grund nicht nach dem Orts- oder Hotelnamen fragte. Aber vielleicht war er auch nur konfus.

»Ihre Frau ...«

Grund drehte sich um und verzog die Stirn zu einer zerklüfteten Bergkette. »Weiß sie schon davon?«

Sonja nickte und berichtete von ihrem Anruf bei Anna Grund bis zur Identifikation im Hotel. »Hat sie Sie nicht angerufen?«

»Nein, verdammt!« Er trat mit dem nackten Fuß gegen das Sofa.

»Herr Grund, wo waren Sie vorgestern Nacht. In der Nacht vom 12. auf den 13. Mai?«

»Sie machen Witze!« Er lachte und breitete die Arme aus. »Ich? Im Betrieb natürlich. Bis kurz vor Mitternacht. Wo ich fast jede Nacht bin. Meinen Sie, ich habe mein Mädchen umgebracht?«

»Und danach?«, fragte Sonja weiter.

»Bei ihr.« Klaus-Peter Grund wies mit dem Kopf in Richtung Bad.

Sonja wies ebenfalls mit dem Kopf in Richtung Bad und fragte: »Wo wohnt sie denn?«

»Hansaring.«

»Ich nehme an, sie wird das bezeugen können.«

Er grinste. »Darauf können Sie wetten.«

»Und wo war Ihre Frau?«

Er schob die Unterlippe vor. »Ich nehme an, hier. Ich habe sie zwei Tage nicht gesehen. Sie hat mir einen Zettel irgendwann hingelegt, darauf steht, dass sie bei ihrer Freundin ist.« Während er sprach, durchwühlte er die Schubladen eines Sekretärs. Echt antik. »Fragen Sie mich nicht, bei welcher. Ich finde den Zettel nicht. Und Anna geht nicht an ihr Handy. Ich verstehe das alles nicht.

»Sie ist tot«, sagte Sonja leise.

Er hielt mitten in der Bewegung inne. »Was haben Sie gesagt?«, fragte er, ohne sich zu bewegen.

»Sie ist auch ermordet worden.« Als er weiter unbeweglich schwieg, fuhr sie fort: »Gestern Nacht, in einem Hotel in der Eifel.«

»Was?« Grund schlug sich, jetzt sichtlich fassungslos, an die Stirn. Dann schüttelte er gekonnt seine Wellen und griff sich an die Brust. »Das darf nicht wahr sein. Ist da ein Serienmörder unterwegs?«

Sonja zuckte mit den Schultern. »Das wollen wir doch nicht hoffen.«

Wieder registrierte sie, dass er weder nach dem Namen des Ortes noch dem des Hotels fragte. Dafür konnte es außer seinem Leidensdruck noch eine andere Erklärung geben.

»Moment! Wollen Sie mir das etwa anhängen? Darum sind Sie doch hier, oder?« Grund winkte ab. »Gehen Sie mir weg!«

»Von Anhängen kann keine Rede sein.« Sonja seufzte. »Wo waren Sie letzte Nacht?«

»Im Betrieb!«, schrie er sie an. »Ja, schon wieder. Es gibt nämlich Leute, die müssen für ihr Geld arbeiten.«

»Und danach wieder bei ihr?«, fragte Sonja und zeigte auf die Badezimmertür, die sich im gleichen Augenblick öffnete.

»Klausi?«

»Verschwinde!«

Das blonde Wesen huschte ängstlich rückwärts.

»Würden Sie Ihre Ehe als gut bezeichnen, Herr Grund?«

»Ja«, beteuerte Grund. »Wir sind moderne, offene, tolerante Menschen im 21. Jahrhundert.«

»Schön für Sie«, sagte Sonja. »Was wird denn jetzt aus allem werden? Ich meine, hier die Wohnung, den Betrieb, eventuelles Vermögen? Wer erbt das alles? Sie?«

Grund nickte und lächelte zynisch. »Ja, ich. Das wollten Sie hören, oder?«

»Mich interessieren nur Fakten, sonst nichts«. Sonja erhob sich. »Wir werden das alles überprüfen und uns dann bei Ihnen melden. Wenn Sie mir versprechen, sich zur Verfügung zu halten und nicht zu fliehen, erspare ich Ihnen die Untersuchungshaft.«

Grund nickte mechanisch.

»Und jetzt fahren Sie bitte in die Rechtmedizin und identifizieren Sie Ihre Frau.«

»Ist Helena auch ...?«

»Ja. Sie können Sie sehen, wenn Sie wollen.«

»Ich bin nur ihr Stiefvater.«

»Ich kündige Sie an.«

»Danke.«

Von Grunds Charme war nichts übrig geblieben. Er machte keine Anstalten, Sonja zur Tür zu bringen. Er lehnte an seinem antiken Sekretär und war wie erstarrt, nicht mehr braungebrannt, sondern grünlich-fahl. Seine schönen Wellen waren in sich zusammengesunken. Sein breites Kreuz gebeugt. Das haut den stärksten Mann um, dachte Sonja, zwei tote Frauen auf einen Streich. Selbst wenn er jetzt ein gemachter Mann war. Da würde die kleine Blonde viel zu tun haben, um ihn aufzubauen.

»Ach«, sagte Sonja, im weiten Flur stehend. »Interessieren Sie sich gar nicht dafür, wo es passiert ist?«

»Sie haben gesagt in der Eifel!«, wehrte sich Grund.

»Stimmt, ich vergaß«, sagte Sonja. »In der Eifel.«

8. Kapitel

14. Mai, 15.00 Uhr
Kriminalkommissariat, Euskirchen

Zurück in Euskirchen fing HK Roggenmeier Sonja im Flur ab. Von der Empfangszentrale aus hatte man ihm wohl ihre Ankunft avisiert. Er stand vor seiner Tür und wippte auf den Zehen. Neben ihm hockte ein Wachmann auf einem Stuhl und musterte seine Fußspitzen. Roggenmeier wies mit dem Kopf in sein Büro. »Wir warten bereits auf Sie.«

Sonja war zu erschöpft, um sich zur Wehr zu setzen. Eine Zigarette oder Zeit für ein paar Tai-Chi-Übungen hätten sie noch retten können, sonst nichts. Nach beidem sah es nicht aus.

»Wir haben hohen Besuch«, verkündete Roggenmeier stolz.

Sie trat ein und sah die Bescherung. Oberstaatsanwalt Bernd Wesseling erhob sich bei ihrem Anblick. Er zog die Nase hoch.

Ihr Blick wanderte von Wesselings akkuratem Mittelscheitel zu einer armseligen Gestalt, die mit dem Gesicht zur Wand, breitbeinig, mit gesenktem Kopf und auf dem Rücken gefesselten Händen direkt hinter der Tür stand. Relativ klein und schlank, in unordentlicher Kleidung, ein Streuner.

Welchen armen Sünder, fragte sich Sonja, ließen sie da so lange stehen, bis er geständig war? Eine Unsitte! Sie wollte gerade einschreiten, als Wesselings stolzer Blick sie traf, als habe er den Gefangenen selbst unter Einsatz seines Lebens gemacht.

»Wer ist das denn?«, fragte sie.

»Umdrehen«, befahl Roggenmeier dem Gefangenen.

Der Mann, der sich zögernd umdrehte, war braungebrannt. Er trug eine beigefarbene Cordjacke, eine ausgebeulte, schwarze Hose und ausgetretene Turnschuhe. Roggenmeier rief den Wachmann herein, der den Gefangenen von seinen Handschellen befreite.

Der Mann schüttelte seine Hände aus, griff mit einer Hand in seine Jackentasche, holte eine schwarze Baskenmütze heraus und setzte sie sich auf die fusseligen, mittelblonden Haare. Sein struppiger Schnurrbart war nicht von der gleichen Farbe. Er blinzelte, als hätte er lange kein Tageslicht gesehen.

»Stellen Sie sich der Dame mal vor!«

»Schramm«, sagte er und stand stramm.

Sonja fiel der Strohhalm aus dem Mundwinkel. »Dr. Edgar Schramm?«

»Nein, Guido Schramm.«

Sonja überlegte. »Also, sein jüngerer Bruder?«

Der Gefangene nickte.

»Wie kommen Sie denn hierher?«

»Das ist eine lange Geschichte.«

»Die Kurzfassung reicht«, forderte Wesseling ihn auf, setzte sich hin und legte seine Hände in den Schoß.

Sonja fand, dass etwas fehlte, aber sie kam nicht darauf, was es war. Seine Hände schienen leer.

Roggenmeier nahm in seinem Chefsessel Platz. Er lehnte sich an und wippte auf und ab.

»Das war so«, begann Guido Schramm, kratzte sich an seinem Schnurrbart und suchte nach einem Anfang. »Edgar ...«

»Bitte etwas genauer«, unterbrach Roggenmeier ihn sofort.

»Mein Bruder, Dr. Edgar Schramm, wohnhaft hier in Euskirchen, seines Zeichens Facharzt für innere Krankheiten in der *Klinik am Wald* ...«, leierte Guido genervt herunter, »hat bei einem Preisausschreiben eine Reise auf einem Kreuzfahrtschiff gewonnen und mir den Gewinn gegeben, weil er etwas Dienstliches vorhatte. Die Reisepapiere wollte er nicht ändern lassen, weil ihm das zu teuer war, oder was weiß ich. Deswegen hat er mir einfach seinen Personalausweis gegeben.« Guido Schramm wies auf Roggenmeiers Schreibtisch. Dort lag das Exemplar in einem Beweisbeutel. »Ich habe ihm gleich gesagt, das geht schief. Wir ähneln uns praktisch kaum. Aber Edgar meinte, dass keiner was merken würde. Erst ging auch tatsächlich alles gut.«

»Niemandem ist aufgefallen, dass Sie mit falschen Papieren unterwegs waren?«, fragte Sonja ungläubig.

Guido zögerte, als müsse er über die Frage nachdenken, er wog ab, dann sagte er: »Nein.«

Roggenmeier meldete sich mit einem Räuspern zu Wort. »Wenn er keinen Blödsinn gemacht hätte, dann wäre er heute noch an Bord. Aber so kam, als das Schiff in Alicante anlegte, die *Guardia Civil* an Bord und hat ihn einkassiert.«

»Was hat er denn angestellt?«, fragte Sonja neugierig.

»Er hat die Bordgewalt des Kapitäns infrage gestellt.«

»Wie das?«

»Er hat einen Fehlalarm ausgelöst.«

»Aus Versehen!«, mischte sich Guido ein. »Aber das wollte mir der Kapitän nicht glauben.«

»Und da hat er mit ihm diskutiert?«, fragte Sonja ihren Chef.

»Nein, nein«, meinte Roggenmeier. »Er hat ihn einen Versager genannt. Daraufhin hat der Kapitän ihn des Schiffes verwiesen. Und der *Guardia Civil* kam – dank der internationalen Fahndung, die Oberstaatsanwalt Wesseling veranlasst hatte, – der Name Edgar Schramm, sagen wir, irgendwie bekannt vor.« Er grinste verschmitzt.

»Pfiffige Kerle!«, sagte Sonja anerkennend.

Wesseling räusperte sich. Als Roggenmeier und Sonja zu ihm hinüberblickten, blies er vor Stolz die Wangen auf und reckte das Kinn in Erwartung einer Lobeshymne.

Sonja wollte gerade dazu ansetzen, aber Guido Schramm vermasselte ihr die Chance. »Wegen Edgar, diesem Versager, hat mich die spanische Polizei vom Schiff gezerrt, zum Flughafen verschleppt und in den nächsten Flieger nach Köln verfrachtet. Am Flughafen bin ich dann von dem Herrn da«, Guido Schramm wies auf Wesseling, »in Haft genommen worden. Und nun bin ich hier.« Er breitete die Arme aus und ließ seine suchenden Blicke im Büro umherschweifen. »Und wo ist meine Tasche?«

»Hier.« Roggenmeier hob eine abgewetzte Schultertasche auf seinen Schreibtisch und schlug den Deckel zurück. Zwei Papierrollen ragten aus einem Knäuel Wäsche hervor.

»Der Dampfer ist jetzt auf dem Weg nach Barcelona. Ich war noch nie in Barcelona«, jammerte Guido

»Ich auch nicht«, meinte Sonja.

»Und von Barcelona geht es nach Genua. Es wären nur noch zwei Tage gewesen! Hätten Sie mich nicht die letzten beiden Tage noch in Ruhe lassen können?«

»Ts, ts, ts«, machte Roggenmeier. »Mit falschen Papieren zu reisen, ist kein Kavaliersdelikt, sondern ein Straftatbestand. Sie können froh sein, überhaupt bis Alicante gekommen zu sein. Sie stehen nämlich in dem Verdacht, Ihrem Bruder Edgar ein Alibi verschafft haben zu wollen.«

»So ein Quatsch!«

»Ts, ts, ts«, machte Roggenmeier wieder. »Einem vermeintlichen Doppelmörder ein Alibi zu geben, ist ebenfalls ein Straftatbestand.«

Da Schramm die Bezeichnung Doppelmörder gelassen aufnahm, musste Sonja davon ausgehen, dass Roggenmeier oder Wesseling ihn vor ihrem Eintreffen über die vermeintlichen Untaten seines Bruders und den Grund seiner Festnahme aufgeklärt hatten.

Wesseling räusperte sich, ehe er sagte: »Aufgrund Ihrer Reiselust, Herr Schramm, besteht Fluchtverdacht, und wir müssen Sie vorläufig in U-Haft nehmen. Sobald der Haftbefehl eingetroffen ist, den uns der Haftrichter jeden Moment zustellen wird, werde ich ihn über Sie verhängen.«

»Ich soll ins Gefängnis?«, rief Guido entsetzt. »Und mein Bruder läuft frei herum? Wie finde ich das denn? Das ist aber so was von ungerecht.«

»Sobald wir ihn gefasst haben, wird er Ihnen Gesellschaft leisten«, versprach Wesseling.

»Da freu ich mich schon drauf.«

»Abführen!«, befahl Wesseling.

Roggenmeier zog Guido Schramm auf die Füße. Er riss die Tür auf und befahl den Wachmann herein. »Abführen.«

Der Wachmann ließ die Handschellen zuschnappen und stieß Schramm hinaus.

Im Türrahmen fragte Sonja ihn beiläufig: »Wandern Sie eigentlich auch so gern wie Ihr Bruder?«

»Ich? Wandern?« Guido schüttelte entsetzt den Kopf. »Ich bin Künstler, was denken Sie von mir?!«

»Das habe ich gehofft.«

Kaum war die Tür hinter Guido Schramm und dem Wachmann ins Schloss gefallen, fischte Sonja nach ihrem Zigarettenetui, schob sich einen neuen Strohhalm zwischen die Lippen und kaute wild und ungeduldig darauf herum. Mit einer Mischung aus Verwunderung und Belustigung hing Wesselings Blick an ihrem Mund.

»Sie gewöhnt sich das Rauchen ab«, erklärte Roggenmeier.

»Je nun«, meinte Wesseling mit ungläubigem Lächeln.

»Genau«, sagte Sonja und wandte sich ebenfalls zum Gehen.

»Warten Sie«, rief Wesseling. »Was machen eigentlich Ihre beiden Bonner Kollegen?«

»Wandern.«

»Und wo?«

»Da, wo Dr. Edgar Schramm wandert, hoffe ich doch.«

»Und woher wissen Sie, wo er im Moment ist?«, fragte Wesseling.

»Sie wissen es nur halbwegs«, gab sie zu. »Irgendwo um Steinfeld herum auf dem Eifelsteig. Auf Wiedersehen.«

»Warten Sie!«, hielt Roggenmeier sie auf. »Was wollten Sie vorhin mit dieser seltsamen Frage an Guido Schramm sagen? Er wird demnächst keine Zeit zum Wandern haben, wenn ich das richtig sehe«.

»Ich hatte da nur so eine Idee.«

»Ich glaube, ich kann es mir fast denken«, spekulierte er. »Wenn Wandern für ihn eine Strafe ist, dann könnten wir das ausnutzen und ihn als eine Art Lockvogel benutzen.«

»Genau«, sagte Sonja. «

»Holen Sie Guido Schramm auf der Stelle zurück«, kommandierte Wesseling.

Im Büro herrschte eine Atmosphäre wie bei einem Kriegsgericht, bis es endlich klopfte. Die Tür schwang auf und gab den Blick auf den Wachmann und Guido frei. Der Wachmann setzte sich wieder draußen auf seinen Stuhl neben der Tür, Guido stellte sich unaufgefordert wieder an dieselbe Stelle hinter der Tür, allerdings dieses Mal nicht mehr mit dem Gesicht zur Wand. Er starrte geradeaus ins Leere, wie ein Wachsoldat, dem es nicht gestattet war, seine Miene zu verändern, gleichgültig welche Faxen man vor ihm machte.

Sonja folgte seinem Blick und beobachtete den Vogelschwarm, der sich vor dem Fenster auf dem großen Baum niedergelassen hatte.

Wesseling stand auf und wanderte im Zimmer umher. »Herr Schramm.«

»Zu Diensten«, sagte Guido Schramm und stand stramm.

Wesseling zog pikiert eine Augenbraue in die Höhe. »Sie haben zwei Möglichkeiten. Entweder Sie verbringen die nächsten Tage, so lange bis wir Ihren Bruder Edgar gefunden haben, in einer ziemlich ungemütlichen U-Haft oder .....«

»Oder?«, fragte Guido misstrauisch.

»Sie rufen Ihren Bruder auf der Stelle an und .... Sie haben doch seine Telefonnummer, oder?«

Guido nickte zaghaft.

»Gut. Verabreden Sie sich mit ihm.«

»Ich soll wandern?«, fragte Guido entsetzt.

»Es wird nicht für lange sein, wir sind schnell«, versicherte Wesseling.

»Das ist Erpressung!«

Nicken der Gesetzeshüter. Roggenmeier hielt Guido Schramm seine Schultertasche entgegen. Guido hockte sich hin und schüttete den Inhalt auf das Linoleum. Er wühlte zwischen seinen Utensilien herum, bis er auf ein Handy stieß. Als er es einschalten wollte, war der Akku so leer, dass nicht einmal mehr die Telefonnummern aus dem Adressbuch angezeigt werden konnten.

Sonja spuckte den Strohhalm aus, fing ihn mit der Hand auf und warf ihn in den Papierkorb. Als sie ihr Zigarettenetui zückte, sagte Roggenmeier: »Stecken Sie sich ruhig noch eine an, Frau Hauptkommissarin.«

Sonja fand die Situation viel zu spannend, um sich von seiner Bemerkung ablenken zu lassen. Das Netzkabel zu Guidos Handy befand sich nicht in der Schultertasche, und Guido meinte, es könnte sein, dass er es vor Aufregung auf dem Schiff vergessen habe. »Können Sie da bitte mal anrufen? Es liegt bestimmt noch in meiner Kabine in meinem Nachttisch«.

»Jetzt reicht's mir aber!« Wesseling schlug mit der flachen Hand auf Roggenmeiers Schreibtisch. Das Telefon klingelte im gleichen Moment. Vier Augenpaare hypnotisierten es.

Roggenmeier hob ab und hörte das Freizeichen.

Wesseling nahm Guido das Handy ab, wedelte damit herum und befahl: »Bringen Sie es zu einem Spezialisten im Hause, der soll es gefälligst in Gang setzen.«

Roggenmeier riss es Wesseling aus der Hand und lief hinaus. Man hörte seine Schritte den Flur entlangstapfen. Sonja fragte sich, wem er diesen erfreulichen Job wohl aufs Auge drücken mochte.

Wesselings Gesicht war hochrot, stellte Sonja besorgt fest. Irgendwann würde er an seiner Ungeduld sterben. Wenn die Dinge nicht liefen, wie er es wünschte, nämlich nach dem Motto – *ich kam, ich sah, ich nahm fest* – dann verlor er jede Contenance. Warum machte er kein Tai Chi?

Roggenmeier war noch nicht zurück, als sich das Telefon auf seinem Schreibtisch erneut meldete.

Sonja nahm ab: »Prima! ... Ich komme sofort. Wo ist Ihr Büro?«

In der Tür stieß sie mit Roggenmeier zusammen, der in der Kantine drei halbe Brötchen besorgt hatte. Zwei mit Käse, eines mit Fleischwurst.

»Für mich Käse. Ich hole nur schnell das Handy. Wie ist die PIN?«

Guido betrachtete die Zimmerdecke, als stünde sie dort geschrieben. »Ich glaube 4633.«

»4633«, wiederholte Sonja und ließ die Tür offenstehen.

Während Guidos Handy im Büro des unbekannten Kollegen noch an einem Universal-Ersatz-Netz-Kabel hing, tippte Sonja die PIN ein. Und ... war drin. Sie blätterte durch die gespeicherten Telefonnummern. Und fand Edgar. Und jetzt? Edgar sollte die Stimme seines Bruders hören, nicht ihre.

»Sie können das Kabel gern mitnehmen. Wenn Sie es in Ihrem Büro an den Strom legen, können Sie auch sofort telefonieren«, riet der Kollege, als er bemerkte, wie ratlos Sonja war.

Sie seufzte und verdrehte die Augen. »Logisch. Danke. Darauf hätte ich auch kommen können, aber ...«

»Kein Problem. Jeder steht mal auf der Leitung.«

Sonja blickte von ihm zum Handy und wieder zurück und brachte ein schiefes Lächeln zustande, das der Kollege mit breitem Grinsen erwiderte.

»Aber das Kabel bekomme ich zurück!«

»Auf jeden Fall!«

Als sie die Tür schloss, studierte sie das Namensschild. *Holger Krach, Abteilung Computerkriminalität*, offensichtlich auch ein Fachmann für zerstreute Hauptkommissarinnen.

»Hier!«, sagte Sonja, zurück in Roggenmeiers Büro, steckte das Kabel in eine Steckdose und hielt das Handy Guido hin. Ihre Blicke glitten über den Schreibtisch auf der Suche nach dem Teller mit den Brötchenhälften. Er war bis auf wenige Krümel leer. Die restlichen Krümel klebten jetzt in den Mundwinkeln der Gesetzeshüter. Guido wollte die gespeicherte Nummer wählen, als Wesseling dazwischen ging. »Stopp!« Wir müssen erst abklären, wie wir vorgehen werden.«

Sonja seufzte. Wesseling stand auf, legte die Hände auf den Rücken und wanderte im Büro auf und ab. Drei Schritte hin und drei zurück. Drei Mal. Dann sagte er zu Guido: »Jetzt können Sie Ihren Bruder anrufen!«

»Und was soll ich ihm sagen?«

»Sie müssen ihn dringend treffen und zwar sofort.«

»Darauf wird sich Edgar nicht einlassen«, widersprach Sonja, »er ist auf der Flucht. Er hat keine Zeit, aber dafür jede Menge Angst. Wir müssen uns schon etwas Zündendes einfallen lassen, etwas, wozu Edgar auf keinen Fall nein sagen kann.«

»Und was sollte das sein?«, fragte Roggenmeier.

9. Kapitel

14. Mai, 15.00 Uhr
Gemünd-Steinfeld-Blankenheim

Zur gleichen Zeit ging Dr. Edgar Schramm und ging und ging und ging wie ein Roboter, dessen Batterie des Nachts aufgeladen wurde. Ein ausdauernder, starker Roboter der neuesten Generation, dem kein Anstieg und kein Abhang zu steil war, dem Sturm und Regen nichts anhaben konnten, der keinen Blick für die Schönheit seiner Umgebung hatte, der starr geradeaus blickte, seinen Auftrag erfüllte, sonst nichts, ganz gleich, was sich ihm in den Weg stellte: er ging, er ging, er ging, in stetig gleicher Geschwindigkeit, durch alles hindurch. Er war ein Roboter, der über Leichen ging und sein Gehirn ausgeschaltet hatte und über alles hinweghörte, auch über penetrantes Handyklingeln in seinem Rucksack. Einmal hatte er kontrolliert, wer der Anrufer war. Guido. Auf ein Gespräch mit seinem Bruder hatte der Roboter keine Lust.

Doch obwohl Edgar sich das Grübeln streng verboten hatte, um alle mentale Kraft zu bündeln und in seine Beine und Füße schicken zu können, geschah es immer wieder, dass sein Gehirn sich selbstständig machte und sich in die Endlosschleife begab und dachte, dachte, dachte.

Und was dabei herauskam, war nichts Gutes. Spitzte es sich zu, sodass Edgar glaubte, kaum noch Luft zum Atmen zu bekommen, blieb er stehen, schüttelte den Kopf ausgiebig und schlug sich gegen Stirn und Hinterkopf, als wolle er alle Synapsen an einen neuen Platz befördern. Diese Übung half ihm über eine knappe halbe Stunde hinweg. Dann drehte sich das Rad erneut. Wie sollte das enden?

Er befand sich erst auf seiner zweiten Doppeletappe. Etappen fünf und sechs. Gemünd – Steinfeld – Blankenheim. Auf der zweiten Hälfte.

Dass er verfolgt wurde, war nicht mehr zu übersehen. Vor dem Hubschrauber, der seit Stunden über dem Gebiet auf- und abflog, war er geflohen und hatte sich angewöhnt, nicht mehr auf, sondern neben dem Eifelsteig zu gehen. Nur ein paar Schritte neben der Spur. Sie genügten, um ihn unsichtbar zu machen, solange der Weg durch den Wald führte und er zwischen den Stämmen im Zickzack laufen konnte.

Unsichtbar für den Hubschrauber, der den Wanderweg abflog, als handele es sich um eine vielbefahrene Autobahn, auf der man Staus oder einen Unfall gemeldet hatte. Falls die Polizei auch Boden-Suchtrupps losgeschickt hatte, dann irrten sie anderswo umher, denn Edgar hatte noch niemanden entdecken können. Der Wald war sein Schutzschild.

Als er heute Mittag den Ort Golbach hinter sich gelassen und mit ihm das letzte Waldstück und eine milchig-weiße, leere Nebellandschaft betreten hatte, die kein Ende nehmen wollte und aus der sich nichts abhob, hatte er ein mulmiges Gefühl gehabt. Über die weiten Felder zu gehen, wo der Raps in fahlem Gelb durch den Nebel schimmerte, und die matten Wiesenblumen sich am Wegesrand entlangzogen wie eine bunte Kette, brachte ein seltsam unwirkliches Gefühl mit sich. Wenn er die Hand ausstreckte, glaubte er die Nebelschwaden berühren zu können, wenn er einen großen Schritt machte, hatte er das Gefühl, er trete mitten in sie hinein. Aber der dichte Nebel war seine Rettung ... Der Hubschrauber flog im Blindflug. Der Suchtrupp stocherte im Nebel.

Trotzdem grenzte es an ein Wunder, dass man ihn noch nicht entdeckt hatte. Vielleicht, hoffte er, suchten sie gar nicht ihn, sondern den Mörder. Vielleicht irrte der richtige Mörder hier irgendwo umher. Vielleicht war er ganz in seiner Nähe. Vielleicht würden sie ihn jeden Moment finden, und er selbst könnte endlich in Ruhe seine Wette gewinnen. Nicht vielleicht, sicher war es so, redete er sich zu.

Die ersten Häuser von Steinfelderheistert zu sehen, war wie eine Rückkehr in die reale Welt. Über einen Pappelweg gelangte er ins Kuttenbachtal, wo er einem Quellgraben entlang stetig bergan bis zur hohen Klostermauer aus Bruchstein stieg. Der Weg wand sich wie ein Alpenpass. Während rechter Hand einige Pferde friedlich grasten, gewährten zur Linken kleine Mauerausschnitte kurze Einblicke ins Klostergelände, das eine Basilika, einen Kreuzgang und eine Kapelle, ein Gästehaus, eine Akademie und nicht zuletzt ein Gymnasium und ein Internat beherbergte. Die Klostergebäude zeichneten sich schemenhaft durch den Nebel ab. Ein weitläufiges Gelände, die Klostermauer schien kein Ende zu nehmen.

Im Gegensatz zu den Touristen, die einzig des Klosters wegen nach Steinfeld gekommen waren und hier und dort in kleinen Gruppen herumstanden, überquerte Edgar im Laufschritt die Straße und tauchte in das nächste Waldstück ein, wo ihm nach ein paar Schritten zwei Ordensmänner entgegenkamen, die ihr Gespräch unterbrachen, um ihn zu grüßen.

»Einen wunderschönen Tag«, wünschten sie ihm, milde lächelnd.

Edgar dankte mit einem Nicken.

»Wohin des Weges?«

»Eifelsteig«, antwortete er kurz und knapp und wunderte sich über seine Stimme. Sie klang ungewohnt rau. Er hatte seit Olef mit niemandem mehr gesprochen.

»Einen gesegneten Weg.« Der Mann schien nicht den Weg zu segnen, sondern ein unsichtbares Insekt wegzuscheuchen, das wohl um seinen Kopf kreiste und einen Landeplatz suchte.

Edgar sah den Männern nach, wie sie ihre langen, schwarzen Kutten durch den matschigen Weg zogen. Wenn sie durch ihre Schritte hoch wehten, kamen Wanderstiefel darunter zum Vorschein.

Einen Moment lang überlegte er, sie um Gehör zu bitten, um einen Rat, um göttlichen Beistand. Das aber würde vermutlich länger dauern, da Gott – daran konnte er sich noch aus Zeiten des Religionsunterrichts erinnern – sich im Munde seiner irdischen Vertreter immer sehr ausführlich äußerte. Sie waren Salvatorianer. Edgar wusste nichts über ihre Lebensregeln, ihm fiel spontan nur die Salvatorische Klausel ein, die er unter manchem Vertrag gelesen hatte, und den Fortbestand eines Vertrags auch dann sicherte, wenn der eine oder andere Paragraph entfiel.

Edgar horchte in den Wald hinein. Seltsame, lauernde Stille lag zwischen den Stämmen und Ästen. Als ob Astlöcher gucken könnten, spürte er Blicke. Als das Knattern des Hubschraubers lauter wurde, war es mit der Ruhe vorbei. Edgar wandte sich kopfschüttelnd ab und setzte im Zickzacklauf zwischen den Baumstämmen den Weg fort, von dem er bezweifelte, dass er gesegnet war. Als er ein weiteres Mal nach den Ordensmännern Ausschau hielt, waren sie bei einem anderen Wanderer stehen geblieben. Die drei blickten in Richtung Hubschrauber und diskutierten.

Edgar sah zu, dass er weiterkam.

Seit heute Mittag war er niemandem mehr begegnet. Über den Gillesbach ging es hinweg in großen Schleifen um den Königsberg herum, wo der gewöhnliche Wanderer am Eifelblick innehielt, um den großartigen Panoramablick bis zum Kloster zu genießen.

Selbst der rastlose Roboter in Edgar hielt endlich inne. Nicht wegen der Aussicht, die dem Nebel anheimgefallen war, sondern weil es in seinem Rucksack wieder klingelte.

Guido. Ein kleiner Klick und das Gespräch wäre weggewesen, aber aus Neugier drückte Edgar den grünen statt den roten Knopf. »Ja?«

»Ich bin's, Guido.«

»Weiß ich, steht auf meinem Display. Was macht das Mittelmeer?«

»Keine Ahnung.«

»Wieso nicht? Hat sich der Kapitän auf der Straße von Gibraltar verfahren?«, fragte Edgar und versuchte zu lachen. Er brachte ein klägliches Gekrächze zustande.

»Auf dem Atlantik bin ich auch nicht. Ich bin ... zu Hause.«

»Und Rita?«, fragte Edgar nervös.

»Dieses Mal kannst du sie nicht sprechen, denn sie ist noch auf hoher See, die Glückliche. Alle sind noch an Bord, nur ich nicht.«

»Wieso?«

»Nicht am Telefon!«

»Dann musst du warten. Vor dem 20. Mai bin ich nicht zurück.«

»Mist! Das ist noch lange hin. Wo bist du denn jetzt?«

»Warum willst du das wissen?«

»Ich muss jetzt mir dir reden. Es ist dringend.«

»Ich höre!«

»Nicht am Telefon. Könnten wir uns irgendwo treffen?«

»Mensch, ich hab keine Zeit dafür. Ich hab's eilig.«

»Und wenn ich ein Stück mit dir gehen würde?«, hörte Edgar Guido fragen.

»Nein!«, schrie Edgar ins Telefon. »Kommt nicht infrage. Ich habe weder Zeit noch Lust dazu.«

»Auch nicht, wenn ich dir sage, dass ich etwas habe, das dich ein für alle Mal von dem Verdacht des Doppelmordes entlastet?«

Edgar nahm erschreckt das Handy vom Ohr. Er stand schräg gegenüber der Römerquelle *Grüner Pütz.* Im Stile eines Amphitheaters lag die Quellfassung tiefer und in einem halbrunden Platz. Von hier führte der Römerkanal über 100 Kilometer bis nach Köln. Das Haupt der Medusa am Ende der U-förmigen Steinmauer lag im Halbschatten. Ihr Mund schien zu lächeln. Nicht lieblich, sondern hämisch – so kam es Edgar vor.

Doppelmord hatte Guido gesagt! Wovon sprach er? War das eine Falle oder eine Chance? Edgars Gedanken flogen hin und her. Hatte er eine Wahl?

»Bist du noch da?«, hörte er Guido rufen.

»Ja«, brummte Edgar. »Du hast noch immer kein Auto, stimmt's?«

»Ich könnte den Zug nehmen.«

»Also gut. Aber beeil dich. Fahr bis Nettersheim. Frag dort nach dem Eifelsteig. Halte dich nördlich. Geh bis zum dem Hinweisschild Mannenberghöhlen, das ist nicht weit. Wir treffen uns an der ersten Höhle. Ich warte da auf dich.«

»Prima! Das werde ich finden. Bis gleich!«, rief Guido.

»Warte! Du kommst allein, ist das klar? Sonst bin ich weg!«

»Ja, logisch, klar, komme ich allein, du kennst mich doch.«

Edgar kannte Guido doch. Er war ein Eigenbrötler und ein Einzelgänger.

Als Guido um 17.45 Uhr durch den steilen Eichenwald den Hang am Urfttal emporgekraxelt kam, war er wirklich allein. Edgar hatte ihn jahrelang nicht gesehen und erkannte ihn doch sofort an seiner Baskenmütze, seinem struppigen

Schnäuzer und den fusseligen, halblangen Haaren. Und, als er endlich schnaufend vor ihm stand, daran, dass er noch immer 20 Zentimeter kleiner war als er selbst. Sie begrüßten sich ohne Umarmung, aber mit kräftigem Handschlag.

»Du siehst schlecht aus«, begrüßte Guido ihn.

»Danke gleichfalls«, meinte Edgar. »Also, was hast du für mich?«

»Immer mit der Ruhe«, antwortete Guido, näherte sich dem vergitterten Eingang zur ersten Höhle und bückte sich, um hineinspähen zu können.

»Ich habe es eilig!«, drohte Edgar hinter ihm.

»Ich nicht.«

»Ich gehe den Eifelsteig und zwar auf Zeit.«

»Bist du verrückt?«

»Ja«, rief Edgar.

»Ist das die angebliche Fortbildung?«

Edgar lachte auf. »Das geht dich überhaupt nichts an. Sag endlich, was du weißt und verschwinde!«

Guido richtete sich auf und drehte sich um. »Wenn du es so eilig hast, dann reden wir eben beim Wandern«, forderte er Edgar auf und wollte den Hang schon wieder hinabsteigen.

Edgar hielt ihn am Ärmel zurück. »Nein. Jetzt und hier. Für wie bescheuert hältst du mich eigentlich?«

»Und du mich?«, fragte Guido zurück. »Ich sage dir was: Es war die *Guardia Civil*, die mich höchstpersönlich von dem Dampfer geholt hat!« Nicht nur ein gehöriger Vorwurf lag in seiner Stimme, sondern auch eine Portion Stolz.

»Dann hast du ja endlich mal was erlebt!«, meinte Edgar irritiert.

»Abgeschoben haben sie mich wie einen Verbrecher«, stöhnte Guido und stellte sich breitbeinig hin, als suche er Halt. »In Handschellen zum Flughafen chauffiert und in den nächsten Flieger nach Köln gesetzt. Fühlt sich nicht gut an. Ich danke auch schön.«

»Sie haben dich ja wieder frei gelassen, wie man sieht.«

»Ja, ja, aber rate mal zu welchem Preis?«

»Jetzt kapier ich es endlich!«, rief Edgar aus. »Du willst Geld für die Kaution.«

»Quatsch!« Guido zeigte ihm einen Vogel.

»Weswegen bist du dann hier? Rede endlich!« Edgar rüttelte an seinen Schultern.

Guido wehrte ihn ab und wich einen Schritt zurück. Fast 20 Zentimeter Größenunterschied waren ihm zu viel, besonders wenn der Größere noch dazu einen mannshohen Wanderstock hatte und ihm damit vor dem Gesicht herumfuchtelte.

Guido blickte sich nervös nach allen Seiten um und tänzelte auf der Stelle.

»Was ist?«, stieß Edgar hervor und sah sich ebenfalls um.

»Nix.«

»Sicher?«

»Sicher.« Guido strich über das Vorderteil seiner Cordjacke, als rücke er sie zurecht, und kratzte sich wiederholt am rechten Ohr.

»Jetzt sag endlich, was du mir sagen willst und verschwinde wieder!«

»Ich dachte, wir könnten mal in Ruhe miteinander reden«, begann Guido. »Wir haben uns schließlich seit Jahren nicht gesehen. Ich weiß so gut wie nichts von dir.«

»Bla, bla, bla.«

»Außerdem wollte ich mich von ganzem Herzen für die Reise bedanken, auch wenn ich sie abbrechen musste.«

»Komm zum Thema!«, drängelte Edgar.

»Es fehlten nur noch zwei Tage. Und bis dahin war es wirklich toll. Vor allem wegen ihr!«

»Rita?«, fragte Edgar skeptisch.

»Ohne sie wäre es nur halb so schön gewesen. Mal in echt, was taugt der schönste Sonnenuntergang auf See ohne eine Frau im Arm?«, schwärmte Guido und breitete die Arme aus.

»Hm«, machte Edgar.

»Das romantischste Candle-Light-Dinner ohne eine Frau an deiner Seite?«

»Hör endlich auf mit dem Scheiß und rück mit der Information raus, die du angeblich für mich hast!.«

»Hast du mal an Deck geschlafen, Edgar, nichts als den Sternenhimmel über dir, unter dir das leise Tuckern der Motoren, sanft klatschen die Wellen an den Bug, im Hintergrund gedämpfte Musik aus der Bar? Es gibt nichts Schöneres auf der Welt.«

»Habt ihr ...?«, stieß Edgar hervor. Die Vorstellung versetzte ihm einen regelrechten Stich. Dabei sollte er erleichtert sein!

Guido verzog das Gesicht. »Wenn mich die *Guardia Civil* nicht wegen dir von Bord geholt hätte, wäre es sicher dazu gekommen.«

Edgar krallte seine Finger so fest um seinen Wanderstock, dass die Knöchel weiß hervortraten und rammte ihn wie einen Pflock in den Boden, zwischen sich und Guido.

»Wenn sie am Sonntag in Köln landet, stehe ich da mit einem dicken Blumenstrauß und schließe sie in meine Arme und dann ...«

»Komm zum Thema!«, mahnte Edgar.

»Welches Thema?«

Da endlich begriff Edgar, dass das Treffen keine Chance, sondern eine Falle war und konnte nicht länger an sich halten. Er ließ seinen Stock fallen, griff nach Guido und zerrte an seinen Jackenaufschlägen.

»Lass mich in Ruhe!«

Edgar zerrte ihn an sich und stieß ihn wieder weg.

»So kenn ich meinen Bruder ja gar nicht«, hetzte Guido ihn auf. »Wer hätte das gedacht. Der gute Edgar. So gewalttätig!«

Edgar trat nach ihm, Guido wich aus, Edgar setzte ihm nach, Guido trat zurück.

Guido stolperte, fiel über eine Wurzel, konnte sich nicht mehr fangen, schlug mit dem Rücken zuerst auf dem Boden auf und ließ sich der Länge nach fallen. Seine Baskenmütze rollte davon. In der nächsten Sekunde hatte Edgar seinen Rucksack abgeworfen und sich rittlings auf ihn gesetzt. Er boxte ihm in den Magen. Guido krümmte sich, ruderte mit den Beinen, trat nach Edgar und hielt sich fortwährend die Ohren zu, obwohl die Prügelei ohne ein einziges Wort vonstatten ging. Schmerz- und wutverzerrte Gesichter bei einer Prügelei unter Taubstummen.

Als Edgar dieses seltsame Phänomen bewusst wurde, hielt er inne. Voller Hass starrten die Brüder einander in die Augen. Die Lippen zu schmalen Strichen aufeinandergepresst, die Köpfe rot, über die Schläfen rann der Schweiß. Dann ließ Guido seine Ohren los und seine Arme weit zu beiden Seiten fallen, die Handflächen nach oben.

»Ich ergebe mich.«

Als auch sein Kopf dramatisch zur Seite fiel, entdeckte Edgar ein kleines, durchsichtiges Kabel, das aus seinem Jackenkragen zu seinem rechten Ohr, hinter der Ohrmuschel entlang und in den Gehörgang hineinführte.

Edgar verstand plötzlich, riss mit einem Ruck den Reißverschluss der Cordjacke auf. Unter dem schwarze T-Shirt darunter verlief die Schnur vom Halsausschnitt über die Brust und verschwand unter dem Arm auf dem Rücken.

Edgar schob das T-Shirt hoch und folgte dem Verlauf des

Kabels mit der Hand. Es endete an einem flachen Kästchen, das mit Klebeband auf dem Rücken befestigt war. Edgar riss die Streifen ab und zog das Kästchen am Kabel hervor. Es war nicht viel größer als ein Handy oder I-Pod. Er drückte den Power-Knopf, ein kleines, grünes Licht wurde rot.

Guido grinste.

Mit einem Ruck zerrte Edgar am Kabel. Guido verging das Grinsen, als das eine Ende aus seinem Ohr gerissen wurde und an seinem Hals entlang ins T-Shirt glitt. Edgar riss die Schnur aus dem Kästchen und schleuderte das Gerät mit aller Kraft und Wut gegen den Wall aus Schieferplatten, der sich neben der ersten Mannenberghöhle erhob. Es prallte zurück, rollte in eine Pfütze und versank mit einem Blubbern.

Guido zog sein T-Shirt herunter und versuchte vergeblich den Reißverschluss seiner Cordjacke hochzuziehen. Er hatte sich verklemmt.

»Und jetzt zu dir!« Edgar beugte sich über seinen Bruder und drückte ihm die Fäuste gegen die Brustwirbel. »Das war ein Sender oder ein Abhörgerät oder was weiß ich!«

»Ich hatte keine Wahl«, beteuerte Guido und schielte ängstlich zu der Pfütze.

»Wer?«

»Sonst hätten sie mich eingesperrt. Ich, im Gefängnis? Kannst du dir das vorstellen, Edgar? Ich würde dort eingehen wie eine Primel. Keine drei Tage und ich hätte mich erhängt.«

»Wer?«

»Sonst hätte ich das nicht getan, Edgar. Ich bin dein Bruder. Ich bin kein Verräter.«

»Wer?«

Guido hustete und versuchte Edgars Hände von seiner Brust zu schieben. Aber es gelang ihm nicht, er keuchte, er rang um Atem.

»OK.« Edgar hob die Hände hoch, aber nur, um sie um Guidos Hals zu legen. Der Druck war maßvoll. Aber so würde er nicht bleiben. Das war nur der Anfang. Guido schluckte und riss die Augen auf.

»Wer?«

In der abwartenden, lauernden Stille glaubte Edgar hinter sich ein dumpfes Getrappel zu hören, als trabe eine Rotte Wildschweine hinter seinem Rücken durchs Dickicht. Sein Blick schweifte suchend umher. Die Viecher blieben unsichtbar, zu weit entfernt oder nur Einbildung. Vielleicht war es der Nebel, der jede Bewegung verschluckte.

Guido nutzte die Ablenkung als Chance. Er ergriff Edgar an beiden Armen und wälzte ihn auf den Rücken, sodass er sich auf ihn setzen und die Rollen vertauschen konnte. Er beugte sich über seinen Bruder und legte ihm die Hände um den Hals. Der Druck war maßvoll, aber so würde er nicht bleiben.

»Hast du wirklich die beiden Frauen umgebracht oder nicht?«

»Ich?«, stieß Edgar verdattert hervor und versuchte Guidos Finger zu lösen.

»Beide?«, zischte Guido wütend.

»Ich weiß nicht, wovon du sprichst!«

»Das wird dir helfen, dich zu erinnern«, sagte Guido und drückte fester zu.

Edgars Gesicht verfärbte sich. Er begann zu husten. »Lass mich los, du bringst mich um!«, röchelte er.

Ein Knall.

Ein Echo.

Ein Schrei.

Ein Echo.

Guido kippte zur Seite, wimmerte und wälzte sich hin und

her. Dann kniete er sich hin, stützte sich auf die Ellbogen, versenkte sein Gesicht im Staub und streckte den Hintern in die Höhe.

Seine Schreie erweckten in Edgar einen Rest von Bruderliebe. Er sprang auf und stellte fest, dass Guidos Hosenboden zerfetzt war. Die bunte Boxershorts darunter ebenfalls und ihr Hawaii-Muster um einen hellroten Streifen bereichert. »Nicht schlimm, nur ein Streifschuss«, tröstete er seinen Bruder und schlug ihm auf die andere Hinterbacke.

Guido jaulte auf.

»Stell dich nicht so an«, Edgar blickte sich um. Der Schütze war längst zwischen den Baumstämmen verschwunden.

Aber am Waldrand stolzierte hochnäsig eine schwarze Krähe entlang. Ihr Gefieder glänzte wie Lack. Edgar klatschte nervös in die Hände. Sie machte auf der Klaue kehrt und stolzierte den gleichen Weg zurück. Ihre Augen blitzten voller Heimtücke. Ihr Schnabel ging auf und zu, aber es kam kein Laut heraus. Edgar brüllte: »Verpiss dich!« Er warf einen Stein. Sie flog davon. Es war bereits das dritte Mal, dass eine Krähe in seine Nähe kam, wenn Gefahr drohte, die dritte Krähe, oder war es immer dieselbe?

»Wer war das?«, jammerte Guido.

»Willst du Namen und Adresse?«, fragte Edgar und fixierte als Nächstes die Pfütze, in die er das Gerät versenkt hatte. Er bückte sich und begann kleine Kreise im Regenwasser zu ziehen. Mit spitzen Fingern holte er das Gerät an Land und begutachtete es vorsichtig, als könne es jeden Moment explodieren.

»Oder bist du zum Selbstmordattentäter geworden?«

Guido jammerte vor sich hin, anstatt zu antworten.

Edgar nahm das Gerät hoch. »Wer hat dir das angeklebt?«

»Wir!«

Edgar fuhr zusammen und blickte geradewegs in den Lauf einer Pistole. Und in den einer zweiten daneben. Seine Hand ließ das Gerät fallen, es landete wieder in der Pfütze.

»Aufstehen!« Hinter Guidos Kopf waren, wie aus dem Nichts, zwei Männer mit unerbittlichen Mienen aufgetaucht.

»Endlich!«, wimmerte Guido und stellte sich unter Ächzen und Stöhnen auf seine Füße, strich sich den Staub von den Händen und legte sie dann beide anklagend auf seinen Hintern. Er schien die Männer zu kennen und auch erwartet zu haben, so kam es Edgar vor. Dann waren sie es also gewesen, die ihn verkabelt hatten. Dann waren sie Polizisten.

Mit ihren Pistolen fuchtelnd, dirigierten die beiden Männer Edgar ein paar Schritte weiter zu einem einzeln stehenden Baum, einer großen, aber noch jungen Fichte, deren Zweige erst in großer Höhe begannen. Einer der Männer zog einen Kabelbinder aus der Hosentasche und band Edgar an den kahlen Stamm wie einen Indianer an den Marterpfahl. Seine Hände klebten am Harz, seine Haut schrammte über die raue Rinde.

»Wer sind Sie überhaupt?«, rief er hilflos.

Anstatt ihm zu antworten, band der Mann Guido an einen gegenüberliegenden Baumstamm an. Aber mit dem Gesicht zum Stamm, um seinen lädierten Hosenboden zu schonen.

»Was soll das denn?«, beschwerte sich Guido und wehrte sich. »Ich bin doch Ihr Mann, oder?« Die Männer lachten. »Ich dachte, Sie wollten mich schützen?« Die Männer lachten weiter. »Und eingreifen. Mein Bruder hätte mich beinahe umgebracht, und dann wäre ich auch noch fast erschossen worden.«

»Augen auf!«

Die Männer hielten Edgar ihre Ausweise unter die Nase. Durch die fleckigen Gläser seiner Brille las er, dass sie Hauptkommissare vom KK 11, der Bonner Mordkommission waren. Der Stämmige mit den dicken Augenbrauen hieß

Michael Brummer, sein Kollege Achim Neugebauer. Edgar zog und zerrte an seiner Fessel wie ein wildes Tier.

Während Neugebauer suchend durchs Unterholz strolchte und mit den Füßen Blätter und Zweige aufwirbelte, brachte sich Brummer breitbeinig vor Edgar in Position und stellte fest: »Sie sind also Martin Sonntag.«

»Was?«, rief Guido dazwischen. »Wie kommen Sie denn darauf? Das ist Edgar, Edgar Schramm, Dr. Edgar Schramm, der Mann, den Sie suchen.«

»Ruhe!«, befahl ihm Brummer.

»Ja, ich bin Dr. Edgar Schramm«, murmelte Edgar mit gesenktem Kopf.

»Lauter!«

»Edgar Schramm!«

»Personalausweis!«

»Mann, den hatte ich doch«, quatschte Guido wieder dazwischen. »Und den hat doch jetzt dieser Oberstaatsanwalt.«

»Ruhe!«, herrschte Brummer ihn an, »sonst werde ich Sie knebeln.«

»Ist ja gut«, brummte Guido.

»Also?«, fragte er Edgar weiter.

»Na ja. Ich habe ihn meinem Bruder für die Reise geliehen und soeben erfahren, dass das wohl keine gute Idee war.«

»Allerdings.«

»Ich stehe dafür grade, keine Frage, aber müssen Sie mich deswegen hier so behandeln?«

»Ja, das müssen wir.«

»Und warum, wenn ich fragen darf?«

»Hier!«, rief Neugebauer und unterbrach das Verhör in freier Natur. Er kam den Hang hinaufgeklettert und hielt ein Gewehr hoch in die Luft wie in einem Indianerfilm. Seine Hand steckte in einem Einmalhandschuh.

»Schrot?«, fragte Brummer.

»Schrot«, bestätigte Neugebauer und sprang mit großem Schritt auf den Weg. Er legte die einschüssige Flinte neben Edgars Rucksack, stellte sich hinter Guido und tastete seinen Rücken ab. »Wo ist der Sender?«

»Im Arsch.« Guido wies mit dem Kinn in Richtung Höhle. »Da hinten, in der Pfütze hat er ihn versenkt.«

Es dauerte nicht lange, bis Neugebauer die richtige Wasserstelle gefunden hatte. Er fischte das Kästchen mit zwei Fingern aus dem Wasser und drehte es hin und her, während die Tropfen zu Boden rannen. Er hielt es an sein Ohr und schüttelte es. »Es ist hin.«

»Sag ich doch«, mischte sich Guido ein.

»Das nennt man Beschädigung von Staatseigentum.«

Edgar stöhnte auf. »Wenn das alles ist, ich kaufe Ihnen einen neuen. Auch zwei, wenn Sie darauf bestehen.«

Die Kommissare lächelten sich zu. Das war kein Mitleid, das war Verachtung. Unübersehbar. Sonnenklar, dass seine Vergehen nicht allein darin bestehen konnten, seinen Personalausweis verliehen und einen Sender mit Abhörfunktion versenkt zu haben, sondern die beiden Kommissare verdächtigten ihn wegen der toten Helena und wegen eines zweiten Mordes, von dem Guido vorhin gefaselt hatte, und von dem er überhaupt nichts wusste.

In die Hilflosigkeit mischte sich die Ahnung, dass dieser zweite Mord in seinem Kielwasser passiert sein musste, in seinem Schatten, in seinem Dunstkreis. Dass er dort geschehen war, wo er sich aufgehalten hatte. Die einzige Person, die ihm dazu einfiel, war Anna Grund, die Mutter der Toten, mit der er im Hotel Sophienhof in Gemünd gesprochen hatte. Er war in ihrem Zimmer gewesen ...

Plötzlich fielen Edgar die roten Streifen ein, die er auf der

Klinge seines Jagdmessers entdeckt hatte. Und auch die Tatsache, dass es nicht an seinem Platz in der linken Seitentasche gesteckt hatte. Er wünschte, er hätte es unterwegs in einen See geworfen oder im weichen Waldboden vergraben. Hatte es jemand benutzt? Wer? Wo? Und wann? Und wer würde ihm glauben, dass nicht er selbst es gewesen war?

Oder war er es gewesen?

Er brauchte einen guten Anwalt, wenn das so weiterging, den besten der Welt. Und am besten sagte er kein Wort mehr ohne ihn.

»Der Chip ist nicht zu ersetzen«, hörte er Neugebauer sagen. »Ihre Arbeit war also für die Katz, Guido Schramm.«

»Aber ich weiß noch ganz genau auswendig, was er alles gesagt hat«, beeilte sich Guido zu sagen.

»Das ist besser als nichts. Hat er gestanden?«, fragte Neugebauer.

»Fast. Er war kurz davor. Aber dann kamen Sie mir dazwischen«.

»Nun?«, fragte Neugebauer und wandte sich Edgar zu.

»Hören Sie«, begann Edgar, »ich werde ...« Dann presste er die Lippen aufeinander und schüttelte den Kopf.

Neugebauer sammelte seinen Wanderstock ein und schlug sich mit einer Drohgebärde in die flache Hand. »Na?«

»Ich sage nichts mehr ohne meinen Anwalt.«

»Würde ich an Ihrer Stelle auch nicht tun«, meinte Brummer und lud sich Edgars Rucksack auf die Schultern. »Mann, ist der schwer, haben Sie Pflastersteine gesammelt?«

Edgar schwieg.

Neugebauer flüsterte Brummer etwas zu. Der setzte den Rucksack wieder ab und öffnete ihn. Er ruhte nicht eher, bis er ein Jagdmesser aus der kleinen linken Seitentasche gezogen hatte.

»Sieh mal!« Brummer reichte Neugebauer das Messer. Der zog es aus dem Schaft, hielt sich die Klinge so nah unter die Augen, als sei er kurzsichtig.

»Aha!«, sagte Neugebauer.

»Was soll das heißen?«, meldete sich Guido von seinem Marterpfahl.

»Das geht Sie gar nichts an.«

Die Kommissare flüsterten miteinander, ließen ihre Blicke von einem Gefangenen zum anderen wandern und telefonierten. Dann wurden Dr. Edgar Schramm und Guido Schramm von ihren Bäumen gebunden und mit einem weiteren Kabelbinder, den Neugebauer aus der Hosentasche zog, wie andere Leute Taschentücher, aneinander gefesselt. Brummer setzte Guido die Baskenmütze auf den Kopf und schnallte Edgar den Rucksack um. Neugebauer nahm den Wanderstock an sich und trieb die Brüder wie Kühe von den Mannenberghöhlen hinunter zurück auf den Eifelsteig, wobei die eine Kuh breitbeinig ging, als hätte sie eine Ladung Schrot im Hintern.

»Du hast mich reingelegt«, zischte Edgar, als sie aneinander stießen.

»Du mich auch«, zischte Guido.

»Ruhe da vorne!«

Der Wanderstock landete auf Guidos und Edgars Schultern wie bei einem Ritterschlag.

Der Eifelsteig führte in Nettersheim mitten durch den Ort. Nicht wenige Schaulustige blieben am Straßenrand stehen und musterten die seltsame Gruppe. Guido und Edgar versuchten den neugierigen Blicken auszuweichen und starrten finster auf die Straße.

»Wie wurden die beiden Frauen denn umgebracht?«, flüsterte Edgar, als das historische Bahnhofsgebäude in Sicht kam.

»Das musst du doch am besten wissen«, zischte Guido.

»Bitte«, flehte Edgar.

»Die eine wurde erstickt.«

Edgar nickte fast unmerklich. »Und die andere?«

»Ruhe da vorne!«

Ritterschlag.

Am Bahnhofsvorplatz wartete ein Mannschaftswagen der Polizei.

10. Kapitel

14. Mai, 20.30 Uhr
Hotel Talblick, Blankenheim

Bei Schnittchen – Käse, Salami und Schinken, dekoriert mit Gurken und Tomaten – einigen wenigen streng rationierten Gläsern Eifeler Landbier und einem Haufen finsterer Gedanken warteten zu dieser Zeit Oberstaatsanwalt Bernd Wesseling und die Hauptkommissare Roggenmeier und Senger in der Bauernstube sehnsüchtig auf ein Wunder.

Die Ermittlungen im Fall der beiden ermordeten Frauen, Helena Finn und Anna Grund, schienen an einem Punkt angekommen zu sein, den man als Sackgasse ohne Wendemöglichkeit bezeichnen konnte. Man saß fest, und zwar in Blankenheim im Hotel Talblick.

Es war schon dämmrig geworden, als endlich die Tür aufging und die Bonner Kommissare Neugebauer und Brummer zwei Männer in die Bauernstube schoben. Einer der beiden war Guido Schramm, der auffallend humpelte und sein Gesicht verzog.

Mit den Worten »Das ist Dr. Edgar Schramm!« wurde der andere präsentiert.

»Endlich!«, rief Roggenmeier aus, sprang auf und rieb sich begeistert die Hände. Aber bei näherem Hinsehen schlug seine Genugtuung in Enttäuschung um, und er fiel wieder zurück auf seinen Stuhl. Wie hatte man Dr. Edgar Schramm als ein Ungeheuer schildern können? Pressefreiheit hin oder her.

Edgar war fix und fertig, ein Mann am Ende seiner Kräfte, ein Mann, der die Hölle gesehen hatte. Ähnlich betroffen über seinen Anblick waren auch Wesseling und Sonja. Sie alle hatten sich Edgar anders vorgestellt. Als unbezwingbaren Rübezahl und nicht als ein Häufchen Elend, das Kopf und Schultern hängen ließ, als würde es aufs Schafott geführt.

Als Beute warfen Neugebauer und Brummer einen verdreckten Sender, eine Flinte, ein Jagdmesser, eine Fotokamera, ein GPS-Gerät, Wanderkarten und ein Handy zwischen Teller und Gläser auf den Tisch, um den die Euskirchener und der Oberstaatsanwalt versammelt saßen. Es war ein großer, ovaler Tisch, der mitten in der Bauernstube unter einem Kronleuchter aus Geweihen stand, von dem an einer Kette ein Metallschild hing: *Stammtisch.*

Fünf der acht Stühle waren noch frei.

Neugebauer drückte Sonja Senger einen knorrigen Wanderstock in die Hand, den sie irritiert ergriff und kaum umfassen konnte. Er war schwer und glitschig. Sie lehnte ihn an die Tischkante und wischte sich die Hände an ihrer Jeans ab. Einen Rucksack von der Größe eines Seesacks warf Brummer auf einen Nachbartisch.

Die Bonner setzten sich zu den Kollegen und berichteten abwechselnd von ihrer Wanderung über den Eifelsteig, der Prügelei zwischen den Brüdern, dem Schuss, der Gefangennahme und der Leibesvisitation des Gesuchten.

Da waren noch drei der acht Stühle frei. Und dabei blieb es.

Guido Schramm konnte sich nicht setzen. Stattdessen bestätigte er unaufgefordert die Aussagen der Kommissare, sprach von seinen Schmerzen und ergänzte hier und da ein Detail.

Dr. Edgar Schramm wollte sich nicht setzen. Auf die Frage »Warum nicht?« erklärte er: »Ohne meinen Anwalt sage ich nichts.«

»Auch gut«, meinte Roggenmeier und telefonierte mit der KTU Bonn und bat sie, einen Sanitäter mitzubringen.

Während die *Soko Eifelsteig* auf das Eintreffen der Spurensicherung wartete, betrachtete Sonja Senger Dr. Edgar Schramm. Sie sah ihn zum ersten Mal. Wie ein gehetztes Tier kam er ihr vor. Verzweifelt, aggressiv und defensiv zugleich. Er war sicher fast zwei Meter groß. Hager wie ein Marathonläufer. Seine Arme schienen zu lang und hingen fast bis auf die Knie herunter. Seine Wangen waren unrasiert und eingefallen, gebräunt von vier Tagen an der frischen Luft. Der dunkle Bartwuchs und die dunklen Schatten unter den Augen, die hinter den schmutzigen Brillengläsern finster und misstrauisch blickten, gaben ihm etwas Unheimliches. Kein Typ, dem Sonja unbedingt im Dunklen begegnen wollte.

Er hatte auch nicht den Hauch einer Ähnlichkeit mit seinem Bruder Guido. Guido war ein kleiner, runder, fröhlicher Kobold, verglichen mit diesem Wrack. Welch absurde Idee, ihm seinen Personalausweis zu geben, in der Annahme, es fiele niemandem auf. Komischerweise war es tatsächlich niemandem aufgefallen, bevor Guido den Fehlalarm ausgelöst hatte. Das warf Fragen auf. Zum Beispiel die: Was war das Foto auf einem Personalausweis wert, wenn es niemand beachtete?

Roggenmeier und Wesseling widmeten sich in der Zwischenzeit der Beute, die Neugebauer und Brummer gemacht hatten. Besonderes Interesse fand die Flinte, die sie, mit Einmalhandschuhen versorgt, fachsimpelnd untersuchten. Sie ruhten nicht eher, bis sie die eingestanzte Kenn-Nummer fanden. Wesseling notierte sie in seine Kladde und versprach, sich um die Herkunft zu kümmern und den Besitzer ausfindig zu machen.

Sonja hörte zwei Mal das Wort Schrotflinte aus ihrem Mund, beim dritten Mal sah sie sich außerstande, ihr Wissen länger für sich zu behalten. »Schrotflinte, meine Herren, ist ein Pleonasmus.«

Zwei verdutzte Gesichter wandten sich ihr zu.

»Pleonasmus kommt aus dem Griechischen und heißt Überfluss«, steuerte Wesseling schnell bei, der es nicht auf sich sitzen lassen konnte, dass Sonja klüger dastand als er.

»Wie der weiße Schimmel«, sagte Roggenmeier.

»Der alte Greis«, erklärte Neugebauer.

»Die tote Leiche«, brummte Brummer.

»Letaler Exitus«, knurrte Edgar.

Blieb Guidos Beispiel. Eine Hand schützend auf seinem Hintern, sagte er: »Runde Kugel.«

»Setzen, sehr gut«, lobte Sonja die Herren.

Ein neues Spiel fiel ihr nicht ein, und so versanken sie alle in nachdenkliches Schweigen.

Wenig später übernahmen wieder Krings und Signon von der KTU Bonn und ein Sanitäter die Schramm-Brüder mitsamt der Beute und Roggenmeiers überflüssiger Order, insbesondere das Jagdmesser einer kriminaltechnischen Untersuchung zu unterziehen und auf keinen Fall zu vergessen, Edgars Fingerabdrücke sicherzustellen und seine Speichelprobe zu entnehmen.

»Wenn Sie das jetzt nicht gesagt hätten ...«, begann Krings.«

»Wie heißen Sie?«, unterbrach Roggenmeier ihn. Es klang nicht interessiert, sondern bedrohlich.

»Helmut Signon«, sagte der Jüngere.

»Matthias Krings«, sagte der Ältere.

»So!« Roggenmeier notierte die Namen und betonte, dass der Oberstaatsanwalt ungeduldig auf die Ergebnisse warte. Er zeigte mit der ausgestreckten Hand auf Wesseling. Wesseling saß allerdings geduldig und entspannt da wie selten, nur seine Nase lief. Sonja verdrehte die Augen. Signon und Krings zwinkerten ihr zu und kassierten alles Notwendige samt und sonders ein.

Sie beschlagnahmten nebenan die Jägerstube, wo sie sich mit ihren Instrumenten, Töpfchen und Tiegelchen ausbreiten konnten.

Guido legte sein Hinterteil frei und bot es dem Sanitäter zur Behandlung dar. Dieser säuberte, desinfizierte und verpflasterte es, alles wenig einfühlsam. Danach verabreichte er Guido ein Schmerzmittel, brachte ihn zurück zur Bauernstube und verließ eiligen Schrittes das Hotel. Alles ohne ein einziges Wort gesprochen zu haben.

Derweil entnahm Signon eine Speichelprobe, indem er Edgar mit einem Wattestäbchen im Mund herumwerkelte, während er finster von ihm angestarrt wurde, was er als Profi natürlich ignorierte.

Edgars Fingerabdrücke scannte Krings in ein Notebook ein. Mithilfe eines Computerprogramms konnte er sie an Ort und Stelle mit denen vergleichen, die in den beiden Hotelzimmern von Einruhr und Gemünd sichergestellt worden waren und die in zwei Dateien unter dem Namen der beiden ermordeten Frauen abgespeichert waren. Als sich Edgar neugierig dem Bildschirm näherte, wurde er beiseite geschoben.

Krings und Signon legten die Abbildungen über- und nebeneinander. Es war eine Vielzahl von Blindgängern darunter, die vermutlich den früheren Bewohnern der Zimmer und den Reinigungskräften zuzuordnen waren. Aber schließlich entdeckte Krings ein Diagramm, das zu 96 % mit Edgars Fingerabdruck identisch war und sagte zu ihm: »Das hätten Sie besser gleich zugegeben.«

»Das heißt noch gar nichts«, murrte Edgar.

Die Fingerspuren auf der Flinte fanden keinerlei Pendants in den Dateien.

»Das hätte ich Ihnen gleich sagen können«, beschwerte sich Edgar.

»Das heißt noch gar nichts«, entgegnete Krings. »Sobald wir den Besitzer herausgefunden haben, wissen wir mehr.«

Die Untersuchung des Rucksacks förderte einen Berg schmutziger Wäsche und Toilettenartikel zutage, Essensreste und einen Medikamentenbeutel.

Auf dem Jagdmesser stellte Signon Edgars Fingerspuren sicher. Edgar behauptete, damit Holz und zuletzt einen Apfel bearbeitet zu haben.

»Sonst nichts?«, fragte Signon.

»Wieso? Ich habe gehört, Helena Finn wurde erstickt.« Edgars Stimme bebte.

»Helena Finn ja, aber nicht Anna Grund.«

»Wie ...?«

»Anna Grund wurde erstochen.«

Während Edgars Körper erstarrte, wurde sein Blick leer, als kehre er sich nach innen, wo ein Film ablief: Anna Grund vor seiner Tür, wie sie zitterte vor Angst, weil sie Geräusche gehört hatte, die glimmende Zigarette im platt getretenen Gras vor ihrem Fenster, das klemmte, und er, der ihr sagte: »Es ist nichts.« Es war alles seine Schuld. Er hätte etwas unternehmen müssen. Er hätte dem Hotelier Bescheid geben müssen, damit er Anna Grund ein anderes Zimmer gab. Er hätte selbst die Polizei rufen müssen .... er hätte ... er hätte ...

Aber er hatte nicht, er hatte nur an seine Wette gedacht.

Währenddessen unterzog Signon Edgars Jagdmesser einem Schnelltest und erklärte danach: »Diese feinen, roten Linien hier und die anderen Spuren auf der Klinge, dem Griff und dem Schaft sind nicht eiweißhaltig.«

»Es war also nicht das Messer, mit dem ....?«, fragte Edgar zögernd.

»Anna Grund erstochen wurde?«, fragte Signon. »Vermutlich nicht. Aber wir können hier nur einen Bruchteil der Spuren ermitteln. Den Rest übernimmt unser Labor in der Bonner KTU.«

Die vorläufigen Ergebnisse teilte Signon der *Soko Eifelsteig* mit, die noch immer in der Bauernstube um den Stammtisch versammelt saß. Der verarztete Guido Schramm lehnte mit gebeugtem Rücken abseits an einem Stehtisch, in Schonhaltung für sein Hinterteil. Er hatte sich die Cordjacke um die Hüften gebunden, damit nicht jedermann seinen zerfetzten Hosenboden sehen konnte.

Roggenmeier nickte zufrieden zu den Befunden.

Wesseling kritzelte sie in seine rote Kladde.

»Sonst irgendetwas Auffälliges in Schramms Rucksack?«, fragte Sonja, als der Kollege geendet hatte.

Er schüttelte den Kopf. »Medikamente, aber nicht die, die wir suchen. Also, wir sind mal weg. Ciao.«

»Moment!«, rief Sonja ihn zurück. »Nicht so schnell. Auch kein Schmuck, Ketten und Armbänder und Ohrringe und so?«

»Nö.«

Sonjas Blick fiel auf Edgar, der hilflos herumstand. »Noch eine Bitte, könntet ihr vielleicht Edgar Schramm noch ein paar Minuten nebenan für uns festhalten?«

Signon sah auf die Uhr und seufzte. »Muss das sein?«

»Ja. Lasst euch bitte aus der Küche etwas zu essen bringen«, schlug Sonja vor. »Auch für Herrn Doktor Schramm, sonst fällt er uns noch ins Koma.«

Wesseling wartete, bis die Tür ins Schloss gefallen war, ehe er anhob: »Rekapitulieren wir also.«

Das wird dauern, fürchtete Sonja. Sie glaubte, die Ergebnisse, die er unweigerlich vortragen würde, als seien sie sein persönliches Geheimnis, bereits zu kennen. Den Bonnern schien es ebenso zu gehen.

»Ich geh auch was essen.« Neugebauer erhob sich.

Roggenmeier wies auf die geplünderten Schnittchenteller.

»Was Vernünftiges«, schloss Brummer sich an. »Wenn Sie uns brauchen, wir sind in der Gaststube.«

Die Bonner hätten aufgrund ihrer Abwesenheit durch die Eifelsteig-Begehung noch am meisten von Wesselings Vortrag profitiert. Aber sie hatten auch genau deswegen vermutlich den größten Appetit.

»Und was ist mit mir?«, beschwerte sich Guido Schramm. Seine Frage blieb unbeantwortet.

Sonja steckte sich einen Strohhalm zwischen die Lippen. Manchmal, so tröstete sie sich und ergab sich in ihr Schicksal, manchmal war es gut, sich alle Fakten noch einmal vor Augen zu führen. Der Teufel steckte häufig in dem Detail, das übersehen worden war. Sie gab sich alle Mühe, Wesselings Worten aufmerksam zu folgen.

»Laut der Kölner Rechtsmedizin hat die Obduktion der Helena Finn, der toten Frau aus Einruhr, ergeben, dass sie eine hohe Dosis Tetrazepam im Blut hatte, als sie starb, ein Medikament, über das nur niedergelassene Ärzte oder Klinikärzte verfügen können. Aber sie starb nicht daran, sondern an Sauerstoffmangel. Ihr Kopfkissen wies Haut, Blut und Speichelflecken auf. Sie war erstickt worden. Die DNA-Untersuchung läuft allerdings noch. Wir gehen aber davon aus, dass ihr dieses Kissen aufs Gesicht gedrückt wurde. Zum Beispiel von Dr. Edgar Schramm, denn seine Fingerabdrücke – wie wir soeben erfahren haben – sind in ihrem Hotelzimmer gefunden worden.«

»Warum sollte er das getan haben?«, fragte Sonja. »Er hatte noch nicht einmal Interesse an ihrem Schmuck, falls er ihn nicht unterwegs vergraben hat.«

»Gut, dass Sie nach dem Motiv fragen, Frau Hauptkommissarin«, lobte Wesseling. »Wir kennen es nicht.«

»Aber Klaus-Peter Grund hatte laut seiner toten Frau eines. Und den Schmuck könnte er auch an sich genommen haben, wenn er so raffgierig ist, wie sie sagt.«

Wesseling nickte. »Aber sein Alibi für den Tatzeitpunkt ist wasserdicht, das haben wir überprüft, falls seine Geliebte und seine Mitarbeiter nicht für ihn lügen.«

»Aha, also nur ein bisschen wasserdicht«, gab Sonja zu bedenken.

Wesseling suchte nach der Fortsetzung in seiner roten Kladde. »Die Obduktion der Anna Grund, der toten Frau aus Gemünd, hat ergeben, dass ein Messer, das sieben Mal in sie gerammt wurde, Brust und Rücken, Arme und Beine, Leber und Milz, vor allem aber die Bauchschlagader getroffen hat. Sie ist verblutet. Aber wie wir seit ein paar Minuten wissen, war die Tatwaffe vermutlich eher nicht Edgars Jagdmesser. Aber auch in Gemünd – wie schon in Einruhr – sind seine Fingerabdrücke im Hotelzimmer der Toten gefunden worden.«

»Edgars Motiv?«, fragte Sonja.

»Keine Ahnung«, gab Wesseling zu.

»Und Grunds Motiv?«

»Raffgier.«

»Und sein Alibi?«, fragte sie hoffnungsvoll.

»Wieder nur scheinbar wasserdicht.«

»Er raucht Lucky Strike!«, erinnerte sich Sonja. »Und in Einruhr haben wir doch auch eine Lucky-Strike-Kippe gefunden.«

Wesseling lächelte nachsichtig. »Lucky Strike rauchen? Das tun viele, viel zu viele, wenn Sie mich fragen. Das ist kein Hinweis. Das ist schlechte Angewohnheit.«

Sonja rümpfte die Nase. Es schien, als sei Rauchen noch mehr, nämlich eine falsche Fährte, auf die sie hereingefallen war. Nicht nur im übertragenen Sinne. Vor allem im persönlichen. Sie versank ins Grübeln.

Guido nutzte die Gelegenheit und mischte sich ein. »Scheint mir ein fleißiger Mann zu sein, dieser Klaus-Peter Grund. Hat er auch gearbeitet, als man mir das Hinterteil wegpusten wollte?«

»Ruhe!«, befahl Wesseling, »sonst werden Sie entfernt.«

»Aber es könnte doch sein«, sagte Sonja, »dass Klaus-Peter Grund sich als Rächer aufgeführt hat und Edgar ans Fell wollte, weil er glaubte, Edgar sei der Mörder seiner Stieftochter und seiner Frau.«

»Möglich wäre auch, dass er es getan hat, um von sich selbst abzulenken«, steuerte Wesseling bei.

Sonja nickte ihm zustimmend zu. »Wir sollten ihn auf jeden Fall nicht aus den Augen verlieren.«

Roggenmeier hatte sich während der Rekapitulation seltsam still verhalten. Seine Augen waren auf Halbmast gesenkt. Dachte er nach? Schlief er? Plötzlich richtete er sich auf. »Die Frage nach dem Schmuck hätten Sie sich übrigens sparen können, Frau Kollegin. Chantal Poensgen, das Zimmermädchen vom Hotel Seeadler, das Helena Finn morgens gefunden hat, hat gestanden, den Schmuck an sich genommen zu haben, nachdem sie festgestellt hatte, dass die Frau tot war. Aber das schlechte Gewissen hat ihr keine Ruhe gelassen. Sie hat den Schmuck in der Zwischenzeit an Weckmann, ihren Chef, übergeben, und der hat ihn an uns weitergereicht.«

Wesseling und Sonja beäugten ihn abwartend. Kam da noch etwas nach? Vielleicht die fällige Entschuldigung, weil er versäumt hatte, diese Nachricht weiterzugeben?

»Der Schmuck liegt bei uns in der Asservatenkammer.«

Abwarten.

»Weckmann hat Chantal Poensgen entlassen.«

Abwarten.

»So!«, Roggenmeier lehnte sich zurück und beendete seinen Redebeitrag.

Sonja kochte innerlich. Sie erwartete, dass sich Wesseling auf ihre Seite stellte und Roggenmeier ermahnte, aber er tat es nicht, er notierte nur den Sachverhalt in seine verdammte rote Kladde. Sie halten zusammen, dachte sie wütend, wenn's hart auf hart kommt.

Sie stellte noch geeignete Worte zusammen, um sich Gehör zu verschaffen, als Guido Schramm laut aufstöhnte und das Gesicht verzog. Wesseling räusperte sich pikiert und bat um Ruhe, sonst könne er sich nicht konzentrieren. Roggenmeier meinte, er solle sich nicht so anstellen. Guido wimmerte leise vor sich hin.

Sonja beobachtete, wie er sich vor Schmerzen krümmte. Konnte er der Dritte im Bunde sein? Helena tot, Anna tot, Guido nur knapp davongekommen? Zufällig? Absichtlich? Hatten sie etwas gemeinsam?

Sie hatten etwas gemeinsam, sagte sich Sonja nach kurzer Überlegung. Sie waren alle Edgar begegnet. Sie legte den Zeigefinger an ihre Nasenspitze und begann laut zu denken, damit sie den Faden nicht verlor. »Es gibt jemanden da draußen, der an Edgar interessiert ist. Und das muss nicht unbedingt Klaus-Peter Grund sein.«

Wesseling zog gespannt die Augenbrauen hoch.

»Wenn Guido eine Frau gewesen wäre, dann wäre er jetzt vielleicht auch tot.«

»He?«, machte Guido entsetzt.

»Ah! Ich beginne zu verstehen«, glaubte Wesseling. »Sie denken an Eifersucht?«

»Ich denke an die schlimmste Form der Eifersucht«, bestätigte Sonja. »Ich denke an Stalking.«

»Aber 80 Prozent aller Stalker sind Männer«, erinnerte Wesseling sie.

»Mag sein. Gesetzt den Fall, wir haben es hier mit einem

weiblichen Stalker zu tun«, Sonja wandte sich an Guido Schramm, »erzählen Sie uns doch mal, wie war das mit der Prügelei, wann wurde denn genau auf Sie geschossen?«

Guido kratzte sich am Kopf. »Als ich oben lag«, sagte er stolz.

»Sehen Sie! Da haben wir es! Dieses Mal war es nicht die Eifersucht. SIE hatte Angst um Edgar. SIE wollte ihn beschützen, als Guido sich auf ihn stürzte und darum«, Sonja machte das internationale Zeichen für Schießen. »Peng!«

»Angenommen,« rief Guido aufgeregt, »es wäre so, woher soll diese Person denn immer gewusst haben, wo Edgar gerade ist?«

Sonja hatte das Gefühl, dass er jemanden verteidigte. »Von Ihnen zum Beispiel?«, fragte sie.

»Von mir?« Guido hielt sich den Hosenboden fest. »Ich wusste doch bis heute selbst nicht, wo er war.«

»Dann hat sie halt so lange gesucht, bis sie ihn gefunden hat«, meinte Roggenmeier ungeduldig.

»Sie wissen doch«, erinnerte Sonja ihren Chef. »Der Eifelsteig ist strukturell unübersichtlich.«

»Holen Sie ihn endlich rein!«, wetterte Wesseling.

Roggenmeier war schon unterwegs.

»Warten Sie hier«, befahl er, als er mit Dr. Edgar Schramm in die Bauernstube zurückkehrte, und schaffte auf die Schnelle eine Verhörsituation. Kurzerhand schob er einen Nachbartisch beiseite, stellte stattdessen einen einsamen Stuhl unter einen anderen Geweihleuchter und wies auf die Sitzfläche. Dr. Edgar Schramm setzte sich und ließ seinen Blick von einem zum anderen schweifen. Auf seinem Bruder blieb er lange ruhen.

Da erhob Wesseling hinter ihm seine Stimme, ohne sich von seinem Platz zu erheben. »Herr Dr. Schramm.«

»Ich war es nicht«, behauptete Edgar. »Das haben die Männer von der Spurensicherung vorhin doch selbst gesagt.«

»Immer langsam. Ihre Speichelprobe wurde gerade erst entnommen. Die Hautschuppen auf dem Kopfkissen, mit dem Helena Finn erstickt wurde, können noch immer von Ihnen stammen. Und Anna Grund wurde vielleicht nicht mit Ihrem Jagdmesser erstochen, aber vielleicht hatten Sie noch ein anderes Messer und haben es unterwegs weggeworfen so wie das Tetrazepam.«

Edgar sprang auf.

»Setzen!«, befahl Roggenmeier.

»Lassen Sie uns über Helena Finn reden«, sagte Wesseling

»Warum?«, fragte Edgar.

»Der Rechtsmediziner hat Tetrazepam in ihrem Blut gefunden. Es war keine tödliche Dosis, aber ...«

»Sehen Sie!«, rief Edgar. »Ich habe ihr nur ....« Er hielt inne, presste die Lippen aufeinander und schwieg.

»... die Tabletten gegeben?«, führte Wesseling den Satz zu Ende.

»Sie schweigen sich um Kopf und Kragen«, sagte Wesseling.

Edgar überwand sich und erklärte stockend: »Sie hat mich darum gebeten ... sie hatte Schmerzen ... ich bin Arzt, wie Sie wissen ... ich habe ihr gesagt, sie darf nur eine Tablette täglich nehmen ... ich kann nichts dafür, wenn sie nicht auf mich hört.«

»Warum haben Sie ihr mehr als eine Tablette überlassen?«

»Sie wollte doch noch den ganzen Eifelsteig gehen.«

»Haben Sie noch mehr davon?«

Edgar schüttelte den Kopf.

Wesseling notierte Edgars Antworten. Als er wieder aufblickte, gab er Sonja mit einem Handzeichen zu verstehen, dass sie fortfahren solle.

Sie wunderte sich, dass er den Stab so schnell an sie weitergab. Aber es sollte ihr recht sein, sie fand, dass er bei diesem Verhör das Pferd von hinten aufzäumte.

Sie rückte mit ihrem Stuhl nah an Edgars heran, beugte sich vor, stützte sich auf ihre Oberschenkel und sagte ohne lange Umschweife: »Sie sind ein Stalking-Opfer, Herr Dr. Schramm, kann das sein?«

Er schien nicht sonderlich überrascht über die Wende im Verhör. Im Gegenteil, er senkte ergeben den Kopf, als sei er erleichtert, dass das Wort endlich ausgesprochen worden war.

»Ein Stalker kann gefährlich werden.«

Er zuckte mit den Schultern.

»Haben Sie Strafanzeige gestellt?«

»Ich wollte es tun«, gab er zu. »Bestimmt, glauben Sie mir, aber im letzten Moment hat sie mir immer leid getan.«

»Ich frage mich«, rief Wesseling dazwischen, »warum wir seit 2007 ein Anti-Stalking-Gesetz, § 238, Strafgesetzbuch, haben?«

»Pah! Ein Gesetz!«, winkte Edgar ab. »Dafür kann ich mir nichts kaufen. Wir haben das unter uns ausgemacht«.

»Kein Kontakt, keine SMS, keine Mails, keine Anrufe, keine Briefe, nichts darf zwischen Ihnen sein. Und zwar nie mehr?«, hakte Sonja nach.

»Ich habe mich daran gehalten.« Edgars Augen blinzelten nervös hinter den schmutzigen Brillengläsern in den Geweihleuchter. »Anfangs hat sie es auch getan und ist nie wieder bei mir zu Hause aufgetaucht. Angerufen hat sie auch nicht mehr.«

»Aber nur die Hälfte aller Stalker gibt allein deswegen auf.«

Edgar zog resigniert die Brille ab.

»Es gibt zwei Regeln, die ein Stalking-Opfer grundsätzlich und unbedingt beherzigen muss: Abstinenz und Transparenz.«

Edgar sah sie ratlos an.

»Ich erkläre es Ihnen. Jede, in Worten *jede* Reaktion ist Futter für den Täter. Auch Nichtstun. Wenn Sie sich nicht klar abgrenzen, und das für immer und ewig, wird er immer wieder grenzüberschreitende Versuche unternehmen.«

»Mag sein.«

»Haben Sie Ihre Telefonnummer und Mailadresse denn nicht gewechselt?«

Er schüttelte den Kopf.

»Fragen Sie ihn doch endlich, wie sie heißt!«, bellte Roggenmeier hinter Sonjas Rücken.

»Sie heißt Rita Funke«, sagte Edgar leise.

»Was? Rita?«, rief Guido dazwischen. »Rita Funke? Also doch! Ich werde verrückt.«

»Ruhe«, herrschte Wesseling ihn an.

»Wer ist sie?«, fragte Sonja unbeirrt weiter.

»Wir waren mal ein Paar. Aber es ist nicht gut gegangen mit uns. Sie arbeitet aber noch immer als Krankenschwester bei uns«, erklärte Edgar.

»Sie arbeitet in der *Klinik am Wald*?«, wiederholte Sonja.

»Auf der gleichen Station wie ich.«

»Sie sehen sie jeden Tag? Kein Wunder. Das geht nicht! Einer von Ihnen beiden muss gehen! Sie müssen davon ausgehen, dass ein Stalker eine völlig gestörte Wahrnehmung hat. Wenn Sie diese Rita auch nur versehentlich anlächeln, interpretiert sie das als eine Chance, Sie zurückzugewinnen. Wenn Sie ihre Annäherungsversuche erdulden, heißt das für sie, dass Sie sie willkommen heißen. Wenn Sie ihr nur die Tür aufhalten, heißt das für sie, dass Sie ihr helfen wollen. Haben Sie eine neue Freundin?«

»Nein.«

»Wenn sie sieht, dass sie keine neue Freundin haben, heißt das für sie, Sie lieben sie noch.« Sonja seufzte und wiederholte mit drohendem Finger: »Abstinenz und Transparenz.«

Sie ließ Dr. Edgar Schramm Zeit zum Nachdenken. Sie

wusste, dass es für den Laien kaum vorstellbar war, was im Kopf eines Stalkers vor sich ging. Aber Edgar war Arzt. Ein Facharzt für innere Krankheiten, der offensichtlich von Psychologie noch nichts gehört hatte. Ein Fachidiot.

»Würden Sie jetzt bitte im Verhör fortfahren?«, hörte Sonja Wesseling nach einer Weile hinter sich fragen. Er war aufgestanden und stand direkt hinter ihr. Sein dezenter Herrenduft verriet ihn. Sie folgte seiner Anweisung.

»Herr Dr. Schramm, könnten Sie sich vorstellen, dass Rita Funke hinter all dem steckt, was Ihnen auf dem Eifelsteig zugestoßen ist? Dass sie es war, die die beiden Frauen im Hotel aus Eifersucht ermordet hat, weil sie Sie mit Ihnen zusammen gesehen hat, und dass sie es war, die Ihren Bruder erschießen wollte, weil sie Sie vor ihm beschützen wollte?«

»Nein! Wie denn? Sie ist doch weit weg auf dem Mittelmeer, fragen Sie doch meinen Bruder. Er will sie morgen vom Flughafen abholen, wenn sie nach Hause kommt.«

Wesseling drehte sich auf quietschendem Absatz um und sprach in Richtung Roggenmeier: »Rufen Sie sofort auf diesem Schiff an.«

Roggenmeier holte dazu die Bonner Hauptkommissare aus dem Restaurant. Neugebauer und Brummer sahen satt und wohlverdient müde aus. Er erklärte ihnen den oberstaatsanwaltlichen Auftrag.

Sie setzten sich in eine Ecke der Bauernstube und beugten sich über ihre Handys, um die Reederei und den Eigner ausfindig zu machen. Sie sprachen leise und warteten auf Verbindungen. Sie wählten neu und warteten wieder. Es wurden Funksprüche abgesetzt. Die Prozedur schien ewig und drei Tage zu dauern.

Endlich war Brummer an der richtigen Adresse. Er sprach mit einer Stewardess der MS Phantasy. Auf seine Frage, ob

Rita Funke noch an Bord sei, bekam er wohl einen positiven Bescheid, denn er nickte aufgeregt und fragte, ob er sie kurz sprechen könne. Dann presste er das Handy gegen seinen Bauch und sagte: »Sie lassen sie ausrufen.«

Bange Minuten verstrichen, Brummer hatte wieder das Handy am Ohr, die anderen hingen gebannt an seinen Lippen. Besonders Guido Schramm, wie Sonja beobachtete.

»Da kann man nichts machen. Ich versuche es morgen noch einmal. Vielen Dank.«

Brummer verzog das Gesicht, beendete das Gespräch und sagte: »Sie ist in ihrer Kabine und schläft wohl schon.«

»Den Schlaf der Gerechten«, sagte Guido lächelnd.

11. Kapitel

14. Mai, 21.00 Uhr
Polizeiwache Nippes, Köln

»Das ist wirklich Ihr Problem«, sagte zur gleichen Zeit der junge Polizeibeamte und verdrehte seufzend die Augen.

»Ich will aber meine Geschenke wiederhaben!«, quengelte die junge Frau. Sie war vielleicht 25 Jahre alt, aber das war mit all dem Make-up, das sie aufgetragen hatte, nur schwer zu beurteilen. In einem Kleid im Leopardenmuster, dessen Ausschnitt sommerlich tief war, und einer blonden Hochsteckfrisur saß sie vor ihm. Auf ihrem Schoß ruhte eine voluminöse Handtasche. Sie machte einen Schmollmund, blickte auf ihre nackten Handgelenke: »Auch die goldene Uhr und das Armband mit den Brillis!«

»Hören Sie mal, wenn Ihr Freund Sie rauswirft, ist das Ihre und seine Privatangelegenheit. Wenn Sie Ihre Geschenke wiederhaben wollen, nehmen Sie sich bitte einen Anwalt.«

»Wovon soll ich mir das denn leisten? Ich habe doch jetzt nichts mehr. Gar nichts mehr!« Sie breitete die Arme aus und ließ in jedem Auge eine dicke Träne aufsteigen.

»Dann haben Sie eben Pech gehabt.«

»Ist das alles, was Sie mir zu sagen haben?«

»Ja.«

»Ich möchte sofort Ihren Vorgesetzten sprechen«, forderte sie und klimperte mit den Augenlidern, die von der Wimperntusche schwer sein mussten wie Rollläden.

»Der ist beschäftigt und hat für solchen Kinderkram keine Zeit.«

Sie erhob sich schluchzend und stöckelte zur Tür. Die

Hand auf der Klinke drehte sie sich noch einmal um. »Wenn Sie wüssten, was ich weiß.«

»Dafür weiß ich was anderes«, sagte der Polizist und fand sich ziemlich schlagfertig.

Er war erleichtert, als die Tür hinter der Frau zufiel, und beschloss, sich einen Kaffee zu kochen. Er goss Wasser in die Kaffeemaschine, als die Tür aufschwang und den Blick freigab auf die Leopardenfrau und seinen Chef, Polizeioberrat Kreuzau.

»Polizeiinspektor Schmidt!«, donnerte dieser.

Wasser tropfte auf die frisch geputzten Schuhe des Untergebenen Schmidt. Er bemerkte es nicht. Er ahnte, er hatte etwas falsch gemacht. Er wusste nur nicht, was.

Kreuzau zog der Leopardenfrau einen Stuhl heran und bat sie, sich zu setzen, während er sich lässig auf die Tischkante des Schreibtisches schob und auf sie niederlächelte. »Frau Dünnwald, nicht wahr?«

»Ja«, schluchzte sie, »Mary Dünnwald.«

Kreuzau forderte: »Schmidt, schreiben Sie mit!«

Schmidt setzte die Wasserkanne ab und klemmte sich hinter seinen Chef an denselben Schreibtisch. Er rief ein neues Dokument in seinem Monitor auf und legte die Finger auf die Tastatur.

»Wie heißt denn der schreckliche Mensch, der Ihnen das alles angetan hat?«, fragte Kreuzau die Dünnwald mit unheilschwangerer Stimme.

»Klausi«, schluchzte sie auf und versuchte sich zu sammeln. »Klaus-Peter, meine ich.«

»Gut«, resümierte er. »Und wie weiter?«

»Grund. So wie Grund und Boden, hat er immer gesagt. Aber er heißt nur Grund, nicht Boden.«

»Grund?«, versicherte sich Kreuzau. »Klaus-Peter Grund?«

Die Dünnwald schnäuzte in ein Taschentuch und nickte. Kreuzau rempelte Schmidt an und gab ihm mit einem Handzeichen zu verstehen, dass er den Namen gefälligst mal durch seine digitalen Dateien jagen sollte. Während Schmidt den Auftrag erfüllte und der Rechner vor sich hingurgelte, fragte Kreuzau weiter: »Adresse?«

»Gereonstraße 177.«

Schmidt schrieb auf einem Schmierzettel mit, um seinen Rechner nicht zu stören.

»Beruf?«

»Er ist Chef«, sagte die Dünnwald nicht ohne Stolz. Als die Herren keine weiteren Fragen stellten, fuhr sie selbstständig fort: »Kennen Sie nicht die Schuhe von Finn? Also, ich selbst würde sie ja nicht tragen, weil ich sie nicht so chic finde.« Sie blickte auf ihre Riemchensandaletten. »Aber in dieser Firma ist Klausi jedenfalls der Chef.«

»Firmensitz?«

»Drüben in Mülheim.«

»Gut«, meinte Kreuzau. »Kommen wir mal zum Kern Ihres Anliegens.«

»Ich will meine Geschenke wiederhaben.«

»Nein, ich meine das, was Sie vorhin auf dem Flur angedeutet haben.«

»Ach so, das«, sie schlug die Beine übereinander. »Klausi hat gesagt, wenn mich einer fragt, soll ich sagen, dass er die ganze Nacht bei mir war und danach im Betrieb, obwohl er es gar nicht war.«

»Und wann war das?«

Sie öffnete den Reißverschluss ihrer Handtasche, zerrte aus einem heillosen Durcheinander einen pinkfarbenen Timer hervor und begann, umständlich darin zu blättern. »Vorgestern und gestern.«

»Also am 13. und am 14. Mai«, übersetzte Schmidt.

»Genau.«

»Und wo war er in Wirklichkeit?«

»Bestimmt bei einer anderen!«, stieß sie mit tränenerstickter Stimme hervor. »Deswegen hat er mich auch heute Morgen rausgeworfen. Er hat bestimmt eine Neue! Und will nichts mehr mit mir zu tun haben! Er geht nicht ans Telefon und macht mir nicht die Türe auf. Und alle meine Geschenke hat er mir abgenommen. Auch das neue Handy und ... und überhaupt ...«

»Moment!«, unterbrach Kreuzau sie, weil Schmidt ihn am Ärmel gezupft hatte.

»Mordsache«, flüsterte Schmidt ihm zu.

Anerkennend zog Kreuzau die Augenbrauen hoch.

»KK Euskirchen.«

»Sehr schön, Schmidt!«, lobte er und fertigte schnell die junge Frau ab. »Vielen Dank, Frau Dünnwald. Sie haben uns sehr geholfen. Wir werden uns um die Sache kümmern und melden uns wieder bei Ihnen, sobald wir Ihre Geschenke haben.«

»Danke«, stöhnte Mary Dünnwald auf, erhob sich und hielt dem Chef ihre Hand hin, damit er sie küssen konnte, was dieser nicht tat.

In der Tür meinte sie: »Und vergessen Sie bloß nicht den Ledermantel.«

»Schmidt«, donnerte Kreuzau. »Schreiben Sie auf: Ledermantel nicht vergessen.«

Mary Dünnwald warf Kreuzau eine Kusshand zu.

Kaum war hinter ihr die Tür ins Schloss gefallen, sagte Polizeioberrat Kreuzau zu Polizeiinspektor Schmidt: »Sie müssen noch viel lernen – und streichen Sie den Ledermantel.«

12. Kapitel

14. Mai, 22.00 Uhr
Hotel Talblick, Blankenheim

Kaum hatten Sonja und die Kommissare sich auf Wesselings Befehl wieder rund um den Stammtisch in der Bauernstube des Hotels Talblick in Blankenheim versammelt, begann Guido Schramm seine romantische Erinnerung an Rita Funke leibhaftig vor den Augen der *Soko Eifelsteig* erstehen zu lassen. Seine Gesten begleiteten seine Beschreibungen ausführlich.

»Als ich sie zum ersten Mal sah, dachte ich, ich hätte Jennifer Lopez gesehen. Sie trug ein dunkelblaues Kleid mit hauchdünnen Trägern. Sie hatte einen dunkelbraunen, kinnlangen Bob, perfekt geschnitten, und Beine bis in den Himmel. Ein bisschen blass war sie um die Nase, aber das änderte sich schnell unter der Mittelmeersonne. Das Schönste an ihr waren aber ihre Augen. Riesengroß.« Guido formte beide Hände zu Kreisen.

Keine Frage, sagte sich Sonja, da war jemand verliebt.

»Und wenn sie ...«, wollte Guido fortfahren, als Brummers Handy klingelte.

Aus seinem »Ja« und »Nein« wurde niemand schlau, aber seine Stimme veränderte sich, sie wurde seltsam zackig, als nehme er die Befehle eines Generals entgegen. Als das Gespräch beendet war, schüttelte er den Kopf, blickte wortlos in die Gesichter der *Soko Eifelsteig* und schien das Unwissen seiner Zuhörer noch ein wenig auskosten zu wollen.

»Was ist denn?«, fuhr Sonja ihn schließlich ungeduldig an.

»Rita Funke ist nicht mehr an Bord.«

»Nein!«

»Doch. Nachforschungen aufgrund meines Anrufs hätten ergeben, dass Rita länger nicht gesehen wurde und deswegen hat man ihre Kabine mit einem Nachschlüssel geöffnet. Weder sie noch ihr Gepäck waren mehr vorhanden. Sie hat nichts zurückgelassen. Leider kann man nicht nachvollziehen, wann sie das Schiff verlassen hat. Sie muss einfach während eines Landgangs abgehauen sein. Normalerweise müssen die Passagiere die Bordkarte gegen den Personalausweis tauschen, sonst dürfen sie das Schiff nicht verlassen, damit kontrolliert werden kann, ob alle zurückkommen. Aber Rita Funke muss es gelungen sein, beides mitzunehmen. Es ist dem Kapitän furchtbar peinlich.«

»Peinlich!?«, schrie Wesseling aufgebracht.

»Er versprach Konsequenzen«, fuhr Brummer fort. »Den Reinigungs-Service hat sie vermutlich bestochen, damit die leere Kabine keinen Anlass für Nachforschungen ergibt. Der Kapitän ist untröstlich, uns keine andere Auskunft geben zu können, aber ...«

»So ein Mist!«, fluchte Sonja.

»Was für ein Saftladen ist dieser Kahn«, schimpfte Wesseling. »Erst dulden sie tagelang einen Passagier mit falschen Papieren … und jetzt das! Ich kann ihm auch Konsequenzen versprechen.«

Sonja sah, wie Guido dem Stammtisch den Rücken zudrehte, angestrengt aus dem Fenster blickte.

»Herr Schramm!«

Er reagierte nicht.

»Guido Schramm!«

Er nickte, ohne sich umzudrehen.

»Aber als man Sie von Bord holte, da war Rita noch da, nicht wahr?«

Trotzig und fast tonlos war seine Stimme, als er sagte: »Sie ist in Malaga von Bord gegangen.«

In der Bauernstube wurde es auf einen Schlag so still, dass man das Atmen der Anwesenden hören konnte, auch fernes Besteckgeklapper aus einem Nebenraum, dumpfe Schritte, die kamen und gingen. Auch eine Stecknadel, wenn sie gefallen wäre.

»In Malaga?«, rief Sonja, als sie sich wieder gefangen hatte. »Wann war denn das Schiff in Malaga?«

»Am dritten Tag der Reise. Also am 10. Mai.«

»Helena wurde zwei Tage später, am 12. Mai, umgebracht«, rechnete Sonja vor.

»Das kann nicht sein«, meldete Edgar sich zu Wort. »Ich habe doch noch mit ihr am Telefon gesprochen, gestern und vorgestern. Ich habe ihre Stimme gehört. Sie war am Handy, als ich Guido anrief. Sie war es, ganz sicher.« Leise fügte er hinzu. »Nur sie allein kennt meinen Kosenamen.«

»Mein Herz!«, sang Guido fast.

»Welch ungewöhnlicher Kosename!«, ergänzte Wesseling bitter.

»So ungewöhnlich wie Edgar selbst«, sagte Guido. »Ich habe Rita seit dem 10. Mai nicht mehr gesehen. Sie sagte, sie mache einen Ausflug. Aber sie kam nicht mehr zurück.«

»Aber wer ...«, fragte Edgar.

»Hermine von Mengenstein«, antwortete Guido. »Nein, im Ernst, es war eine von diesen ungeküssten, älteren Damen, die darauf brannten, mir für einen Walzer in der Bar jeden Gefallen zu tun.« Er sah in die fragenden Gesichter um sich herum und setzte fort: »Ganz einfach. Ich wollte Edgar in dem Glauben lassen, Rita sei immer noch an Bord. Es sollte meine kleine private Rache an ihm sein, dafür, dass er mit ihr und mir gespielt hat, als seien wir Bälle. Ich wollte ihm die Tour vermasseln, mehr nicht.«

Edgar biss sich auf die Lippen. Nervös blickte er sich um. In seinen Blicken stand Furcht, als er sich reckte, um aus dem Fenster sehen zu können.

»Und wo ist sie jetzt?«

»Vielleicht schon hier im Hotel«, meinte Sonja. »Vielleicht wartet sie noch draußen. Vielleicht ist sie aber auch ganz woanders, und es geht hier gar nicht um Stalking.«

»Das werden wir herausfinden«, versprach Wesseling. »Wir geben sofort eine Fahndung raus. Wir schicken jemanden in ihre Wohnung und an ihren Arbeitsplatz ins Krankenhaus.«

»Ich übernehme das«, sagte Roggenmeier, ehe Wesseling ihn dazu auffordern konnte. Er rief seine Dienststelle an und gab seine Order durch.

»Fordern Sie eine Hundertschaft an«, befahl Wesseling währenddessen.

Neugebauer übernahm den Anruf, und Wesseling gab Sonja das Signal mit dem Verhör fortzufahren.

Sonja übernahm. »Was ich nicht verstehe, Herr Dr. Schramm, woher wusste Rita Funke, wann Sie wohin gingen und in welchem Hotel Sie abgestiegen sind?«

Edgar zuckte ratlos mit den Schultern und schloss die Augen.

»Lassen Sie uns nicht stundenlang warten«, seufzte Wesseling und klopfte ihm auf die Schulter.

»Von Ihrem Bruder Guido?«, schlug Sonja vor.

»Das glaube ich nicht«, sagte Edgar. »Wir haben ein paar Mal telefoniert, aber er hat mich nie gefragt, wo ich gerade bin.«

Guido seufzte hörbar erleichtert auf. »Sehen Sie!«

»Von wem könnte sie es denn erfahren haben?«, beharrte Sonja.

»Was weiß ich? Sie haben mich doch auch gefunden!«,

stieß Edgar hervor. »Den richtigen Ort und das richtige Hotel. Das ist ja auch kein Kunststück. Die Etappen kennt jeder. Man muss nur noch das Hotel herausfinden. Zwei, drei Anrufe. Das kann jedes Kind.«

»Aber niemand kommt auf die Idee, dass Sie zwei Etappen an einem Tag gehen könnten.«

»Sind Sie doch auch!«

»Reden Sie keinen Blödsinn! Wir sind Kriminalisten«, erklärte Sonja. »Herr Dr. Schramm, wenn wir Sie schützen und retten sollen, müssen Sie mit offenen Karten spielen!«

»Retten?«, rief er aus. »Mich? Mich kann keiner mehr retten. Alles ist im Eimer. Und alles wegen Ihnen.«

»Moment!«, rief Wesseling dazwischen.

Sonja hätte sich gewundert, wenn er diesen Vorwurf auf sich hätte sitzen lassen.

»Oder darf ich etwa morgen weiter gehen?«, fragte Edgar aufgebracht.

»Auf keinen Fall!«

»Sehen Sie! Aus. Schluss. Ende!« Edgar raufte sich verzweifelt die Haare.

»Wie können Sie ans Wandern denken, wenn Sie eine Blutspur hinter sich lassen wie Dschingis Khan!«, rief Wesseling außer sich. »Und Sie wollen Arzt sein?«

»Lassen Sie mich doch in Ruhe!« Edgar sprang auf und lief mit langen Schritten auf und ab. »Meinen Sie, ich bin zum Vergnügen 40 Kilometer am Tag gewandert?«

Betretene Gesichter.

Er riss an dem Band um seinen Hals einen Brustbeutel unter seinem Shirt hervor. Er zog daraus ein Bündel Zettel, warf sie auf den Stammtisch und begann darin herumzuwühlen.

»Hier! Das hier sind die Beweise, dass ich in den Hotels in

Roetgen, Einruhr und Gemünd war. Wann ich ein- und ausgecheckt habe. Hier, die Stempel unter den Uhrzeiten! Von Blankenheim habe ich keinen, Sie haben mich daran gehindert. Und von den anderen werde ich auch keinen mehr bekommen. Das war's für mich! Feierabend! Der Fall ist gelaufen.«

»Immer langsam«, versuchte Wesseling ihn zu beruhigen. »Und was passiert Schreckliches ohne die kleinen hübschen Stempelchen?«

Edgar stütze sich auf der Tischplatte ab und sagte mit Grabesstimme. »Habe ich verloren.«

»Ach, Sie haben gewettet?«, schloss Wesseling messerscharf. »Verstehe. Aber wissen Sie, man muss auch verlieren können.«

»Ja?«, stieß Edgar drohend hervor.

»Ja!«, meinte Wesseling treuherzig.

Edgar griff über den Tisch und legte die Hände um Wesselings Jackettaufschläge und zog ihn hoch und zu sich heran. Als sie Nasenspitze an Nasenspitze standen, trennten Roggenmeier und Sonja sie.

Edgar ließ sofort los. »Entschuldigung.«

Wesseling setzte sich wieder, wischte über seine Aufschläge, rückte seine Krawatte zurecht und fuhr fort, als habe es die Unterbrechung nicht gegeben: »Und was bekommt der Gewinner?«

Edgar schluckte, sah von einem zum anderen, besann sich und schüttelte den Kopf. »Ach, nichts«, winkte er ab. »Alles halb so schlimm. Es ging nur um die Ehre.«

»The winner takes it all«, begann Sonja leise zu singen. *»The looser standing small ...«*

In die Melodie mischte sich das harmonische Klingeln eines Handys. Während alle feststellten, dass es sich nicht um ihres handelte, sagte Roggenmeier: »Ja, bitte? ... Polizeiwache Köln-Nippes sagen Sie? ... Stellen Sie durch!«

Danach sah man ihn nur noch wortlos mit dem Kopf nicken, die Augenbrauen hochziehen, die Augen aufreißen und den Mund aufsperren und wieder schließen. Dann sagte er: »Danke« und beendete das Gespräch. Er nahm Wesseling flüsternd beiseite, der verfuhr ebenso mit Sonja, die wiederum informierte Neugebauer und Brummer auf die gleiche Weise. Guido und Edgar Schramm horchten vergeblich.

»Sie haben viele Feinde«, sagte Sonja nach einer Weile. »Eine Ex-Geliebte, die zur Stalkerin wird. Einen Bruder, dem Sie übelst mitgespielt haben. Und einen Mann, der glaubt, sie hätten seine Frau und seine Tochter ermordet.«

»Was? Wieso? Wer denn?«

Während Sonja ihn darüber aufklärte, dass ein gewisser Klaus-Peter Grund keine Alibis mehr für die Tatzeiten hatte, dafür aber um so offensichtlichere Motive, presste Edgar die Lippen aufeinander, bis sie nur noch Striche waren.

»Gibt es vielleicht noch jemanden, der etwas gegen Sie haben könnte?«, fragte Sonja. »Zum Beispiel Ihr Wettgegner?«

»Nein, der doch nicht, das ist mein Freund«, antwortete Edgar unwillig und fügte hinzu: »Mein einziger Freund.«

»Verraten Sie uns seinen Namen?«

»Dr. Lutz Winkelmann«, flüsterte Edgar.

»Lutz?«, rief Guido dazwischen. »Etwa der Lutz, den Rita vom Schiff aus angerufen hat?«

»Rita hat Lutz angerufen? Das kann nicht sein ...!«, Edgars Stimme kippte weg.

»Lutz Winkelmann«, murmelte Wesseling und notierte den Namen in seine rote Kladde, klappte sie geräuschvoll zu und lehnte sich zurück.

Die Flut der Gedanken, die über die *Soko Eifelsteig* und die

Schramm-Brüder hereinbrach war hörbar, wie das Ticken der Kuckucksuhr über der Tür. Es vergingen Sekunden, ohne dass jemand einen Laut von sich gab.

Schließlich war Edgars resignierte Stimme zu vernehmen. »Lutz rollt den Eifelsteig von hinten auf. Er hat in Trier begonnen. Heute übernachtet er in Gerolstein«.

»In welchem Hotel?«, fragte Sonja.

Unter den Zetteln, die Edgar auf dem Stammtisch verteilt hatte, lag auch Lutz' Etappenplan. Er fuhr mit dem Finger über die Zeilen und Kästchen und antwortete. »In der Jugendherberge. Wollen Sie die Telefonnummer haben?«

»Moment«, Sonja zückte ihr Handy und tippte die Zahlen ein, die Edgar ihr nannte.

Als das Gespräch angenommen wurde, verließ Sonja Senger hastig die Bauernstube, lief auf dem Flur auf und ab, während sie die Leiterin der Jugendherberge fragte, ob ihr Freund, ein Dr. Lutz Winkelmann, bereits eingetroffen sei.

Das war er und zwar kurz nach 16 Uhr. Er habe ein Einzelzimmer für eine Nacht reserviert. Er sitze gerade draußen am Grillplatz.

»Könnte ich ihn sprechen?«, fragte Sonja mit gesenkter Stimme und machte das Flurlicht, das automatisch ausgegangen war, nicht wieder an.

»Eigentlich machen wir das nicht. Er hat doch sicher ein Handy.«

»Ich hab es versucht. Vermutlich haben Sie da ein Funkloch. Bitte, holen Sie ihn ans Telefon. Es ist dringend.«

»Gut. Aber nur ausnahmsweise.«

»Das ist sehr freundlich. Danke!«.

Sonja wartete im Dunklen, ging bis zum Ende des Flurs und stellte sich an das Fenster, das zum Hinterhof zeigte. Vier Müllcontainer und Abfallbehälter standen auf der geteerten Fläche. Ein Rollwagen mit schmutziger Wäsche wurde von einer Frau an einen weißen Transporter herangefahren und entleert. Ein anderes Auto brachte Lebensmittel, Tiefkühlkost. Ein wenig erinnerte Sonja die Szene an ein Verhör, das sie vor einiger Zeit im Schleidener Krankenhaus hatte führen müssen. Die Versorgung der Gäste oder Patienten unterschied sich nicht sehr voneinander. Sie überlegte, um wen es damals gegangen war.

»Ja! Winkelmann!«, sagte ihr Handy. »Hallo! Wer ist denn da?«

Sonja drückte auf den roten Knopf ihres Handys und sagte zufrieden: »Er ist da.«

Sie hatte schon die Hand auf der Klinke der Bauernstube, als ihr der Fall im Schleidener Krankenhaus wieder einfiel. Ein Arzt, der keinen Doktortitel hatte, obwohl er ihn trug, war aufgefallen. Ein Trickbetrüger, der sich nicht besonders clever angestellt hatte.

Sie ließ die Klinke los, als wäre sie ein heißes Eisen.

Die Telefonnummer der *Klinik am Wald* fand sie im Telefonbuch, das die freundliche Rezeptionistin ihr zur Verfügung stellte. Den dortigen Chef ans Ohr zu bekommen, dauerte etwas länger. Er war sehr beschäftigt.

Sonja konnte ihm nicht beweisen, dass ihre telefonische Anfrage im Dienste der hiesigen Polizeibehörde war. Dr. Hagen war deshalb nur bedingt bereit, Auskünfte über die *doctores* Schramm und Winkelmann am Telefon zu geben. Beide seien sehr fähige Oberärzte. Einer von ihnen werde demnächst den Posten des Chefs übernehmen.

»Wer denn?«, hakte Sonja nach.

Das sei noch offen, meinte Dr. Hagen. Sonja bat ihn eindringlich vor seiner Entscheidung die Personalakten der beiden Ärzte einer genauen Überprüfung zu unterziehen.

»Ich wüsste nicht, wozu«, meinte er abweisend. »Und überhaupt, was geht Sie das an?«

»Tun Sie es einfach, oder lassen Sie es bleiben.«

Er versprach in gereiztem Ton, gegebenenfalls Kontakt mit der Polizeibehörde Euskirchen aufzunehmen, falls er dazu komme.

Sonja war zufrieden, ihr genügte es im Augenblick vollauf, das Korn des Misstrauens gesät zu haben. Sie hätte wetten können, dass Hagen gleich seine wichtigen Geschäfte stehen und liegen ließ und in die Personalabteilung stürzte. Guter Mann, dachte sie und kehrte zufrieden in die Bauernstube zurück.

»Dr. Lutz Winkelmann hält sich tatsächlich in der Gerolsteiner Jugendherberge auf«, bestätigte sie.

»Natürlich ist er da«, sagte Edgar. »Ein Mann ein Wort. Lutz ist in Ordnung. Er ist mein bester Freund.«

Sonja lachte. »Er ist Ihr Gegner, Herr Dr. Schramm, wann kapieren Sie das endlich? Sie gehen gegeneinander über den Eifelsteig.«

»Aber Lutz würde nie ...«

»Er will den Posten des Chefarztes – um jeden Preis, davon müssen Sie ausgehen. Er könnte der Vierte im Bund Ihrer Feinde sein. Telefonieren Sie regelmäßig?«, fragte Sonja.

»Jeden Abend vom Quartier aus«, flüsterte Edgar betreten.

»Weiß er von der Blutspur, die Sie hinter sich herziehen?«

Er schien zu zögern, ehe er antwortete. »Nein. Ich wollte ihn nicht belasten.«

Sonja schüttelte den Kopf. »Nobel, aber unlogisch. Wenn er in ein paar Tagen über Gemünd und Einruhr und Blankenheim geht, wird er es doch sowieso erfahren.«

»Schon«, meinte Edgar. »Aber ich habe gehofft, dass Sie bis dahin den Mörder haben.«

»Sie sind sich sehr sicher.«

»Natürlich. Sie sind gute Polizisten, und ich bin kein Mörder.«

»Wie auch immer«, sagte Sonja seufzend. »Sie müssen Ihren sogenannten Freund auch heute Abend unbedingt anrufen, damit er nicht auf krumme Gedanken kommt.«

»Aber mein Handy ...« Er klopfte sich auf seine leeren Hosentaschen.

Edgars Handy hatte die Spurensicherung zur Beweisaufnahme mit in die KTU Bonn genommen.

»Nehmen Sie ein Hoteltelefon und sagen Ihrem sogenannten Freund, Ihr Akku sei leer.«

»Ich kenne seine Nummer nicht auswendig. Sie ist in meinem Handy eingespeichert.

»Mist! Heilige Technik! Wie ist Ihre PIN?«, rief Sonja und betete, dass er sie nicht vergessen hatte, sonst musste sie den netten Kollegen aus der Abteilung Computerkriminalität noch einmal belästigen. Das hätte unnötig Zeit gekostet.

Edgar wusste seine PIN noch. Ein Anruf bei Matthias Krings genügte, und Sonja wusste Winkelmanns Handynummer. Wesseling ließ sie sich in seine rote Kladde diktieren.

»Was soll ich ihm sagen?«, fragte Edgar.

»Sagen Sie, alles ist gut«, meinte Wesseling.

Und das stimmte sogar, dachte Sonja. Sie schienen plötzlich aus der Sackgasse ohne Wendemöglichkeit einen Ausweg gefunden zu haben. Der Rest war nur noch eine Frage der Organisation, die Wesseling in die Hände nahm. Dr. Edgar Schramm sollte mit den Kommissaren Neugebauer und Brummer ein Dreibettzimmer im Hotel Talblick beziehen. Das Essen sollte ihm aufs Zimmer gebracht werden. Morgen früh sollte er die nächste Etappe des Eifelsteigs gehen, als sei nichts geschehen. Die siebte Etappe, von Blankenheim nach Mirbach, war seine nächste Etappe, aber auch seine letzte Chance, wenn sich der Verdacht, der auf ihm lastete, nicht auf einen seiner Feinde verlagerte. Er würde unsichtbaren, als Wanderer getarnten Begleitschutz haben.

»Wir müssten einen Lockvogel haben«, sagte Sonja.

»Für Grund und Winkelmann brauchen wir keinen«, winkte Wesseling ab.

»Aber für Rita Funke sollten wir eine Frau an Edgars Seite gehen lassen.«

»Nein. Nein. Das ist zu gefährlich«, meinte Wesseling.

Sonja war beharrlich. »Aber toll wäre es.«

Brummer und Neugebauer begannen plötzlich zu glucksen.

Wesseling musterte sie pikiert. »Was gibt es hier zu lachen?«

»Wir könnten den da wieder nehmen«, schlug Neugebauer vor, zeigte auf Guido Schramm und prustete los.

Von Guido kam ein erstickter Protestlaut.

»Wir haben gesagt, eine Frau!«, erinnerte Wesseling die lustigen Kommissare. »Bitte bedenken Sie den Ernst der Lage.«

»Aber wir könnten ihn verkleiden«, schlug Sonja vor und wurde bei der Vorstellung wieder munter.

»Vergessen Sie es!«, schrie Guido entsetzt.

»Minirock!«

»Nie und nimmer!«

»Highheels«

»Nein!«

»T-Shirt mit sooooo einem Ausschnitt!«

»Nicht mit mir!«

»Das Ganze in Pink oder Lila!«

»Ich bin doch nicht schwul!«

»Mit Pailletten«

»Da geh ich lieber ins Gefängnis!«

»Gekrönt von so einer Vogelnest-Frisur.«

Unterbrochen von Guidos Angstschreien warfen sich die

Kollegen der *Soko Eifelsteig* voller Übermut die Bälle zu. Wesseling ließ sie mit mildem Lächeln gewähren, wie Kinder, die lange nicht draußen gespielt hatten.

»Was ist eine Vogelnestfrisur?«, wollte er wissen und beugte sich zu Sonja.

Sonja türmte ihre Haare zu einem Knäuel auf. »Wie Amy Winehouse sie trägt.« Sie sah ihm an, dass er nicht wusste, wer das war. »Eine Sängerin.«

»Von hinten würde man es nicht sehen.« Lustvoll zeichnete Brummer die Kurven eines üppigen Frauenkörpers in die Luft.

Wesseling seufzte, wandte sich an Dr. Edgar Schramm und prophezeite ihm: »Wir werden bis morgen schon jemanden finden. Irgendwann wird jedenfalls ein Lockvogel zu Ihnen stoßen und mit Ihnen gehen wollen. Wir wissen noch nicht, wer das sein wird, aber Sie werden ihn nicht übersehen. Wichtig ist, dass Sie ihn nicht abweisen.«

»Solange es nicht der da ist!«, murrte Edgar und wies mit dem Kinn in Richtung Guido.

»Der da«, bestimmte Wesseling, »der wird mit Hauptkommissar Roggenmeier zur Kreispolizeibehörde nach Euskirchen fahren, wo er zur weiteren Verwendung unverzüglich in einer Arrestzelle landen wird.«

»Aber ...!«, protestierte Guido.

Mit einem Handzeichen brachte Wesseling ihn zum Schweigen.

»Und was ist meine Aufgabe?«, fragte Roggenmeier.

»Sie werden die KTU Bonn um die komplette Ausrüstung des Dr. Edgar Schramm ersuchen, die sie morgen in aller Frühe hierher schaffen soll. Danach können Sie sich auf der Couch in Ihrem Büro ausruhen und Ihren Beruf verfluchen.«

»Danke«, lächelte Roggenmeier gequält.

Zurück in Blankenheim blieben außer der neuen Hundertschaft, die die ganze Nacht ein Auge auf das Hotel und die nähere Umgebung hatte und das Gelände bewachte wie das Pentagon, auch Oberstaatsanwalt Bernd Wesseling und Hauptkommissarin Sonja Senger. Durch einen dieser sonderbaren Zufälle, über die Sonja aufgehört hatte sich zu wundern, fanden sie sich gleichzeitig im Hotelrestaurant ein.

Sie setzten sich gegenüber an einen kleinen Tisch und blätterten lange in der Speisekarte, über deren Rand sie unauffällig schielten, um Ritas Auftritt nicht zu verpassen.

Das Restaurant unterschied sich von der Bauernstube, in der sie den halben Tag verbracht hatten, nur dadurch, dass die Tische gedeckt und einige Plätze besetzt waren. Die Küche hatte schon lange Feierabend, aber für die Polizei, meinte die Bedienung mit gesenkter Stimme, würde man eine Ausnahme machen.

Sie gönnten sich jeder ein großes Eifeler Landbier. Wesseling bestellte das Jägerpfännchen, das eine erlesene Fleisch-Gemüse-Kartoffel-Zusammenstellung in einer gusseisernen Pfanne versprach. Sonja schloss sich an, weil sie dem Koch nicht mehr Mühe machten wollte, als nötig, und sie viel zu müde war, sich für ein anderes Gericht zu entscheiden.

»Schade, dass unser kleiner Lügenbold keine Frau ist«, meinte Wesseling, als die Bedienung sie allein gelassen hatte. Er faltete die rote Stoffserviette auseinander und legte sie sich auf den Schoß. Er sortierte das Besteck, bis die Griffe so lagen, dass sie mit der Tischkante abschlossen. Zum Schluss rückte er Pfeffer- und Salzstreuer an eine andere Stelle und prüfte die Bestände im Essig-Öl-Gestell.

Sonja schwieg währenddessen. Sie wünschte, sie würden über etwas anderes reden können, als die Arbeit der *Soko Eifelsteig*. Oder am besten gar nicht reden. Einfach nur dasitzen und auf das Essen warten, das Gemurmel der anderen Gäste und die leise Radiomusik an sich vorbeiplätschern lassen, ohne sie zu hören, die Bedienung bei ihrem geschäftigen Hin und Her beobachten, ohne sie zu sehen.

Die Augen schließen und das *Chi wecken, die Mähne des Wildpferdes teilen* und *wie ein weißer Kranich die Schwingen ausbreiten ...*

Eine Hand legte sich auf ihre Hand. »Findest du nicht?« Die Bedienung kam an den Tisch, brachte zwei Biere und wünschte: »Zum Wohl.«

Da kehrte Sonja von ihrem kleinen Ausflug ins Reich der aufgehenden Sonne zurück nach Blankenheim ins Hotel Talblick an Wesselings Seite und fragte: »Was haben Sie, was hast du gesagt?« Ihr fiel der Wechsel in der Anrede, auf den er akribisch bestand, nicht so selbstverständlich leicht wie ihm.

Wesseling hob sein Glas. »Prost!«

»Salut!«

Sie nahmen beide einen langen Schluck und musterten einander dabei über die Ränder ihrer Gläser.

Erstaunlich schnell wurden die beiden Jägerpfännchen geliefert und der heimelige Duft nach Hausmannskost gleich mit.

»Heiß! Nicht anfassen«, warnte die Bedienung und meinte die Pfännchen und stellte sie auf zwei Holzbrettern vor ihre Gäste. »Guten Appetit.«

»Wir könnten vielleicht Inspektorin Sarah Neroth bitten«, sagte Sonja unvermittelt.

»Wer ist das?« Wesseling stocherte in seiner Pfanne herum und sortierte die Bestandteile. Fleisch zu Fleisch, Gemüse zu Gemüse, Kartoffeln zu Kartoffeln.

Sonja beobachtete sein Treiben fasziniert, während sie ihm von ihren gemeinsamen Ermittlungen in Einruhr erzählte. Sie erwähnte nicht, dass Sarah beim Anblick der Helena Finn beinah eingeknickt wäre, sondern wie souverän sie das Verhör der Hotelangestellten begleitet hätte. »Sie war cool.«

»Cool?«, fragte Wesseling ohne hochzublicken.

»Taff, wenn dir das lieber ist. Sie würde bestimmt gern den Lockvogel spielen, denke ich.«

»Ist mir zu gefährlich.« Wesseling probierte vorsichtig ein Stück Fleisch. »Rita Funke scheint nicht zimperlich zu sein.«

»Aber Brummer, Neugebauer und ich werden in der Nähe sein und aufpassen wie die Schießhunde.«

»Alle! Roggenmeier auch. Selbst ich«, meinte er und kaute zufrieden.

Großeinsatz also, dachte Sonja anerkennend. »Wenn du dabei bist, kann doch nichts schiefgehen.«

Er musterte sie misstrauisch, und als er glaubte, keinen Arg in ihren Augen entdecken zu können, meinte er: »Na gut. Riskieren wir es. Sieht so aus, als hätten wir keine andere Wahl. Klärst du das mit ihr?«

»Von Frau zu Frau?«

»Je nun.«

Später angefangen, war sie doch früher mit dem Essen fertig als er, der von jeder Sorte etwas liegen ließ. Sie schielte auf das Gemüse, grüne Prinzessböhnchen. Als er sie kurz allein ließ, naschte sie sie auf.

Als sie das Hotel verließen, hielten sie nach der Hundertschaft Ausschau. Sie war unsichtbar, dennoch war es fast körperlich zu spüren, dass sie präsent war. So sollte es sein. Auf dem Parkplatz vor ihrem neuen Dienstwagen, den Wesseling in der Dunkelheit kaum beachtete, lud Sonja ihn auf ein Glas ins Forsthaus ein, in der Gewissheit, er würde es abschlagen, weil es schon spät war, ihre Ziele diametral lagen, sie beide früh aufstehen mussten und sie den längsten 14. Mai aller Zeiten hinter sich hatten.

13. Kapitel

15. Mai, 8.50 Uhr
Gerolstein-Hillesheim-Mirbach

Das Lampertstal, ein Naturschutzgebiet und Nebental der Ahr, eben und flach, war anfangs schmal und wurde mit jedem Meter breiter und ausladender und war zu beiden Seiten von Mischwald gesäumt. Eine idyllische, menschenleere Wegstrecke, die rechter Hand vom Lampertsbach begleitet wurde.

Dr. Lutz Winkelmann entdeckte gegenüber einer kleinen Brücke an einer Wegkreuzung und einer Infotafel eine Bank, die er erschöpft ansteuerte. Er hatte eine Doppeletappe hinter sich und das Gefühl, er sei sie gewandert und nicht, wie alle anderen Etappen zuvor, gefahren.

Heute war der Tag, an dem er auf Edgar treffen würde. Auch wenn alle Etappen zusammengenommen am Ende das Ergebnis bestimmten, war es doch enorm wichtig für ihn, gerade heute schneller als er zu sein.

Lutz hatte nicht richtig schlafen können und war am Morgen zu unchristlicher Zeit in Gerolstein aufgebrochen und weiter als Mirbach, dem Halbzeit-Ort, gefahren. In Alendorf hatte er auf einem Seitenweg seinen Spitfire stehen lassen und am Lampertsbach entlang fast zwei Kilometer zu Fuß zurück bis zu dieser Bank gehen müssen. Das alles nur, um auf der ganz sicheren Seite zu sein.

Auf der Infotafel war die Rede von einem Verlierbach und einem Schluckloch, beides interessierte Lutz so gut wie gar nicht. Er ließ sich auf der Bank nieder, sah auf die Uhr, 8.50 Uhr. Er blickte sich um. Nichts. Niemand. Er war allein. Er nahm einen Schluck aus seiner Wasserflasche, zündete sich eine Zigarette an, lehnte sich zurück, sah in den Himmel und verfolgte den Zug der Wolken.

Er hatte, wie mit Edgar vereinbart, wie jeden Tag zuvor lustlos aber akribisch von allen wichtigen Wegweisern und Streckenpunkten Fotos gemacht. Zwischen Gerolstein und Hillesheim waren das unter anderen Löwenburg, Papenkaule und Buchenlochhöhle gewesen, zwischen Hillesheim und Mirbach Stadtmauer, Burg Kerpen und Dreimühlen-Wasserfall. Dazu war er kreuz und quer über die Landstraßen gehetzt, um zu den Sehenswürdigkeiten jeweils möglichst wenige Schritte gehen zu müssen.

Alles war im Kasten. Er war seinen Weg gegangen. Und jetzt saß er hier auf der Bank, und von Edgar war noch keine Spur. Wie auch? Er war vermutlich gerade erst gestartet.

Lutz' Plan war aufgegangen.

Er war Erster.

Er würde Chefarzt in der *Klinik am Wald* werden, obwohl er das ursprünglich nicht hatte werden wollen.

14. Kapitel

15. Mai, 8.50 Uhr
Blankenheim-Mirbach

Dr. Edgar Schramm fand in Blankenheim den Einstieg zum Eifelsteig auf der Ahrstraße gegenüber der Hausnummer 49/51. Zusammen mit dem Jakobsweg und dem Eifeler Quellenpfad führte er von dort teilweise über Treppen aus dem Ort hinaus. Noch vor dem Schillertsberg verabschiedete sich an einer Wegkreuzung der Jakobsweg und schlängelte sich gen Westen, während der Eifelsteig, kaum hatte er den Wald erreicht, über einen Holzsteg auf den Brotpfad mündete, dem Edgar laut Karte und GPS bis Ripsdorf, noch gute zehn Kilometer, folgen sollte. Der Brotpfad war schmal und steil, und Edgar erinnerte sich an die Aufzeichnungen, die er darüber gelesen hatte.

In den vergangenen Jahrhunderten kamen die Menschen aus den umliegenden Dörfern, wie Ripsdorf oder Alendorf, um ihr selbstgebackenes Brot in Blankenheim zu verkaufen. Blankenheim, ein ungeliebter Ort, das regionale Zentrum, in dem Steuern, Abgaben und Pacht zu zahlen waren. Man ging diesen Weg nicht gern, hatte aber keine andere Wahl.

Ähnlich erging es an diesem Morgen auch Edgar.

Er hatte heute eine Strecke von 17,5 Kilometern vor sich. Eine Kleinigkeit, verglichen mit dem, was er an den zurückliegenden Tagen absolviert hatte. Die erste Doppeletappe, Roetgen-Monschau-Einruhr, war mit ihren 41,5 Kilometern sicher die größte körperliche Herausforderung gewesen. Aber gegen die seelische Pein, die danach gekommen war, war sie nichts.

Zu Unrecht als verdächtigter Mörder betrachtet zu werden,

der kein Motiv, aber auch kein Alibi vorzuweisen hatte, und der nicht wusste, ob sich heute der wahre Täter aus dem Schatten hervorwagte, das zermürbte ihn so sehr, dass er auch jetzt wieder mit den Tränen kämpfen musste. Er nahm die Brille ab, schnäuzte sich mit einem Papiertaschentuch und gab sich dem Selbstmitleid hin. Es tat gut. Es nahm den Druck, der die ganze Zeit wie ein Kloß in seiner Kehle geklebt hatte. Er schleifte den langen Wanderstock kraftlos hinter sich her. Er bummelte. Er hatte keinen Grund mehr, sich zu beeilen. Das Spiel war aus.

Vielleicht sollte er froh sein, wenn heute der Gewaltmarsch zu Ende ging! Die Lust am Wandern war ihm längst vergangen. Der Oberstaatsanwalt hatte gut reden, er solle gehen, als sei nichts geschehen.

Die Kommissarin, die ihm den Vortrag über Stalking gehalten hatte, hatte ihm dringend empfohlen, sich einen anderen Arbeitsplatz zu suchen und die *Klinik am Wald* zu verlassen. Sie hatte wahrscheinlich recht, nein, sie hatte ganz sicher recht. Die Erkenntnis war ein Trost. Es spielte also keine Rolle mehr, dass er die Wette verlor und den Posten des Chefarztes nicht bekam. Er zog die Nase schniefend hoch und setzte seine Brille wieder auf. Er würde anderswo neu anfangen. Er war noch jung.

Nach allem, was die Kommissarin gesagt hatte, fürchtete er sich inzwischen vor dem Treffen mit Lutz. Heute war der Tag, an dem sich ihre Wege kreuzen mussten. Edgar hatte sich an die Anordnung der Kommissare Neugebauer und Brummer gehalten, es war ihm nichts anderes übrig geblieben, denn sie hatten mit gespitzten Ohren neben ihm auf der Bettkante gesessen, als er Lutz anrief. Lutz ging davon aus, dass alles in Ordnung war.

Edgar blieb stehen. Er hatte die Kuppe des Hügels erreicht

und war vor einer Schutzhütte angekommen. Der Inschrift nach stammte sie aus dem Jahre 1973. Drinnen saß niemand, auch nicht der Lockvogel, den die Kommissare ihm angekündigt hatten. Im Stillen hatte er gehofft, dass dort jemand auf ihn wartete. Edgar war gespannt, wer es sein und wann er auftauchen würde. Vermutlich eine Polizistin, ausgebildet in Nahkampf und bewaffnet bis an die Zähne. Er wäre im Augenblick für jede Begleitung dankbar. Jeder, der ihn von seinen inneren Qualen ablenken konnte, wäre ihm willkommen.

Edgar trat näher. Die Hütte war mit Bänken und Gardinen, einer Tischdecke, Toilettenpapier und einem Gästebuch ausgestattet. Er begann im Gästebuch zu blättern. Gut gelaunte Wandervögel hatten sich frisch, fromm, fröhlich und frei verewigt und Liebespaare sich ewige Treue geschworen und Herzen gemalt, die von Amors Pfeil aufgespießt wurden. Edgar ertappte sich dabei, wie er unsinnigerweise nach einem Herz suchte, in dem R+E stand.

Edgar seufzte und blätterte zur nächsten Blankoseite. Früher – vor all dem Schrecklichen – hätte er einen spöttischen Spruch voller Schadenfreude für Lutz hinterlassen. Heute stand ihm nicht der Sinn danach. Er hatte auch unterwegs keine Fotos mehr gemacht, er hatte auch nicht mehr um einen Stempel in Blankenheim gebeten. Wozu auch? Die Wette war gelaufen.

Er hielt sich nicht lange in der Schutzhütte auf, sondern ließ sich weiter auf dem Brotpfad treiben, bergab durch Laub- und Nadelwald, über eine waldfreie Anhöhe, auf der Ginster in Büschen blühte und ein Bussard seine Kreise zog, bis hinunter ins Schafbachtal.

Ein klassisches Tal lag vor ihm. Ein schnurgerader, ebener Weg, auf dem zwei Jogger unterwegs waren. Edgar musterte ihre Gesichter, aber es war keines dabei, das zur *Soko Eifelsteig* gehörte.

Die nächste Wegkreuzung an einer Straßenüberquerung wies rechts zur Ripsdorfer Mühle und links hinauf zum Ort Ripsdorf und über die Tränkgasse bis zum Brothaus, einem schwarz-weißen Fachwerkhauskomplex. Auf dem Turm der spätgotischen Pfarrkirche verkündete die Zahl 1894 vermutlich das Jahr der Restaurierung und eine Uhr die Zeit von heute: 11.20 Uhr.

Auf der Hauptstraße näherte sich hupend und klingelnd ein grün-weißer Tansporter, Heikos rollender Kaufladen: *Mein Kaufzuhaus* stand auf der Motorhaube. Er parkte auf dem schmalen Bürgersteig und mit wenigen Handgriffen wurde aus der Seitenklappe eine Theke.

Die Ankunft des Wagens und Edgars Auftauchen schienen aufeinander abgestimmt zu sein, sodass Edgar sich nicht gewundert hätte, wenn hinter der Theke die Frau gestanden hätte, der Lockvogel. Aber so war es nicht. Da war nur ein Mann ohne Alter. Er wartete auf Kundschaft, die zur Zeit aus einem einsamen, bellenden Hund bestand. Er machte einen zweiten Versuch, 500 Meter weiter. Wieder machte er sich mit Hupen und Klingeln bemerkbar. Und dieses Mal hatte er Erfolg.

Ein alter Mann mit Schirmmütze auf dem Kopf, blauer Arbeitshose und kariertem Hemd erschien in einer Toreinfahrt und wackelte über die Straße. Sein »Tach!« war weithin hörbar. Er kaufte etwas, ein Einzelteil, so klein, dass es in seine Hosentasche passte. Er wackelte in seine Toreinfahrt zurück, und der Heiko-Wagen fuhr weiter.

Bombengeschäft, dachte Edgar und verließ den Ort.

Kein Baum, kein Strauch, keine Felder, nur Wiesen, Wiesen, Wiesen entlang des Eifelsteiges, der über den Griesheuel, einen ehemaligen Kalk- und Sandsteinbruch hinunter nach Alendorf führte. Beim Abstieg konnte er einen Blick auf den gegenüberliegenden Hügel werfen, der so gar nicht in die Eifel zu passen schien. Toskanisch mutete er Edgar an. Die einzeln stehenden Bäume schienen Zypressen zu sein. Auf dem Gipfel erhob sich ein Kreuz. Das musste der Alendorfer Kalvarienberg sein.

Edgar sah sich um. Er hatte freie Sicht nach allen Seiten, nur eine hagere Fichte versperrte ihm den Blick zurück. Ein Vogel stieg auf und schimpfte. Es war keine Krähe.

»Ich geh ja schon.«

Seine Schritte führten ihn hinunter zum Friedhof, nach der Umrundung einiger Gräber wieder hinaus an einer weißen, hinter einer Baumreihe versteckten Kappelle vorbei, der Wallfahrtskirche St. Agatha.

Unterhalb lag ein großer Wanderparkplatz mitten auf einer Wiese. Einige Parkplätze waren besetzt. Ein Auto traf gerade ein, ein anderes fuhr auf die Landstraße und bog links ab, vermutlich in Richtung Ripsdorf. An einem anderen Auto lehnte jemand und studierte seine Wanderkarte. Ein unauffälliges Bild.

Edgar studierte sein GPS. Der Eifelsteig schien direkt gegenüber auf den Kalvarienberg zu führen. Dreiviertel der Strecke hatte er bereits hinter sich, und noch war nichts geschehen. Wenn das so weiterging, war er in Mirbach noch immer genau so tatverdächtig wie in Blankenheim. Er fragte sich, wann er auf Lutz stoßen würde. Vermutlich weit vor Mirbach, da er gebummelt hatte. Hoffentlich wäre er dann nicht mehr allein und der Lockvogel aufgetaucht.

»Hallo?«, krähte eine schrille Stimme hinter ihm.

Edgar fuhr herum und entdeckte eine kleine Person zu seinen Füßen.

Rita? Natürlich nicht, dafür genügte ein Augenblick.

Guido? Hatte der Oberstaatsanwalt ihn doch bis zur Unkenntlichkeit verkleiden und mit verstellter Stimme reden lassen? Nein.

Es war eine rundliche Frau. Flott und schräg saß der Südwester auf ihrem Haar, die Krempe tief in die Stirn gezogen. Die Gläser der Sonnenbrille waren undurchdringlich schwarz und groß wie Dessertteller. Ihre Lippen waren frisch angemalt und so leuchtend rot, dass Edgar an ihrer Stelle fürchten würde, ein Vogel könnte sie mit einer Beere verwechseln. Keck saß der Knoten ihres bunten Nicki-Tuches in ihrem Nacken. Sie trug eine dunkelblaue Windjacke und einen Rucksack, Jeans und Wanderstiefel, in einer Hand zwei Teleskop-Stöcke, in der anderen eine auseinandergefaltete Wanderkarte, die im Wind flatterte. Ihr Alter war unschätzbar.

Ein Blick über sie hinweg zum menschenleeren Parkplatz. Sie musste die Person sein, die an ihrem Auto gelehnt hatte. Sie hatte auf ihn gewartet. Sie musste der Lockvogel sein, obwohl sie eher ein seltener Paradiesvogel zu sein schien.

»Wo geht's denn hier nach Mirbach?«, krähte sie und fuchtelte mit ihren Wanderstöcken durch die Luft. Sie sprach lauter als nötig.

»Wer sind Sie ...?«, fragte er.

»Rechts, links oder geradeaus?«

»Geradeaus über die Landstraße und da den Berg hoch. Sind Sie ...?«

»Zeigen Sie es mir doch mal auf der Karte, ja?«

Sie hielt ihm ihre Karte hin, er versuchte die Enden zu fassen zu bekommen. Sie beugten sich darüber und steckten die Köpfe zusammen.

»Sind Sie …?«, begann er, während er mit dem Finger den Eifelsteig entlangfuhr.

»Psst!« Sie zog die Sonnenbrille ab.

Sie war nicht irgendeine Polizistin, sie war die Kommissarin selbst. Die Hauptkommissarin, die ihn in Blankenheim im Hotel Talblick verhört und ihm vor Augen geführt hatte, was

Stalking ist. Ihren Namen hatte er wieder vergessen.

Sie schob die Brille wieder auf die Nase, richtete sich auf und rief so laut, dass es jeder Vogel mitbekam: »Gehen Sie auch nach Mirbach?«

Er nickte irritiert.

»Das ist ja praktisch. Da könnten wir doch zusammen gehen, was meinen Sie?«

»Von mir aus«, murmelte er.

»Wunderbar!«, und mit gesenkter Stimme fuhr sie fort. »Sie sind spät. War irgendetwas?

»Nein«, antwortete Edgar. »Es ist nichts passiert. Ich hatte nur nicht mehr die rechte Lust.«

»Das kann ich mir vorstellen.« Sie faltete die Wanderkarte unsachgemäß zusammen, stopfte sie in ihre Jackentasche, schob die Hände in die Schlingen ihre Wanderstöcke und mit den Worten: »Bringen wir es hinter uns!« stapfte sie los. Ohne links und rechts zu blicken überquerte sie die Landstraße, auf der es links nach Ripsdorf und Blankenheim ging, und rechts nach Alendorf und Jünkerath.

Vor dem Denkmal eines jungen Verkehrstoten am Straßenrand schüttelte sie den Kopf, vor der ersten Station des Kreuzweges, einer Hinrichtungsgruppe aus Sandstein, tat sie es wieder. Beim ersten Mal entsetzt, beim zweiten Mal verständnislos. Danach erstürmte sie den Kalvarienberg, als hätten sie eine Wette abgeschlossen, wer zuerst oben war.

Edgar, der nie wieder wetten würde, ließ sie rennen. Er riss einen Zweig eines einzeln stehenden, mannshohen Buschs ab, zerrieb ihn zwischen den Fingern und schnupperte daran. Indifferenter Duft, nicht besonders prägnant. Den Nadeln nach musste es der Wacholder sein, von dem er gelesen hatte, dass er hier zuhauf wuchs und die Alendorfer ihn zum Räuchern ihrer berühmten Schinken verwendeten. Die schwarzblauen Beeren fürs Sauerkraut und den Schnaps würde der Wacholder erst im Herbst tragen.

Die Spur des Eifelsteiges verlor sich auf dem mageren Rasen, der aussah, als sei vor Kurzem eine Schafherde über ihn hinweggezogen und habe nur den Wacholder abgelehnt und hier und dort eine Orchidee oder eine Glockenblume vergessen. Schmetterlinge segelten im Tiefflug über den verbliebenen Blütenbestand.

Die Kommissarin lief weit vor Edgar in einem Zickzack-Muster von einer Kreuzwegstation zur nächsten und rief dazu Kommentare gegen den Wind, die er nicht verstehen konnte. Sie hatte einen sportlichen Schritt, und er fragte sich, wie lange sie das Tempo durchhalten könne und welche religiöse Orientierung sie habe.

Unweit des Gipfelkreuzes war einer der vielen »Eifelblicke« eingerichtet worden, eine Info-Tafel und eine futuristisch anmutende Sitzgruppe aus Holz und ein Panoramablick, der bis in die Vulkaneifel reichte. Die Kommissarin hatte sich bereits malerisch auf einer der beiden Holzliegen niedergelassen und erwartete ihn.

»Wo bleiben Sie denn?«

Er setzte sich ihr gegenüber auf die andere Liege. Sie hatte ihre Jacke geöffnet und er sah, dass sie darunter eine olivgrüne, dick gepolsterte Weste trug. Eine schusssichere Weste. Da wurde ihm bewusst, wie gefährlich es für sie war, hier oben mit ihm zu sitzen.

Aber sie schien ganz unbekümmert die Aussicht zu genießen, die sich rundherum bot. Wolkenschatten zogen über die sanften Täler und Hügel, die die Farbe grün in allen Schattierungen präsentierten. Ein Summen lag in der Luft. Ein Duft von Kräutern und Gras. In der Ferne knatterte ein Motorrad oder ein Traktor. Und irgendwo läuteten die Glocken. Ein Bild nach dem Geschmack des Tourismusverbandes? Nicht ganz.

»Sehen Sie mal.« Die Kommissarin zeigte auf die Wolken, die schnell von allen Seiten heranzogen, auch aufbauschten und jene gefährlich gelb-dunkle Farbe annahmen, die ein dräuendes Gewitter ankündigte. Blaue Flecken wurden zur Rarität. Der Wind wurde stärker und böiger.

Edgar ließ seinen Blick über die Wacholderheiden wandern. Nicht einmal harmlose Wandersleute, von denen er hätte annehmen können, dass sie keine waren, streiften ziellos und beiläufig über den Kalvarienberg. Die Sicht war weit und frei, und wenn Rita nicht hinter einem Wacholderbusch kauerte, war sie nirgendwo. So wie die beiden Bodyguards, die der Oberstaatsanwalt angekündigt hatte?

Die Kommissare, mit denen Edgar die letzte Nacht in einem Dreibettzimmer hatte verbringen müssen, hatten sich am Morgen mit den Worten: »Keine Sorge, wir passen auf Sie auf, junger Mann« verabschiedet.

Neugebauer und Brummer hießen sie. Diese Namen würde er so schnell nicht vergessen. Nicht nur wegen dieser denkwürdigen Nacht, sondern vor allem wegen des menschenunwürdigen Eifelsteig-Abtriebs, den sie mit ihm und Guido am Tag zuvor veranstaltet hatten.

»Sieht nach Regen aus«, sagte die Kommissarin voraus.

»Keine Regensachen dabei?«, fragte Edgar.

»Doch. Aber meine Sonnenbrille macht sich nicht gut bei Regen.«

»Es gibt Menschen, die haben eine so extreme Lichtallergie, dass sie nur mit einer Sonnenbrille auf die Straße können und ....«

»Ich bin nicht Hannelore Kohl!«, wies sie ihn zurecht.

»Sorry, aber ich habe Ihren Namen vergessen, Frau Kommissarin. Es war ein schrecklicher Tag gestern. Mir schwirrte so viel durch den Kopf.«

»Sonja Senger. Hauptkommissarin.«

»Richtig«, sagte Edgar in Richtung Panorama.

»Ich habe viel über das nachgedacht, was Sie über Stalking sagten«, sagte er nach einer Weile.

»Das war Sinn der Sache.«

»Ich war vermutlich zu leichtsinnig.«

»Ja, aber damit sind Sie nicht allein. Die meisten warten, bis etwas passiert ist. Aber Sie als Arzt, Sie hätten es besser wissen müssen, oder?«

Edgar lachte leise auf. »Das denken alle, aber auch ein Arzt kann sich in den wenigsten Fällen selbst heilen. Wir entwickeln in unserem Privatleben häufig so etwas wie eine Betriebsblindheit.«

»Sie meinen so wie Lehrerkinder, die oft schlecht erzogen sind?«

»Da! Da! Da!«

Als Sonjas Blicke seinem ausgestreckten Fingerzeig folgten, war der Blitz schon erloschen. Kurz darauf klang ein Grollen aus der Ferne herüber. Eine warme Bö fegte über sie hinweg. Sie hob den Finger. »Es geht los«, meinte sie und band die Kordel ihres Südwesters fester ums Kinn.

»Der Eifelsteig ist wirklich abwechslungsreich, kann ich nur bestätigen. Ich hatte Regen, Sonne und Nebel«, sagte Edgar. »Jetzt noch ein schönes Gewitter obendrauf, und er hat sich mir von seinen schönsten Seiten gezeigt.«

Als der erste dicke Regentropfen auf ihrem Knie landete und einen kreisrunden, dunklen Fleck hinterließ, gab sie das Zeichen zum Aufbruch und sagte: »Sie müssen wissen, Wandern ist nicht gerade meine Spezialität.«

»Darum haben Sie sich so beeilt?«, fragte Edgar und lächelte zaghaft.

»Ja, ich will es einfach so schnell wie möglich hinter mich bringen.«

Beim Abstieg vom Kalvarienberg heftete sie sich an Edgars Fersen. Er fiel aus alter Gewohnheit in Trab, aber sie hatte keine Mühe, ihm zu folgen. Einmal hörte er sie stolpern, aber sie fing sich mit ihren Wanderstöcken auf. Am Fuß des Berges mündete rechts ein schmaler Teerweg aus Alendorf kommend auf den Eifelsteig, wo auf dem Seitenstreifen zwei Autos dicht hintereinander parkten, ein rotes hinter einem silbernen.

Sonja ging an Edgars rechter Seite, als sie den linken Teleskop-Stock vom Handgelenk löste, sich unter den Arm klemmte und nach seiner Hand griff. Er zuckte zusammen, aber er ließ sie nicht los.

»Keine Sorge«, sagte Sonja und sah zu ihm auf, »ich werde nicht versuchen, Sie zu küssen.«

»Schade«, sagte er und sah schmunzelnd auf ihren Südwester.

Einträchtig Hand in Hand folgten sie in einer scharfen Linkskehre dem Eifelsteig und erreichten nach einigen hundert Metern das breite, idyllische Lampertstal. Nach einem Blick in den kleinen Bach, der neben dem Weg dahinplätscherte, stellte Sonja fest: »Kaum Wasser drin, trotz der letzten Regentage.«

»Es ist ein Verlierbach«, erklärte Edgar.

»In der Tat.«

Er schüttelte ein wenig den Kopf. »Das bedeutet, sein Untergrund ist so kalkhaltig, dass das Wasser versickert, ehe es weiterfließen kann. Gleich kommen wir an das Schluckloch.« Er zeigte auf eine kleine Brücke. »Da verschwindet der Lampertsbach in den Untergrund. Wenn Sie mir nicht glauben, da hinten steht die dazugehörige Infotafel.«

Neben der Infotafel saß ein Mann auf einer Bank und schien zu schlafen. Sein Kinn lag auf der Brust. Die Arme hingen schlaff über die Lehne ausgebreitet, die Beine lagen lang ausgestreckt, die Hacken in den Boden gerammt, einen großen Rucksack zwischen den Füßen. Eine Wasserflasche neben sich. Ein müder Wandersmann.

Aber irgendetwas stimmte hier nicht. Edgar spürte eine Anspannung in der Luft, als stehe er in einem magnetischen Feld. Die Idylle war keine.

Ein Schrei.

Er ließ Sonjas Hand los. Ein Blick in den Himmel. Weit oben auf dem höchsten aller Baumwipfel hockte eine schwarze Krähe mit weit aufgerissenem Schnabel. Die vierte Krähe, wenn es nicht immer ein und dieselbe war. Edgar fühlte sich gewarnt und dennoch erschrak er beinahe zu Tode über den nächsten Schrei, der hautnah war und nicht von oben kam.

Sonja Senger lag mit hochrotem Kopf strampelnd am Boden, ihre Sonnenbrille saß schief, der Südwester hing an der Kordel um ihren Hals. Ein Teleskop-Stock war weggerollt, den anderen, fest verbunden an ihrem Handgelenk, konnte sie nicht einsetzen, weil ihre beiden Hände auf den Boden gepresst wurden.

Von der Person, die sie zu Fall gebracht hatte und auf ihr lag, konnte Edgar nicht viel mehr als Hinterkopf und Rücken und die langen, dünnen Beine sehen und wusste doch sofort, dass sie es war, die vom Himmel gefallen war:

Rita.

Drüben auf der Bank saß noch immer der schlafende Mann, wie eine Schaufensterpuppe. Edgars Blicke flogen von ihm zu den beiden kämpfenden Frauen neben ihm am Boden.

»Hilfe!«, schrie er, ehe er seinen Rucksack wegwarf und begann, mit seinem Wanderstock auf Rita einzudreschen.

»Hilfe!«

Es kam ihm fast gespenstisch vor, dass auf sein Rufen hin ein Geknatter am Himmel ertönte und lauter wurde, ein Hubschrauber zwischen den Wolken aufkreuzte und begleitet von heftigen Böen zur Landung im Lampertstal ansetzte. Edgar hatte keine Zeit mehr zu sehen, wer dem Hubschrauber entstieg, denn der Lärm hatte auch den Mann von der Bank aus seinem langen Traum geweckt. Er sprang endlich auf, torkelte noch etwas vor Müdigkeit, entdeckte Sonjas Teleskop-Stock, langte danach und begann damit auf den Falschen einzudreschen. Edgar versuchte ihm auszuweichen und fiel Rita in die Hände. Ihre Bewegungen waren schnell und glatt wie die einer Schlange. Sie trat und boxte. Sie drehte und wand sich. Sie biss und kratzte. In einer Hand blitzte eine schmale Klinge auf. Edgar spürte einen Stich im Handgelenk, zuckte zurück, sah Blut fließen und gleichzeitig aus den Augenwinkeln zwei Männer mit einem Satz auf den Weg springen, wie die Hirsche. Sie hoben die Arme und zielten, Pistolen in den Händen, Finger auf dem Abzug.

»Hände hoch!«

Edgar ließ den Wanderstock fallen, der Mann von der Bank den Teleskop-Stock. Rita und Sonja rappelten sich auf.

Bei seinen beiden Rettern handelte es sich um Neugebauer und Brummer, stellte Edgar erleichtert fest, seine Bodyguards, die dem Hubschrauber entsprungen sein mussten, der schon wieder in die Luft gestiegen war. Obwohl der Hubschrauber allgegenwärtig gewesen war, hatte Edgar die beiden nicht darin vermutet. Nach diesem Einsatz würde er ihre Namen nicht mehr vergessen.

»Hintereinander!«

Alle gehorchten ihnen, stellten sich mit gereckten Armen hintereinander in einer Reihe auf, Edgar, der Fremde und

Rita. Nur nicht Sonja Senger, die sich wimmernd den Südwester auf den Kopf und die Sonnenbrille auf die Nase setzte und, auf einen ihrer Teleskop-Stöcke gestützt, der nun reichlich verbogen war, zur Bank humpelte. Vorsichtig setzte sie sich auf den Rand der Sitzfläche und ließ das rechte Bein durchhängen.

»Fallen lassen!«, schrie Neugebauer Rita an.

Sie öffnete ihre rechte Hand, und eine schmale, blinkende Klinge fiel klirrend zu Boden. Kein Messer war es, sondern ein Skalpell. Brummer nahm es mit spitzen Fingern auf und legte es auf die Bank. Sonja Senger wickelte es vorsichtig in ein Papiertaschentuch und ließ es in ihrer Jacke verschwinden.

Edgar legte den Kopf in den Nacken und sah, wie ein Blutstreifen an seinem rechten Handgelenk entlangrann, über und in den Ärmel hineinquoll. Zu viel Blut, viel zu viel, dachte er, um von einer kleinen Schnittwunde zu stammen. Ihm wurde schwindlig. Er spürte, wie ihm die Beine wegsackten, und er fiel. Kurz darauf kontrollierte er den düsteren Himmel über sich.

»Edgar!«, rief Rita. »Ich wollte das nicht. Glaube mir! Es tut mir so leid!«

»Schnell, einen Arzt!«, hörte er jemanden rufen.

Edgar war kurz davor, sich in alter Gewohnheit zu melden: »Ich bin Arzt!« Aber seine Stimme versagte ihm.

Es wurde telefoniert, Notarzt und Krankenwagen angefordert, man gab die Position durch, man machte es dringend. Kein schönes Gefühl, wenn es um einen selbst ging, stellte Edgar fest. Es würde Stunden dauern, bis ein Krankenwagen in dieser Wildnis eingetroffen war. Wo befanden sie sich überhaupt? Er wusste es nicht mehr. Er wusste überhaupt nichts mehr.

Er hörte ein leises Wimmern, das aus Ritas Richtung kam.

Ihr Blick ruhte flehentlich auf ihm. Tränen standen in ihren Augen. »Ich wollte das nicht, Edgar!«, stieß sie hervor. »Du musst mir glauben. Verzeih mir!«

»Wenn ich meine Arme herunternehmen dürfte«, hörte Edgar den Fremden hinter sich fragen, mit einer Stimme, die ihm bekannt vorkam.

»Kommt nicht infrage!«, bellte Neugebauer.

»Ich bin Arzt«, sagte die Stimme.

»Wie heißen Sie?«

»Dr. Lutz Winkelmann«, tönte es respektgewohnt.

Edgar fuhr zu ihm herum und versuchte seinen Blick aufzufangen, aber Lutz vermied es, ihn anzusehen.

»Ach, der!«, stieß Neugebauer hervor und schien es plötzlich nicht mehr für eine gute Idee zu halten, den Wettgegner als Notarzt einzusetzen. Er trat näher und musterte Edgars blutenden Arm, als überlege er, ob er die Wunde nicht selbst behandeln könne.

»Dr. Lutz Winkelmann?«, krähte Sonja Senger von der Bank aus. »Sind Sie auch sicher, dass Sie ein Arzt sind?«

»Was soll das heißen?«, rief Neugebauer.

»Wir haben keine Zeit, zu diskutieren«, mahnte Lutz und verdrehte die Augen.

»Bitte!«, flehte Rita. »Oder lassen Sie mich ihm helfen, sonst verblutet er noch.«

»Und wer sind Sie?«, fragte Neugebauer.

»Ich bin Krankenschwester.«

»Und Ihr Name?«

Rita murmelte etwas.

»Wie bitte?«

»Rita Funke.«

»Ach, Sie sind das.« Neugebauer musterte sie und seufzte ergeben. »Wegen Ihnen findet hier die ganze Veranstaltung nämlich statt, und ich habe langsam die Faxen dicke ...«

»Lassen Sie mich Edgar helfen, bitte, ehe ...«

»Rita Funke?«, krähte Sonja Senger wieder von der Bank aus. »Sind Sie so eine Krankenschwester wie Winkelmann ein Arzt ist?«

»Was soll das schon wieder heißen!«, rief Neugebauer ungeduldig.

»Hören Sie«, mischte sich Lutz ein und wies mit dem Kinn auf Edgar. »Es wird eng für ihn, wenn Sie sich nicht der unterlassenen Hilfeleistung schuldig machen wollen ...«

»Okay. Machen Sie schon. Aber flott. Und nur so lange, bis ein richtiger Arzt kommt.«

»Danke!«, stöhnte Rita auf und bedachte Edgar mit einem sehnsüchtigen Blick.

Lutz schaffte seinen Rucksack herbei und zerrte ein langes Tuch und ein Knäuel daraus hervor.

»Jemand muss mir helfen.«

»Ich!«, flehte Rita und faltete bettelnd die Hände.

»Hände hoch!«, pfiff Neugebauer sie zurück und gab Brummer ein Zeichen, zu Hilfe zu eilen.

Lutz presste das Knäuel, ein zusammengerolltes Sockenpaar, auf die offene Wunde am Handgelenk. »Festhalten. Nicht loslassen!«, befahl er seinem Assistenten Brummer, der in einer Hand noch seine Pistole hielt. Zu Edgar sagte er die beruhigenden Worte: »Ist nur die Pulsader, Kumpel, mach dir keine Sorgen. Du kennst mich. Ich lasse dich nicht draufgehen.«

»O Gott!«, stöhnte Rita auf und blickte in den Himmel.

Lutz zog Edgar die Jacke aus, riss ihm das Shirt über den Kopf und zerriss das Tuch, sein Halstuch, der Länge nach. Die eine Hälfte band er um die Mitte des nackten Oberarmes und zog so fest zu, dass Edgar hervorstieß: »Das reicht, Mensch!«

»Schnell. Ich brauche zwei kurze dicke Äste!«, schickte Lutz seinen Assistenten los und übernahm mit der anderen Hand so lange die Socke auf dem Handgelenk.

Kurz darauf schob er einen Ast zwischen den Knoten und konnte damit seine Position sichern. Die Socke wurde mit der anderen Hälfte des Halstuches zu einem Druckverband und dieser mit dem zweiten Stock fixiert.

»So«, sagte Lutz, noch immer über Edgar gebeugt. »Das reicht erst einmal. Halt durch, Kumpel.«

»Du musst den Arm und die Füße hochlagern!«, mischte sich Rita Funke ein. Ihr Ton war nicht mehr flehend, sondern fordernd.

Lutz schob seinen Rucksack so unter den behandelten Arm, dass die Hand erhöht lag.

»Gut«, lobte Rita ihn. »Jetzt gib ihm was zu trinken.«

»Schluss!«, bellte Neugebauer. »Aufstehen! Hände hoch! Ich will kein Wort mehr hören!«

»Zu Befehl«, sagte Lutz. »Soll ich nicht auch nach der Frau auf der Bank sehen?«

»In Ordnung«, sagte Neugebauer und wedelte mit der Pistole. »Aber schnell und keine Tricks.«

Sonja Senger hatte ihr verletztes rechtes Bein in der Zwischenzeit auf die Bank gelegt, die Hose hochgekrempelt und die Socke heruntergeschoben.

»Ein deutlicher Fußabdruck«, diagnostizierte Lutz, der sich neben sie kniete und das Bein kurz untersuchte, indem er es hob und senkte, drehte und wendete, das Knie beugte und streckte. Sonja biss die Zähne zusammen. Sein Zeigefinger zeichnete eine Spur auf ihr Bein. »Hier. Man kann das Profil sehr gut erkennen. Muss ein ganz neuer Schuh gewesen sein. Ein Bluterguss, eine Prellung oder eine Zerrung. Mehr aber wohl nicht. Kein Bruch. Ein kalter Umschlag wäre nicht schlecht.«

»Danke für den Tipp, Herr Doktor!«, sagte Sonja.

»Aufstehen! Hände hoch!«, schnauzte Neugebauer und wies Lutz mit der Pistole in der fuchtelnden Hand zurück auf seinen Platz neben Rita. Als er ihr damit die Sicht auf Edgar nahm, machte Rita einen kleinen Ausfallschritt. »Stehen bleiben!«

Brummer übernahm die Bewachung der beiden Gefangenen, während Neugebauer, der über einen unerschöpflichen Vorrat an Kabelbindern zu verfügen schien, zwei weitere aus der Hosentasche zog. »Hände auf den Rücken«, kommandierte er, legte die Kabelbinder an die Handgelenke und blickte sich suchend nach einem geeigneten Pfahl um. Als er keinen fand, dirigierte er Rita und Lutz so weit auseinander, dass sie nicht miteinander reden konnten, ohne dass es jeder gehört hätte, und befahl ihnen, sich zu setzen. Neugebauer zauberte zwei weitere Kabelbinder hervor und band sie um die Fußgelenke.

»Wenn mein Freund nicht bald eine Infusion bekommt, sehe ich schwarz«, prophezeite Lutz und schürte in allen die Angst.

»Klugscheißer!«, schimpfte Neugebauer nervös.

»Ich hätte in meinem Auto ein Medikament, das wenigstens die Blutung zum Stillstand bringen könnte.«

Edgar sagte irritiert: »Aber dein Auto steht in Trier.«

»Das glaube ich nicht!« Es folgten zwei heftige Niesgeräusche.

Edgar hob erschreckt den Kopf. Der Oberstaatsanwalt! Er erkannte ihn sofort, obwohl er sein Gesicht hinter einem karierten Taschentuch verbarg. In Begleitung dieses Kommissars, Roggenfänger oder, nein, Roggenmeier hieß er! Fehlte nur noch Guido! Dann wären sie komplett. Alle noch einmal auf die Bühne. Applaus. Vorhang. Applaus. Ende der Vorstellung. Die beiden Männer waren lautlos und wie aus dem Nichts aufgetaucht und hatten sich zu der seltsamen Runde gesellt. Der Notarzt wäre Edgar lieber gewesen.

»Und Sie haben wieder Gefangene gemacht!«, lobte der Staatsanwalt die Kommissare Brummer und Neugebauer. »Sehr schön!« Er schritt die Reihe der Gefangenen ab wie ein Kommandeur sein Heer, ein sitzendes zwei-Mann-Heer.

Er blieb vor Rita stehen und blickte auf sie hinab, als prüfe er, was man ihm über sie gesagt hatte: Dunkelbrauner, kinnlanger Bob, schwarze Windjacke, kein Gepäck. Ihre berühmten Storchenbeine lagen angewinkelt auf dem Boden. »Rita Funke, nehme ich mal an?«

Sie nickte und sah auf ihre gefesselten Handgelenke. Ihre Finger waren krumm wie Krallen. Eine Blutspur zog sich über ihre rechte Hand.

Edgar wandte den Kopf zur Seite und schloss die Augen. Er wollte nicht mitbekommen, wie der Staatsanwalt sie befragte. Am liebsten wollte er nicht hören, was sie sagte, aber ihm blieb keine Wahl, weil er nur ein Ohr zuhalten konnte. Er hörte noch immer zu viel.

»Woher wussten Sie, wo Sie Edgar heute finden würden?«, fragte der Staatsanwalt.

»Ich habe es gespürt.«

»Wie bitte?«

Sie blickte ihn voller Verachtung an.

»Von Guido Schramm oder Lutz Winkelmann?«, fragte er.

»Von Guido Schramm nicht«, sagte sie.

»Also von Ihnen«, sagte Wesseling, wandte sich an Lutz und stieß gegen seinen Fuß. »Reichte es Ihnen nicht, Ihren Freund Edgar Hunderte von Kilometer laufen zu lassen, während Sie bequem im Auto saßen?«

»Was soll das denn heißen?«, fragte Edgar entsetzt, aber niemand beachtete ihn.

Lutz schüttelte den Kopf und murmelte Unverständliches.

»Nein? Er sollte auch noch von seiner Ex verfolgt werden?« Lutz blickte auf und grinste. »Ich wollte ihr einen Gefallen tun.«

»Ich habe ihn nicht verfolgt, ich wollte ihn nur beschützen«, mischte sich Rita ein. »Sonst nichts.«

»Sonst nichts«, wiederholte der Staatsanwalt. »Vor Helena Finn und Anna Grund, die Sie sicherheitshalber gleich umgebracht haben?«

»Sie waren richtig zudringlich und ließen ihn nicht in Ruhe.«

»Vor seinem Bruder, dem Sie *nur* eine Schrotladung verpasst haben?«, wollte der Staatsanwalt wissen.

Rita lächelte. »Er sollte mein ... er sollte Edgar in Ruhe lassen, sonst nichts.«

»Vor unserer besten Hauptkommissarin, die umzubringen Sie nicht gezögert hätten?«

Von der Bank kam ein Hüsteln.

Rita schwieg.

»Sonst nichts?«, fragte Wesseling. »Was ist das schon! Und wann haben Sie das Schiff verlassen, um Edgar zu beschützen?«

»In Malaga bin ich von Bord gegangen.«

»Und ab da sind Sie Lutz' Regie gefolgt?«

»Es war nicht einfach.«

In Edgars Kopf rotierten ihre Sätze. Auch wenn die Kommissare beim Verhör im Hotel Talblick schon Ähnliches angedeutet hatten, war es doch etwas anderes, aus Ritas Mund zu hören, warum Helena Finn und Anna Grund hatten sterben müssen. Er drehte den Kopf zur Seite. Rita spürte seinen Blick und lächelte ihn versonnen an. Er senkte die Augenlider.

Der Staatsanwalt atmete tief durch und ging einen Schritt weiter, trat zu Lutz und sah auf ihn hinab: »Und nun zu Ihnen, Dr. Lutz Winkelmann?«

»Und wer sind Sie?«

»Oberstaatsanwalt Wesseling!« Jede Silbe schien eine Bedrohung zu sein, die Ankündigung des Jüngsten Gerichts.

Im Vergleich zu Edgar sah Lutz frisch gewaschen und ausgeruht aus. Seine Frisur saß. An den Schuhsohlen klebte kein Dreck, an den Hosenbeinen hing kein Staub, seine Finger waren manikürt. Er trug Wanderkleidung, aber die war makellos gebügelt, als ob er nicht eben noch mitten in einem Kampf gesteckt hätte. Er sah aus, als wäre er das Model der Saison in elegantem Rostbraun, einem Katalog für Outdoor-Mode entsprungen. So zurechtgemacht, hatte Edgar ihn noch nie gesehen. Er versuchte sich einzureden, dass Lutz alles über Nacht in eine Reinigung gebracht haben könnte.

»Haben Sie geahnt, was Sie damit anrichten, wenn Sie Rita Funke auf die Spur Ihres Freundes setzen?«

»Auf keinen Fall. Wie auch?«

»Sie wollen mir weismachen, dass Sie nicht wussten, dass sie eine Stalkerin ist?«

»Nein, ich bitte Sie.«

»Sie sind Edgars Freund«, erinnerte Wesseling ihn.

»Freund!«, schnaubte Lutz verächtlich.

»Sie haben das billigend in Kauf genommen!«

»Nein! Hören Sie endlich auf damit!«

»Alles nur wegen der Ehre?«

»Ehre?«, fragte Lutz verwundert.

»Ehre!«, krähte Sonja Senger von ihrer Bank aus. »Dass ich nicht lache. Es ging nicht um Ehre. Es ging um Macht und Geld. Es ging um den Posten des Chefarztes!«

»Wie kommen Sie denn darauf?«, zischte Lutz.

»Oh«, sagte Sonja. »Ich kann zwei und zwei zusammenzählen.«

Edgars Versuch, sich zu beruhigen, misslang. Sein Blick zu Lutz verriet ihm, dass es ihm ähnlich erging.

Nach einer bedrückenden Schweigeminute setzte Wesseling sein Verhör fort und rekapitulierte, als habe es Sonjas Einwurf nicht gegeben. »Sie sind den Eifelsteig nicht gegangen, sondern gefahren.«

Lutz lächelte. »Das ist kein Verbrechen, so weit ich weiß«.

»Nein, keines, das ich ahnden könnte«, sagte Wesseling. »Auch leider nicht die Tatsache, dass Sie Ihren Freund nach Strich und Faden hintergangen haben. Wenn ich mir vorstelle, dass ein Mann wie Sie in der *Klinik am Wald* Chefarzt wird, wünschte ich, ich könnte das verhindern.«

Lutz lächelte. »Wie denn? Gewonnen ist gewonnen. Ich war zuerst hier, fragen Sie doch Edgar. Und wenn er meine Gehzeiten sieht, dann erst recht.«

»Ich werde niemanden fragen, aber Ihrem Chef werde ich mal einen Tipp geben.«

Lutz' Mundwinkel fielen herab.

»Schon geschehen, Herr Oberstaatsanwalt!«, krähte Sonja Senger. »Ich habe mit einem Dr. Hagen gesprochen, seines Zeichens Verwaltungschef in der *Klinik am Wald*.«

Pause. Lutz scharrte mit seinen gefesselten Füßen im Sand und kickte einen Kieselstein beiseite.

»Und?«, drängelte Wesseling.

»Ich habe ihn gestern gebeten, Winkelmanns Personalunterlagen doch einmal einer eingehenden Überprüfung zu unterziehen.«

Pause. Lutz wippte leicht hin und her.

»Und?«, drängelte Wesseling.

»Heute Morgen hat er mich zurückgerufen.«

Lutz versuchte aufzustehen, zerrte an den Kabelbindern, rollte zur Seite und stemmte sich gegen eine Baumwurzel.

»Und?«, drängelte Wesseling.

Der Oberstaatsanwalt und die Kommissarin schienen ein

eingeschworenes Team zu sein, dachte Edgar. Das hier war wie ein kleines Theaterstück. Aber er kannte nicht den Plot.

»Wollen Sie es uns nicht selbst sagen, Herr Winkelmann?«, krähte Sonja.

In Edgar regte sich eine andere dunkle Ahnung. »Lutz!«, rief er fassungslos. »Sag, dass das nicht stimmt!«

Lutz presste die Lippen aufeinander und fixierte seine Fußfesseln, als könnte er sie mit Blicken sprengen.

»Herr Lutz Winkelmann ist nicht nur weit davon entfernt, einen Doktortitel in Medizin zu haben, er hat sogar sein Medizinstudium an der Universität Köln bereits nach dem 5. Semester abgebrochen und es an keiner anderen Universität in Deutschland wieder aufgenommen und – wie mir das Einwohnermeldeamt versicherte – seinen Wohnsitz auch nicht in ein anderes Land verlegt, um dort weiterzustudieren«, verkündete Sonja und ihre verstellte Stimme kippte weg, als sei sie im Stimmbruch.

Betreten schienen alle auf Protest seitens des Beklagten zu warten, der nicht kam. Stille breitete sich aus. Als sie ungemütlich zu werden begann, berichtete Kommissar Roggenmeier: »Ein Doktortitel kostet auf dem Schwarzmarkt 30.000 Euro. Ein Doktor verdient im Jahr etwa 10.000 Euro mehr als jeder andere Sterbliche. In drei Jahren hat sich das also bereits amortisiert. Ich habe mich mal erkundigt, aber in meiner Branche verbietet sich das ja wohl von selbst.«

Die herumstehende Gemeinde schien beeindruckt. Und obwohl sie zum großen Teil aus Beamten des Landes Nordrhein-Westfalen bestand, schien sie zu überlegen, ob zu diesen günstigen Bedingungen nicht doch ein Doktortitel unter bestimmten Umständen vielleicht infrage käme und was man mit dem Geld alles anstellen könnte.

Endlich rief jemand: »Da kommt der Notarzt!«

Am Ende des Lampertstals bog ein roter Transporter mit Blaulicht um die Kurve. Er rollte ohne Sirene den Weg entlang. An seiner Stoßstange klebte ein rot-weißer PKW, ebenfalls mit stummem Blaulicht. Edgar hatte sich noch nie in seinem Leben als Arzt so sehr auf die Ankunft eines Krankenwagens gefreut. Er konnte es kaum erwarten, auf eine Trage gebunden, in den Wagen geschoben und abtransportiert zu werden. Fast wäre er aufgesprungen und ihm entgegengelaufen. Nichts wie weg hier! Weg vom Eifelsteig!

Der Krankenwagen hielt auf der Wegkreuzung, die Sanitäter sprangen heraus, öffneten die Hecktüre und zogen die Trage heraus. Aus dem PKW stieg der Notarzt, sein Fahrer blieb sitzen. Die Motoren und die Blaulichter liefen weiter. Im Eiltempo kamen die Helfer auf den Tatort zugelaufen.

Edgar drehte den Kopf zur Seite. Als sich ihre Blicke trafen, fielen Edgar die Worte des Oberstaatsanwaltes wieder ein. Ungläubig zog er die Stirn in Falten und fragte Lutz. »Wo steht denn dein Auto?«

»Das haben wir zugeparkt«, sagte Wesseling. »Und zwar richtig.«

»Woher wissen Sie, dass es mein Auto ist?«, stieß Lutz hervor.

Er unterbrach sich, als Wesseling mitleidig auf ihn herablächelte und das internationale Zeichen für Telefonieren machte.

»Und *wir* haben es gerade abschleppen lassen«, verkündete der hinzukommende Notarzt und stellte seinen Koffer neben Edgar ab. »Und die anderen beiden auch gleich mit.«

»Wie bitte?«, entfuhr es Wesseling.

»Meines auch?«, schrie Lutz entsetzt.

»Alle.«

»Wissen Sie, was das für ein Auto ist?«, ereiferte sich Lutz. »Ein Triumph Spitfire MK IV Baujahr 1979. Sie haben ja keine Ahnung, was ...«

»Autos, die die Durchfahrt für den Krankenwagen behindern, gehören auf den Schrottplatz«, sagte er ungerührt und kniete neben Edgar. Er zog seine Augenlider hoch und leuchtete ihm in die Pupillen und fragte ihn nach seinem Namen, seinem Alter, seinem Beruf, seiner Adresse und seiner Telefonnummer, während die beiden Sanitäter neben ihm auf ihren Einsatz warteten. Edgars Langzeitgedächtnis funktionierte noch. Er kannte alle drei von der Notfall-Ambulanz her. Unnötig zu sagen, dass er ihre Namen vergessen hatte.

»Auf den Schrottplatz haben Sie gesagt?« Wieder der Staatsanwalt.

»Das wird Sie teuer zu stehen kommen«, drohte Lutz.

Der Notarzt schien nicht zu wissen, mit wem er es zu tun hatte. Wesseling klärte ihn auf. »Ich bin übrigens Oberstaatsanwalt Bernd Wesseling aus Bonn.«

»Schön für Sie«, sagte er und gab völlig unbeeindruckt den Sanitätern ein Zeichen, den Verletzten abzutransportieren.

»Gibt es einen Angehörigen?«, fragte er und blickte in die Runde.

»Ja, mich!«, rief Rita und zerrte an ihren Hand- und Fußfesseln.

Brummer und Neugebauer signalisierten mit rollenden Augen, dass dem nicht so war. Der Notarzt war schnell von Begriff und überging den Einwand.

»Alles wird gut. Ich komme dich besuchen, Edgar!«, rief Rita und schaute ihm nach, als würde mit ihm der Sinn ihres Lebens ans Ende der Welt für immer davongetragen.

»Gar nichts werden Sie tun!«, schrie Neugebauer sie an.

Rita hörte es nicht einmal. »Du kannst auf mich zählen, Edgar.«

Der Notarzt warf noch einen kurzen Blick auf das Bein auf

der Bank und schlug Sonja Senger ermunternd auf die Schulter. »Halb so schlimm«, meinte er. »Sonst fehlt Ihnen nichts?«

»Nein. Ich frage mich nur, wie ich nach Hause kommen soll, wenn Sie alle Autos auf den Schrottplatz geschafft haben«, krähte sie.

Er senkte seine Stimme und flüsterte: »Unter uns, Sie stehen in Alendorf auf dem Wendelinusplatz. So böse sind wir gar nicht.« Laut fügte er hinzu: »Ich nehm' Sie mit. Dann können wir das Bein direkt röntgen.«

»Ins Krankenhaus? Kommt nicht infrage. Da schleppe ich mich lieber über den Kalvarienberg.«

»Na, dieser Ort passt doch sehr schön zu Ihrem Krankheitsbild«, meinte der Notarzt und kletterte zu Edgar in den Krankenwagen, zog die Türen zu und hantierte hinter der Milchglasscheibe im Inneren. Ein Sanitäter klemmte sich hinters Steuer und sprach in ein Funksprechgerät. Der andere musterte die verstörte Gruppe und schien Mitleid zu haben. »Ich würde Sie ja mitnehmen, aber wir sind voll.«

»Reden Sie kein Blech. Im Notarztwagen ist noch Platz«, erinnerte ihn Roggenmeier.

»Der hat schon den nächsten Einsatz in der Leitung. Keine Zeit, irgendwelche Leute in der Gegend herumzuchauffieren, tut mir echt leid. Wir müssen los!«

»Wohin bringen Sie ihn?«, wollte Wesseling wissen.

»Mal schauen, wo ein Bett frei ist.«

Er nahm den jungen Mann beiseite, klopfte ihm auf die Schulter und flüsterte: »Bringen Sie ihn mal in die *Klinik am Wald*. Da kommt er her, da gehört er hin.«

Während Brummer und Neugebauer neben ihren Gefangenen stehen blieben wie die Wachsoldaten, orderte Roggenmeier zwei Streifenwagen und Wesseling gab dem Piloten des Hubschraubers zu verstehen, dass seine Arbeit getan war. Danach sammelte er den anderen Teleskop-Stock auf und schlenderte damit zur Bank.

Nachdem der Hubschrauber abgedreht hatte und es im Lampertstal wieder leise geworden war, fragte Wesseling Sonja Senger: »Wie geht es dir?« Vorsichtig setzte er sich neben ihr Bein und betrachtete angewidert den dunkelrotblauen Sohlenabdruck, die Schrammen und Hautabschürfungen. »Sieht übel aus.«

»Nicht wahr?« Sonja linste über ihre Sonnenbrille hinweg.

»Du warst gut«, lobte er sie. »Vielleicht ein bisschen übertrieben, aber nur ein bisschen.«

»Nur das Einwohnermeldeamt war fiktiv.«

»Sollte nicht Sarah Neroth den Job machen?«, fragte er und bog die Schultern zurück.

»Für sie war mir das zu gefährlich«, erklärte Sonja. »Sie hat das ganze Leben noch vor sich.«

»Sie waren einfach fantastisch!«, rief der hinzukommende Roggenmeier aus, umfasste Sonjas Rechte mit beiden Händen und drückte sie so fest er konnte. »Herzlichen Glückwunsch. Das hätte ich Ihnen nicht zugetraut. Besonders, wenn ich bedenke, wie Sie es hassen zu wandern. Abgrundtief, wenn ich nicht irre.«

Sonja betrachtete ihre rechte Hand, als gehöre sie ihr nicht mehr. Die Finger baumelten herab, als handele es sich um einen Bund Möhren. »Sie irren«, sagte sie, blickte zu ihm auf und strahlte ihn an. »Ich glaube, es könnte glatt meine Lieblingsbeschäftigung werden, und das habe ich allein Ihnen zu verdanken.«

Roggenmeier lächelte irritiert.

Sonja zog sich den Südwester vom Kopf und nahm ihre Sonnenbrille ab. Sie blinzelte ins Tageslicht.

»Aber für wen haben Sie sich so verkleidet?«, wollte Roggenmeier wissen. »Und warum haben Sie die ganze Zeit Ihre Stimme verstellt?«

»Für Rita Funke natürlich«, erklärte Sonja verwundert. »Ich musste davon ausgehen, dass sie mich in Einruhr oder Gemünd oder Blankenheim gesehen hat.«

»Egal. Hauptsache wir haben Rita Funke.«

»Was egal ist, bestimme ich«, behauptete Wesseling.

Sonja fasste sich an den Kopf und war froh, als sie endlich die Reifengeräusche auf dem steinigen Weg hörte.

Lutz Winkelmann und Rita Funke wurden, nachdem man ihnen die Fußfesseln abgenommen hatte, auf die beiden Streifenwagen verteilt. Brummer und Neugebauer erklärten sich zu ihrem Begleitschutz. Roggenmeier und Wesseling setzten sich neben die jeweiligen Fahrer.

Als alle Platz genommen hatten, die Türen geschlossen und die Motoren angeworfen waren, fiel Wesseling auf, dass man Sonja Senger auf der Bank vergessen hatte. »Stopp!«, rief er und sprang heraus.

Er half ihr aufzustehen, nahm ihren Arm, während sie auf ihre Wanderstöcke gestützt zum Auto humpelte und die ersten Regentropfen aus den Gewitterwolken herabfielen. Sonja hielt sich an der offenen Beifahrertür fest und blickte sich um.

»Steigen Sie bitte ein«, drängte Wesseling.

»Gleich.«

Sie war im Gegensatz zu ihm regenfest gekleidet und der Ort des Geschehens eigentlich ein schöner Fleck in der Natur. Während der Regen auf ihren Südwester klopfte und seitlich an der Krempe über ihre Schultern lief, ließ sie ihre Blicke in aller Ruhe in absteigenden Serpentinen vom finsteren, wolkenverhangenen Himmel über die Baumwipfel hinunter zu den blühenden Büschen und Wiesenblumen, hinüber zur Bank, auf der erst Lutz Winkelmann und später sie selbst gesessen hatte, und über die unbeachtete Infotafel hinunter zum gurgelnden Bach schweifen, der im Untergrund verschwand.

Und sie hätte sich sicher noch länger an dem idyllischen Fleckchen Erde erfreut, wenn die Regentropfen sich nicht plötzlich vermehrt und vergrößert und in Sekunden den halben Beifahrersitz durchnässt hätten, und alle Insassen des Streifenwagens sich bitterlich beschwerten.

»Endlich bekommt der Lampertsbach neues Wasser zum Verlieren«, erklärte sie kurz darauf.

Wesseling hatte sich im Fond neben HK Neugebauer und Rita Funke gequetscht. Sonja teilte dem Fahrer den Standort ihres Dienstwagens mit. Die Scheibenwischer fegten hin und her, die dicken Tropfen pladderten und spritzten davon. Und auf das Autodach hämmerten sie laut, als seien es Hagelkörner. Das Schweigen im Inneren des Streifenwagens hatte etwas Beruhigendes.

Auf dem Parkplatz unterhalb der Wallfahrtskirche St. Agatha fuhr der Streifenwagen so nah an Sonjas Dienstwagen heran, dass die Autos nur eine Türbreite auseinander standen. Sonja händigte dem Fahrer das Skalpell aus, mit der Bitte, es in Euskirchen sicherzustellen. Er legte es ins Handschuhfach und schloss dieses ab. Den Schlüssel schob er unter sein Gesäß.

Wesseling gab Neugebauer die Order, sobald die Gefangenen in Gewahrsam genommen seien, seinen Dienstwagen herbeizuschaffen. Er wolle ihn in etwa zwei Stunden in Wolfgarten zur Verfügung haben.

»Ich soll ihn zum Forsthaus am Ende der Stromleitung bringen?«, fragte Neugebauer erstaunt nach. Er hatte Sonja einmal abgeholt, als sie kein Auto hatte.

»Exakt.«

»Ich tue, was ich kann.«

»Davon gehe ich aus.«

»Was ist mit dem Auto von diesem falschen Arzt?«, fragte Neugebauer

»Der rote Sportwagen kann von mir aus bleiben, wo der Pfeffer wächst. Und jetzt schnell!«, gab er das Kommando und sprang aus dem Auto.

Sonja öffnete per Fernbedienung die Türen ihres Dienstwagens. Sie kroch über den Fahrer- auf den Beifahrersitz. Wesseling ließ sich hinterm Steuer nieder und warf, während der Streifenwagen abdrehte, den Motor an. Er schaltete die Scheibenwischer ein und rollte langsam und vorsichtig wie ein Krankenwagen vom Parkplatz.

»Hat sich das Labor inzwischen wegen der DNS gemeldet?«, fragte Sonja Wesseling, nachdem er die B 258 Richtung Blankenheim gefunden hatte und sich weiter in Schweigen hüllte.

»Ja, hat sie«, sagte er nachdenklich. »Demnach hat Dr. Edgar Schramm das Kopfkissen nicht berührt, mit dem Helena Finn erstickt wurde, und sein Jagdmesser nicht dazu benutzt, Anna Grund zu erstechen.«

»Das haben wir uns fast gedacht«, sagte Sonja.

»Die Schrot...«, er hielt kurz inne und verbesserte sich. »Die Flinte gehört einem Jäger aus Blankenheim. Er sagt, man habe sie ihm wohl gestohlen, als er auf seinem Hochsitz kurz eingenickt sei.«

»Man heißt in unserem Fall Rita Funke, oder?«, fragte Sonja.

Der Regen ließ nach, die Scheibenwischer quietschten.

»Das wird der Abgleich der Fingerabdrücke mit Sicherheit ergeben.«

»Jetzt bin ich nur noch auf ihre DNS gespannt.«

»Ich nicht«, behauptete Wesseling.

Sonja musterte ihn verwundert. Die Zeit war auch an ihm nicht spurlos vorübergegangen. Seine Haare waren auf dem Rückzug, seine Wangen hingen ein wenig durch, und unter seinem Kinn hatte sich ein zweites, kleineres gebildet. Seine Nasenspitze war rot, eine Folge seiner Pollenallergie.

Er spürte ihren Blick und wandte sich ihr zu. »Du hast es doch am eigenen Leib erfahren, was sie mit Frauen macht, die in Edgars Nähe kommen. Ich könnte wetten, der Stich, den Edgar abbekommen hatte, galt eigentlich dir.«

»Wie tröstlich.«

»Hast du gesehen, wie sie Edgar anhimmelt?«

»Ja«, sagte Sonja, »sieht aus, als könne sie damit nie wieder aufhören.«

»Je nun«, meinte Wesseling.

Sie seufzte zufrieden. »Edgar, der Gute, als Chef einer Privatklinik. Lutz, der Betrüger und Verräter, im geächteten Abseits. Rita, die Mörderin, in Haft. So mag ich meinen Job.«

»Du hast Helena Finn vergessen und Anna Grund.«

»Ja«, maulte sie. »Und den armen Guido mit dem Streifschuss, dem du die Kreuzfahrt mit deiner internationalen Fahndung vermasselt hast. Und mich.«

»Da sind wir« verkündete Wesseling und bog in den Feldweg ein, an dessen Ende das Forsthaus lag. Er parkte großräumig davor, öffnete die Gartentür und steuerte mit Sonja am Arm die Ofenbank an. Er wischte mit der Hand über die Sitzfläche, sie war feucht vom Regen. »Du wirst im Stehen rauchen müssen.«

»Ich rauche doch nicht mehr!«, protestierte Sonja entsetzt und schüttelte den Kopf. »Seit Wochen nicht mehr.« Waren es drei oder vier? Sie hatte das Zeitgefühl verloren.

»Ich vergaß.« Auf der Türschwelle lag ein kleines Päckchen

in Alu-Folie. Er bückte sich, hob es auf und reichte es ihr. Sie öffnete es. Es war eine tote Maus.

Wesseling blickte naserümpfend in eine andere Richtung.

»Das ist ein Geschenk für West«, erklärte sie ihm und hielt Ausschau nach den Nachbarskindern. Schade, dass sie sie verpasst hatte. Wollten sie nicht erst am Samstag wiederkommen. War heute etwa Samstag? Was würde aus der Kuchenmischung? Sonja warf die Maus in die Mülltonne, steckte den Schlüssel ins Schloss und bat Wesseling, sich gegen die Haustür fallen zu lassen.

»Dreimal?«, fragte er.

»Wie oft denn sonst?«

Während Sonja es sich im Ohrensessel bequem machte, die Wanderschuhe auszog, das rechte Hosenbein hochkrempelte, den Fuß auf einen herbeigezogenen Stuhl legte und sich einen Strohhalm gönnte, sah Wesseling sich prüfend um. Er registrierte ihre neue Küchenausstattung mit Wohlwollen und entdeckte auch die Kuchenmischung, die Sonja gekauft hatte, um die Nachbarskinder zu verwöhnen.

Sie werden wiederkommen, tröstete sie sich. Sie hatte ihnen eine Runde im Polizeiauto versprochen, das werden sie sich nicht entgehen lassen. Morgen früh würde sie Marmorkuchen backen. Eine schöne Vorstellung, bei der sie fast glaubte, den ergreifenden Duft des warmen Kuchens zu riechen.

Wesseling hob den Tischkalender der BzgA hoch. »17. Tag«, las er vor. »Hat man den blauen Dunst erst mal entfernt, sieht man klar. Rauchen vernebelt Geist und Sinne.«

»Ich habe seit Helenas Tod kein Blatt mehr abgerissen«, erklärte Sonja.

»Dann bist du seit exakt drei Wochen Nichtraucherin«, rechnete Wesseling vor, riss das Blatt ab und auch die nächsten vier. Mit dem Slogan des Tages: *»Sind Sie nicht froh, sich* *von dem Laster befreit zu haben?*« stellte er den Kalender zurück.

Doch, dachte Sonja und kaute auf dem Strohhalm, das bin ich. Es war ihr leicht gefallen. Es war fast wie nebenher geschehen. Sie hatte es sich schlimmer vorgestellt. Aber sie durfte sich auch nichts vormachen, drei Wochen, das war noch nicht für immer.

Sie beobachtete, wie West um Wesselings Beine herumstreifte, während dieser in ihrem Tai-Chi-Lehrbuch des Altmeisters Bai-Lui-Ze-Yong blätterte. West mochte den seltenen Besucher, weil er ihn ignorierte. Wesseling mochte ihn nur, solange er ihm nicht auf den Schoß sprang. Das hatte West einmal getan, irrtümlich, und danach nie wieder. Sie wussten beide, wie weit sie gehen konnten.

»Kannst du ihn füttern?«, bat Sonja.

»Wie geht das denn?«, fragte Wesseling entgeistert.

»Ganz einfach. Dose auf, und das Zeug in den Napf. Das Futter steht drüben.« Sie wies mit dem Kinn zu einem Vorratsschrank am Ende ihrer neuen Küchenzeile.

Wesseling sprach leise zu West, während er ihm seinen Napf auffüllte. Sonja tat, als habe sie nichts gehört. Als der Kater zufrieden herumschmatzte, betrachtete Wesseling mit sorgenvoller Miene ihr rechtes Bein und fragte: »Wo finde ich ein Handtuch?«

»Oben im Bad.«

Er kam mit einem weißen Handtuch herunter, hielt es unter den Wasserhahn, wrang es aus, bis es nicht mehr tropfte, und legte es auf das lädierte Bein. Sie verzog das Gesicht.

»Das war keine gute Idee.«

»Hast du wieder Rum im Haus?«

»Nicht wieder. Noch. Sieh mal im Abstellraum nach.«

Als er zurückkam, trug er eine verstaubte Flasche in der

einen Hand, mit der anderen scheuchte er ein Spinnennetz beiseite, das in seinen Haaren hing.

»Er ist bestimmt nicht mehr gut«, sagte sie und rümpfte die Nase.

Er schraubte die Flasche auf und schnupperte. »Was soll daran schlecht werden?«

»Der Alkohol verfliegt.«

Er setzte Wasser auf, suchte nach Tassen und Teebeuteln, Löffeln und Zucker. Sonja dirigierte ihn umher. Als der Wasserkessel summte, hatte er alles bereitgestellt, zog sein Jackett aus, hängte es über eine Stuhllehne und setzte sich sichtlich erschöpft an den Tisch. Er trompetete in sein Taschentuch, öffnete den obersten Knopf seines Hemdes und lockerte die Krawatte.

Es war dunkel geworden, als der Rum mit Tee in ihren Tassen leer war. Sie hatte Wesseling gebeten, den CD-Spieler einzuschalten, und hatte ihm das Reden überlassen. Zur dahinperlenden China-Musik philosophierte er über den Eifelsteig, die beiden Morde, das Leben in Wolfgarten, Euskirchen und Bonn. Sogar ein bisschen über seine Pollenallergie, die er als Strafe für eine Sünde, die er – leider – noch nicht begangen habe, betrachtete. Zum Schluss auch über Hilde, seine Frau, von der er glaubte, dass sie sich verändert habe. Seine Stimme war beruhigend.

Der Regen war zurückgekommen, die Tropfen klatschten so laut und ungemütlich gegen die Sprossenfenster, dass Wesseling zwischendurch aufstand und die Vorhänge vorzog, um wie er sagte, nicht mit ansehen und -hören zu müssen, wie die Pollen eine nach der anderen starben.

»Ja, ich erinnere mich, du kannst nicht gut Leichen sehen«, sagte Sonja und gähnte ausgiebig. Unendliche Müdigkeit legte sich auf sie. Ein kurzer, innerer Ausflug ins Land der aufgehenden Sonne hatte ihr gezeigt, dass sie nicht in der Lage war, das Chi zu wecken, weil ihr rechtes Bein nicht mitspielte. Auch nicht mental.

Als ihr Kopf zur Seite fiel, wehrte sie sich nicht. Als Wesseling ihr den Strohhalm aus dem Mund zog, bemerkte sie es nicht.

Wach wurde sie von heftigem Schnaufen und Schaukeln. Als sie die Augen öffnete, blickte sie direkt auf Wesselings gerötete Nase. Sie lag in seinen Armen wie ein Paket. Er schleppte sie die Stiege hoch und legte sie aufs Bett. Sie streckte sich aus.

»Gute Nacht. Schlaf gut«, sagte er, zog die Decke unter ihr hervor und wollte sie über sie legen, als Sonja im letzten Moment seine Krawatte zu fassen bekam und ihn zu sich hinunterzog. Sein dezenter Herrenduft war plötzlich nicht mehr dezent.

»Wie wäre es mit einer Gute-Nacht-Geschichte?«

Nasenspitze an Nasenspitze, und Sonja ließ nicht locker, ehe sie nicht seine Lippen auf ihrer Wange spürte. Er ließ sich neben sie auf den Rücken fallen und begann: »Es war einmal eine Kommissarin und ein Staatsanwalt ...«

»Hauptkommissarin«, unterbrach Sonja ihn. »Und Oberstaatsanwalt. So viel Zeit muss sein.«

Er stützte sich auf seinen Ellbogen und fuhr mit dem Zeigefinger ihr Profil entlang.

Die Geschichte war noch nicht zu Ende, als ein Hupen der romantischen Situation im Forsthaus ein brutales Ende bereitete.

Wesseling stöhnte auf. »Mein Auto.«

»Ich habe keine Klingel«, erinnerte Sonja ihn. »Und die Haustüre ist offen.«

»Aber Neugebauer weiß nicht, dass man sich dreimal dagegen fallen lassen muss«, versuchte er sich zu beruhigen.

Hämmern gegen die Haustür. Tok. Tok. Tok.

»Doch«, meinte Sonja.

»Er war hier?« Wesseling fuhr hoch.

Tok. Tok. Tok.

»Er hat mich einmal hier abgeholt, als ich kein Auto hatte.«

Wesseling war mit einem Satz aus dem Bett, ordnete im Herablaufen, was nicht mehr an Ort und Stelle saß, und rief durch die geschlossene Haustür: »Danke, Neugebauer. Sie können wieder fahren!«

Neugebauer sagte irgendetwas von draußen, woraufhin Wesseling die Tür aufriss und sagte: »Stimmt.« Danach lief er in die leere Wohnküche, wo das Licht noch brannte und die leeren Rum-Tassen auf dem Tisch standen, langte nach seinem Jackett und sagte laut zum leeren Ohrensessel: »Auf Wiedersehen, Frau Senger, und gute Besserung.«

»Von mir auch!«, fügte Neugebauer von der Haustüre aus hinzu.

»Gute Nacht!«, sagte Sonja leise oben in ihrem Bett, heilfroh, dass Wesseling die Vorhänge in der Wohnküche zugezogen hatte.

Die Haustür fiel zu.

Sie humpelte ans Fenster und sah auf Wesseling hinab. Sein Mittelscheitel war völlig durcheinandergeraten. Der Motor des oberstaatsanwaltlichen Audis wurde angeworfen, zwei Autotüren fielen ins Schloss, Wesseling trat auf das Gaspedal und startete durch. Der Motor heulte auf. Die Räder knirschten auf dem nassen, steinigen Boden. Es gab ein splitterndes Geräusch, als hätte er den halben Gartenzaun mitgerissen. Der Audi raste schaukelnd davon, nahm jede Pfütze und jedes Schlagloch mit und legte sich zum Schluss in die

Kurve, als sei der Feldweg die Nordschleife des Nürburgrings.

Er flieht, dachte Sonja und humpelte lächelnd zurück in ihr Bett.

Epilog

Geliebter Edgar!

Ich habe gehört, es geht dir gut. Du ahnst nicht, wie glücklich mich das macht. Ich habe solch eine Angst um dich gehabt. Jeden Tag frage ich meinen Betreuer nach dir. Es tut mir so unendlich leid, dass du damals verletzt worden bist. Ich wollte das nicht, glaube mir. Ich musste nur diese schreckliche Frau treffen, die sich dir an den Hals geworfen hat und dir Schritt auf Schritt gefolgt ist. Sie war schuld, dass ich dich getroffen habe. Sie hat meine Hand geführt. Und nicht irgendwohin, sondern an dein Handgelenk, dort, wo dein Puls für mich schlägt. Das war kein Zufall. Sie hat gewusst, was sie tut. Sie ist nicht gut für dich. Halte dich fern von ihr. Sie hat den bösen Blick. Von den beiden anderen Frauen konnte ich dich befreien, ohne dir auch nur ein Haar zu krümmen. Und auch als ich auf deinen Bruder schoss, ist dir, mein Engel, nichts passiert. Guido hat nichts Besseres verdient, ich weiß, wie er über dich denkt. Er hat Glück gehabt, seine Verletzungen halten sich in Grenzen, ich habe leider danebengeschossen, aus lauter Angst, ich könnte dich treffen. Ich wünschte, ich hätte besser gezielt. Aber ich habe noch nie ein Gewehr in Händen gehalten, noch nie geschossen. Aber das wird sich ändern, sobald ich rauskomme.

Mein armer Edgar, ständig musst du dich vor irgendwelchen Frauen in Sicherheit bringen. Andererseits ist es aber kein Wunder, dass alle Frauen sich in dich verlieben. Wer könnte das besser verstehen als ich? Aber nur ich allein kann dir geben, was du brauchst. Nur ich allein weiß, was du brauchst. Du warst nicht auf unserem Schiff. Ich war zunächst wütend auf dich, das gebe ich zu, aber ich habe mir gesagt, du konntest nicht anders. Viel lieber wärest du bei mir, aber du konntest es nicht sein. Wir haben nie darüber gesprochen, aber ich weiß, dass mein Edgar ganz anders handeln würde, wenn er nur könnte. Es ist etwas in deinem Kopf, das dich dirigiert. Du bist ihm ausgeliefert. Ich nenne es Gespenst. Nenne es, wie du willst, aber es scheint dich beherrschen zu wollen. Das werde ich nicht zulassen. Ich werde alles tun, um es zu vertreiben. Ich lasse nicht locker. Und mit vereinten Kräften werden wir es auch schaffen, glaube mir. Wir dürfen nur nicht den Mut verlieren oder nachgeben. Lass uns gemeinsam kämpfen.

Als mir klar wurde, dass du nicht mehr an Bord kommen würdest, habe ich das Schiff im nächsten Hafen verlassen. Es hat länger gedauert, weil der zweite Tag an Bord ein Tag auf See war. Aber von Malaga aus habe ich mich auf den Weg zu dir gemacht. Dein Freund, der gute Lutz, hatte mir gesagt, wo ich dich finden kann. Und von da an war ich immer in deiner Nähe und habe auf dich aufgepasst. Du hast es gewusst, nicht wahr? Und du hast es gespürt, ich weiß es. Ich habe dich beobachtet, ohne dich zu stören. Du hast dich nach mir umgesehen. Du hast mich gesucht. Ich war da, aber ich wollte dir nicht zur Last fallen. Ich war es auch, die dich davor gewarnt hat, am Nachmittag ins Hotel Sophienhof zu gehen. Leider hat meine Mühe nur einen Aufschub vor der Katastrophe gebracht. Bitte verzeih mir, dass du erst jetzt von mir hörst, du musstest glauben, ich hätte dich vergessen. Wie könnte ich! Ich habe unzählige Briefe an deine Adresse geschickt. Mein Betreuer hat mir erst heute verraten, dass du alle meine Briefe sammelst und nicht schreibst, weil man dich nicht lässt. Auch besuchen darfst du mich nicht. Du Armer! Wie musst du leiden? Was immer sie dir über mich sagen, was immer das Gespenst in deinem Kopf dir einflüstert, glaube ihnen nicht, wir gehören zusammen für den Rest unseres Lebens. Bald bin ich wieder bei dir. Vergiss nicht, was immer geschieht, ich werde dich immer lieben.

Deine Rita

Danksagung

Danken möchte ich unbedingt:

R. B., dem Erfinder der Doppeletappe.

Marie-Luise, fürs Fabulieren während der Criminale 2010 in Gemünd im Café Theißen bei Pflaumenkuchen mit Sahne.

Ina, für die Ratschläge aus der Rechtsmedizin.

Den freundlichen Hoteliers, die sich in diesem Roman nicht wiederfinden mögen.

Dem unbekannten Ranger, der mir ein Eifelsteig-Logo (aus Metall!) schenkte, als ich mich bitterlich darüber beklagte, dass die Schilder am Wegesrand diebstahlsicher montiert seien.

Der Kriminalpolizei Euskirchen, die Sonja Senger (immer noch) ungehindert schalten und walten lässt.

Und Ralf Kramp, meinem Verleger, der mich gefragt hat: »Wann schreibst du denn noch mal einen Roman?«